KB115980

신래현의
조선
향토전설집

지은이

김광식(金廣植, Kim Kwang-sik)

릿쿄대학 강사, 한양대 석사, 東京學藝대학 학술박사. 전공은 민속학, 근대문화사. 연세대학교, 東京理科대학, 요코하마국립대학, 사이타마대학, 일본사회사업대학 등에서 강의했다.

주요 저서로는 『식민지기 일본어 조선설화집의 연구(植民地期における日本語朝鮮説話集の研究－帝國日本の「學知」と朝鮮民俗學)』(2014), 『식민지 조선과 근대설화』(2015), 『근대 일본의 조선 구비문학 연구』(2018), 『韓國・朝鮮說話學の形成と展開』(2020)가 공저로는 『식민지 시기 일본어 조선설화집 기초적 연구』 1・2(2014・2016), 『경성제국대학 부속도서관 장서의 성격과 활용』(2017), 『植民地朝鮮と帝國日本』(2010), 『博物館という裝置』(2016), 『國境を越える民俗學』(2016), 『韓國・朝鮮史への新たな視座』(2017), 『日韓歷史共通教材 調べ・考え・步く日韓交流の歷史』(2020) 등이 있고, 역서로는 『조선아동 화담』(2015), 『제국일본이 간행한 설화집과 교과서』(2019), 『문화인류학과 현대민속학』(2020) 등이 있다.

신래현의 조선 향토전설집

초판인쇄 2020년 12월 5일 **초판발행** 2020년 12월 10일

지은이 김광식 **펴낸이** 박성모 **펴낸곳** 소명출판 **출판등록** 제13-522호

주소 서울시 서초구 서초중앙로6길 15, 2층

전화 02-585-7840 **팩스** 02-585-7848

전자우편 somyungbooks@daum.net **홈페이지** www.somyong.co.kr

값 22,000원

ISBN 979-11-5905-516-4 93810

잘못된 책은 바꾸어드립니다.

근대서지총서 13

신래현의 조선 향토전설집

The Korean Legendary Collection by Shin Re-Hyeon

김광식 지음

소명출판

책머리에

신래현(1915~?)은 해방 전후에 일본어와 한국어로 전설집을 발간했다. 해방 전에는 도쿄에서 일본어판 『조선의 신화와 전설朝鮮の神話と傳說』(一杉書店, 1943)을 간행했고, 해방 후에는 평양에서 『향토전설집』(국립출판사, 1957)을 간행했다. 이 책에서는 해방 전후에 간행된 신래현의 두 향토전설집을 고찰하고, 현재 한국에서 확인하기 어려운 『향토전설집』을 참고자료로 제시하였다. 저자는 한국 민속학사를 새롭게 정립하고자 하는 포부를 가지고 우선적으로 손진태, 최상수, 임석재 등을 포함한 한국 구비문학사의 형성 과정을 고찰해 왔다. 이를 위해 해방 전에 출판된 한국어 및 일본어 자료를 다수 발굴하여, 그 관련 양상을 검토해 왔다.

10여 년 전에 신래현의 일본어 자료를 확보하였고, 한국 구비문학사 정립에 있어 중요한 자료집임을 확신하게 되었다. 일본어판 『조선의 신화와 전설』의 간행 이후 신래현이 평양에서 『향토전설집』을 간행했다는 사실을 알았지만, 실물을 확인하는 것은 결코 쉽지 않았다. 이 책은 평양에서 2만 부를 간행했다지만, 한국이나 일본에서 실물을 확인할 수 없는 상태였다.

수소문 끝에 저자는 2013년 일본 지인의 필사를 통해 평양 인민대학습당人民大學習堂에 디지털화된 『향토전설집』의 일부를 확인할 수 있었다. 인민대학습당 디지털판은 그 일부에 지나지 않았지만, 이를 바탕으로 하여 2016년 12월 10일 근대서지학회 제6회 학술대회(월북문인 특집)에서 분단 전후 신래현의 향토전설집 형성 과정을 발표하였다. 근대서지학회에서 근대서지에 정통한 선생님들께 가르침을 얻고, 신래현에 대한 관심을 환기시키기 위한 저자 나름대로의 타개책이었다. 그 진심이 통했는지 한상언 선생님이 백방으로 수소문해 신래현의 『향토전설집』을 구입해 주셨고, 오영식 선생님의 소개를 통해 완전한 형태의 판본을 얻어 이 책을 간행할 수 있게 된 것이다. 『향토전설집』의 전문全文을 확인하는 데 도와주신 여러 선생님들께 진심으로 감사드리며, 근대서지총서로 이 책이 발간될 수 있게 힘써 주신 오영식 선생님께 다시 한번 감사드린다.

이 책의 구성은 다음과 같다. 제1장에서는 식민지기에 조선인이 간행한 전설집을 살펴보고, 그중에서 신래현의 『조선의 신화와 전설』에 주목하였다. 최상수, 김상덕, 김소운 등이 해방 전후에 설화집을 간행했지만, 신래현에 대한 연구는 행해지지 않았다. 특히 신래현은 월북 작가로 통일시대를 준비하는 구비문학 연구사의 해명을 위해 반드시 구명되어야 할 인물이라고 판단된다.

먼저 신래현의 학적부와 신문 자료를 새롭게 발굴해 신래현의 학창시절의 활동을 복원할 수 있었다. 신래현은 중학 시절부터 문예부에서 활동하며 와세다대학 영문과를 졸업하고 해방 전후에 향토전설집을 두 권 발간하였다. 제1장에서는 1943년판과 평양 인민대학습당의 디지털판(1957년판의 일부 삭제판)을 비교 검토하였다. 1943년판에서 신래현은 건국신화 7편과 함께 민간전설 13편을 수록했는데, 민간전설 13편 중 무려 11편이 신라전설에 해당된다. 신래현이 박관수의 『신라고도 경주의 사적과 전설』(1937)을 참고하여 다수의 신라전설을 수록했음을 확인하였다. 구체적으로 〈등나무〉전설로 알려진 〈건곤이룡(용연)〉전설을 통해 그 변용 양상을 명확히 하였다.

또한 1943년판과 인민대학습당의 디지털판에 공통으로 수록된 〈무영탑〉전설의 형성 과정을 검토하고, 1921년 이후에 발표된 다수의 〈무영탑〉전설의 전개 양상을 분석하였다. 현진건의 소설화를 제외하면, 1943년이라는 시대 배경을 반영해 신래현의 〈무영탑〉전설은 식민지기에 제출된 관련 전설 중에서도 특히 긴장감이 고조된 작품으로 형상화되어 있다.

제2장에서는 새롭게 발굴한 신래현의 『향토전설집』의 전체 내용을 검토하고, 신래현의 전설집의 형성 과정을 분석하였다. 신래현의 1957년판은 박관수의 『신라고도 경주의 사적과 전설』과 함께, 이홍기의 『조선전설집』(1944)의 영향을 받았음을 확인하였다. 박관수는 일본인이 간행한 전설집을 참고했지만, 이를 비판적으로 수용하면서 신라전설집을 간행하였다. 신래현은 박관수의 전설집을 참고하며 일부 오식을 바로잡았고, 『삼국유사』 등의 내용을 보족하여 전설의 완성도를 높였다.

1957년판에는 총 26편의 설화가 지역별로 수록되었는데, 그중 이홍기의 전설집과 공통되는 모티브를 지닌 자료는 총 20편이다. 신래현은 이홍기의 전설집에서 다수의 소재를 활용했지만, 신라전설의 경우는 박관수의 자료를 활용하여 1957년판을 완성시켰다.

북한설화에 대한 연구는 관련 자료의 접근이 용이하지 않아 어려움이 따른다. 그럼에도 불구하고 일부 연구자에 의해 괄목할 만한 성과가 제출되고 있다. 저자는 선행연구를 참고하고 북한의 초기 대표적 전설집인 신래현의 자료를 새롭게 확보하여 그 내용을 분석함으로써, 이전 설화집과의 관련 양상을 고찰했다. 신래현의 전설집은 이후의 북한설화집에도 일정한 영향을 미쳤다. 계속해서 근대 일본인의 자료를 비판적으로 분석하고, 박관수, 이홍기, 고정옥 등의 설화집을 포함한 북한설화의 전체상을 구명하고자 한다. 이를 통한 남북한의 설화 채집 및 연구 성과의 복원과 그 활용에 대한 검토는 앞으로의 과제다.

부록으로 새롭게 발굴한 『향토전설집』(1957) 원문을 제시하였다.

이복규 선생님은 북한설화와 더불어 해방 전의 설화집에 관심을 지니고, 『이홍기의 『조선전설집』 연구』(학고방, 2012)를 간행했다. 이복규 선생님 지적대로 이홍기의 『조선전설집』은 우리 구비문학사의 형성 과정을 이해하는 데 중요한 자료인데, 지금까지 본격적인 연구는 행해지지 않았다. 1944년에 이 책이 한글로 간행되었다는 사실도 놀랍지만, 이 책이 해방 직후에 다시 간행되어 1946년에 제3판을 찍어 계속해서 읽혔다는 점도 소중하다. 이와 같이 해방 전후에 일정한 독자를 확보하면서, 후대에도 지속적인 영향을 미치게 된다. 실제로 필자는 신래현이 해방 후에 이홍기의 『조선전설집』을 활용하여 자신의 『향토전설집』을 간행했음을 명확히 하였다.

이복규 선생님은 『이홍기의 『조선전설집』 연구』의 머리말에서 다음처럼 추정하였다.

> 자세히 연구해 보니, 남한 학자들이 이 책의 존재를 모르거나 무시한 데 비

해, 북한에서는 일찍부터 이 책에 수록된 자료를 활용해 왔다는 것을 확인할 수 있었습니다. 더 추적해 봐야 하겠지만, 북한에서 출판한 설화집으로 『재미나는 옛이야기』 1~3(근로단체출판사, 1986~1987)가 있는데 여기 실려 있는 자료 중 일부를 보면, 이홍기의 책에 실린 것을 가져다 약간만 윤문했다고 여겨지는 게 있습니다. 「연못가의 퉁소소리」는 「퉁소소리에 맺어진 도암봉의 운림지(雲林池)」를, 「도하동의 마십 부부」는 「수안(遂安) 성동(城東)의 마십굴」을 그렇게 한 것이며, 「사랑산과 절부암」은 제목과 남자 주인공 이름(박서방)까지 똑같을 정도입니다.

이러한 추정은 연구사적으로 의미가 있지만, 이 책의 발간으로 그 수록 과정이 보다 명확해졌다. 즉 아래 표처럼 『재미나는 옛이야기』 1~3은 이홍기가 아니라 신래현의 자료를 참고한 것이다. 이를 통해 신래현의 자료집이 이후 북한 자료에 일정한 영향을 미쳤음을 확인할 수 있다.

신래현, 『향토전설집』, 1957, 58면.	『재미나는 옛이야기』 3, 1987, 104~105면.
마십굴 황해북도 수안군에 도하리라는 자그마한 마을이 있다. 이 마을의 뒷산에는 병풍과 같이 깎아 세운듯 한 절벽이 있고 그 절벽의 한 복판에 큰 석굴 하나가 있는데 이 근방 사람들은 석굴을 가리켜 마십굴이라고 한다. 이 굴 초입은 사람이 서서 걸어 들어 갈 수 있고 몇 간 들어 가서는 허리를 굽혀야만 하며 좀 더 가서는 엎디여 기는 수밖에 없다. 그렇기 때문에 아무도 이 굴의 끝까지 가 본 사람이 없으나 이 부근 사람들은 이 굴을 五○리 굴이라고 한다. 이 굴에 대해서 다음과 같은 전설이 내려 오고 있다. 옛날 이 도하리에는 한 미천한 백성인 젊은 부부가 살고 있었다. 남편은 사람이 좋고 정직하며 소박하였다. (…후략…)	도하동의 마십부부 황해북도 수안군에 가면 옛날에 도하리라 불리우는 자그마한 마을이 있다. 이 마을의 뒤산에는 병풍과 같이 깎아세운 절벽이 있고 절벽의 한가운데는 "마십굴"이라고 불리우는 큰 석굴이 있다. 마을사람들 중에 이 굴에 들어가본 사람은 없지만 굴의 길이는 50리라고 하며 거기에는 빼앗긴 사랑을 되찾으려는 한 농부의 구슬픈 이야기가 깃들어있다고 한다. 마십은 이고장에 살던 가난한 농부였다. 그는 몸이 장대하고 힘이 장사였으며 성질이 또한 강직하였다. (…후략…)

저자로서는 결과적으로 이홍기의 자료집은 해방 후의 남북한 자료집에 일정한 영향을 미쳤고, 통일시대를 준비해야 되는 구비문학 연구자로서는 특히 주목해야 할 대목이라고 생각된다.

근대서지총서에 수록된 이 책을 통해 북한설화에 대한 인식이 깊어지고, 우리 구비문학사, 우리 전승의 서승書承 양상에 대해서도 관심을 확대시키는 계기가 되길 바란다. 지금까지 구비문학 연구자는 지나치게 구승口承만을 중시해 왔다. 그러나 고대 이래 문자 생활을 영위해 온 동아시아에서는 서승의 중요성도 함께 검토할 필요성이 있다. 구승, 서승, 체승體承, 시승視承 등을 포함한 다양한 전승의 복원을 통한 민속학, 나아가 인문학의 가치와 효용에 대한 가능성을 확신하며 글을 맺고자 한다.

2020년 11월

저자

차례

제1장

신래현과 '조선전설집' 형성 과정

1. 서론

식민지기에 조선어로 쓰인 설화집보다 일본어로 쓰인 조선설화집이 더 많이 간행되어 그 내용 분석과 해방 후의 관련 양상에 대한 검토가 요청된다.[1] 일본어로 간행된 설화집 중, 1927년 이후에는 조선인 지식인에 의한 조선설화집도 간행되었는데, 다음과 같이 그 대부분이 1940년대 초기에 간행된 것이다.

① 정인섭(鄭寅燮), 『온돌야화(温突夜話)』, 日本書院, 1927.3.18, 東京(22日 三版).

② 손진태(孫晉泰), 『조선민담집(朝鮮民譚集)』, 郷土研究社, 1930.12, 東京.

③ 박관수(朴寛洙), 『신라고도 경주의 사적과 전설(新羅古都慶州の史蹟と傳

1　식민지기에 간행된 설화집에 대해서는 다음을 참고. 김광식, 『식민지 조선과 근대설화』, 민속원, 2015; 김광식, 『근대 일본의 조선 구비문학 연구』, 보고사, 2018; 김광식, 「근대 일본의 조선설화 연구의 현황과 과제」, 『열상고전연구』 66, 열상고전연구회, 2018, 65~90면.

說)』, 博信堂書店, 1937.3, 大邱(『신라고도 경주부근의 전설』, 京城清進書館, 1933년의 증보 일본어판).

④ 조규용(曺圭容), 『조선의 설화소설(朝鮮の說話小說)』, 社會教育協會, 1940.9, 東京.

⑤ 장혁주(張赫宙), 『조선 고전 이야기 심청전 춘향전(朝鮮古典物語 沈清傳 春香傳)』, 赤塚書房, 1941.2, 東京.

⑥ 장혁주, 『동화 흥부와 놀부(童話フンブとノルブ)』, 赤塚書房, 1942.9, 東京.

⑦ 데쓰 진페이(鐵甚平, 김소운(金素雲)), 『삼한 옛이야기(三韓昔がたり)』, 學習社, 1942.4, 東京.

⑧ 데쓰 진페이, 『동화집 석종(童話集石の鐘)』, 東亞書院, 1942.6(1943.10 三版), 東京.

⑨ 데쓰 진페이, 『파란 잎(青い葉つぱ)』, 三學書房, 1942.11, 東京.

⑩ 김소운(金素雲), 『조선사담(朝鮮史譚)』, 天佑書房, 1943.1(8月 再版), 東京.[2]

⑪ 데쓰 진페이, 『누렁소와 검정소(黃ろい牛と黑い牛)』, 天佑書房, 1943.5, 東京.

⑫ 신래현(申來鉉), 『조선의 신화와 전설(朝鮮の神話と傳說)』, 一杉書店, 1943.5, 東京.

⑬ 金海相德(김상덕), 『반도명작동화집(半島名作童話集)』, 盛文堂書店, 1943.10, 京城.

---

2 김소운은 『삼한 옛이야기(三韓昔がたり)』를 비롯해 동화집 『석종』, 『파란 잎』, 『누렁소와 검정소』 등 4권의 동화집을 간행했는데, 모두 데쓰 진페이(鐵甚平)라는 필명으로 간행해 본명을 밝히지 않았다. 한편 책명에 '조선'이 들어가는 『조선사담(朝鮮史譚)』(天佑書房, 1943)만은 본명으로 발표해 조선인에 의한 서적임을 분명히 했다. 신래현 역시 『지나의 연극』(1943)은 일본명 히라오카로 간행했지만, 『조선의 신화와 전설』은 본명으로 간행해 유사한 정황을 보여준다.

⑭ 金海相德, 『조선 고전 이야기(朝鮮古典物語)』, 盛文堂書店, 1944.6(1945.3 再版), 京城.

⑮ 豊野實(최상수(崔常壽)), 『조선의 전설(朝鮮の傳說)』, 大東印書舘, 1944.10, 京城.

정인섭, 손진태, 김소운, 김상덕, 최상수에 대한 연구가 행해졌지만,[3] 신래현(1915~?)과 박관수(1896~1980)의 전설집에 대해서는 연구된 바 없다. 신래현의 『조선의 신화와 전설』은 1943년에 5천 부를 간행했고, 패전 후의 일본에서 다시 간행(太平出版社, 1971)되어, 1975년에 9쇄를 찍었고, 1981년에 개장판改裝版을 간행하였다. 2008년에는 용계서사龍溪書舍에서 한국병합사연구자료총서 중 한 권으로 복각되어 일본의 조선설화 이해에 일정한 영향을 끼쳤다고 생각된다. 한편, 국내에서는 『그리스 · 로마신화』의 동양신화에 단군과 탈해 신화 2편이 번역 · 수록되었다.[4]

『조선의 신화와 전설』에는 와세다대학 연극박물관장 가와타케 시게토

3 정인섭, 최인학 · 강재철 역, 『한국의 설화』, 단국대 출판부, 2007; 류정월, 「근대 설화집의 여성 형상화 연구 – 『온돌야화』, 『조선민담집』, 『조선동화대집』의 여성 인물을 중심으로」, 『한국고전여성문학연구』 32, 한국고전여성문학회, 2016, 65~100면; 김광식, 「한일설화 채집 · 분류 · 연구사로 본 손진태 『조선민담집』의 의의」, 『동방학지』 176, 연세대 국학연구원, 2016, 1~26면; 노영희, 「김소운의 아동문학 세계 – 鐵甚平이란 필명으로 발표된 네권의 작품을 중심으로」, 『동대논총』 23, 동덕여대, 1993, 87~106면; 유재진, 「김상덕의 일본어 동화 「다로의 모험(太郎の冒険)」연구(1)」, 『일본언어문화』 28, 한국일본언어문화학회, 2014, 609~624면; 김광식 · 이복규, 「해방 전후 시기 최상수 편 조선전설집의 변용 양상 고찰」, 『한국민속학』 56, 한국민속학회, 2012, 7~40면; 김광식, 「최상수의 한국전설집 재검토」, 『열상고전연구』 64, 열상고전연구회, 2018, 5~28면; 김광식, 『김상덕의 동화집 김소운의 민화집』, 보고사, 2018.

4 토머스 불핀치 외, 최준환 편역, 『그리스 · 로마신화』, 집문당, 1999, 265~275면. 또한 최근 신라전설 〈에밀레종〉 연구에서 신래현의 텍스트도 분석되었다. 김효순, 「'에밀레종' 전설의 일본어 번역과 식민지시기 희곡의 정치성 – 함세덕의 희곡 〈어밀레종〉을 중심으로」, 『일본언어문화』 36, 한국일본언어문화학회, 2016, 311~337면.

시河竹繁俊(1889~1967)와 경성제국대학 교수 아키바 다카시秋葉隆(1888~1954)의 서문이 실렸고, 판권지 앞쪽에는 저자 약력이 다음처럼 적혀 있다.

저자 와세다대학 문학부 졸업

김천(金泉)중학교 교사를 거쳐 현재 와세다대학 연극박물관 근무

근년「조선의 예술」을 집필 중, 그간에 조선 지나(支那) 몽고의 오지를 주유함

저서『지나의 연극(支那の演劇)』(번역) 畝傍書房

「조선의 예술」은 간행되지 않았고,『지나의 연극』(1943.3)은 알링턴L.C. Arlington, アーリングトン의 책(*The Chinese Drama*, 1930, 上海)을 인나미 다카이치印南高一(1903~2001, 필명 다카시喬)와 히라오카 학코平岡白光가 공동 번역했는데, 히라오카가 바로 신래현이다.

인나미는 1929년 3월 와세다대학 영문과를 졸업해 4월부터 연극박물관에 근무했다.[5] 인나미는 이 책 서문에서도 히라오카 학코의 조력을 언급하였다. 인나미는 1931년 외무성 위촉으로 '만몽북지滿蒙北支'에서 연극자료를 수집하고 나서, 상하이上海를 조사할 때 알링턴의 책을 구입했고 조선, 만주 등 시국에 부응하며 조사 범위를 확대해 나갔다. 중일전쟁 이후 "흥아 대업의 기운과 함께 점점 그 필요를 느껴" 연극박물관 내에 동양연극자료실을 신설했다.[6] 인나미의『조선의 연극朝鮮の演劇』(北光

5 印南高一,「著者略暦及び業績」,『支那の影繪芝居』, 大空社, 2000(1944년 玄光社 복각판).

6 印南高一,「東洋演劇室」,『季刊演劇博物館』11, 國劇向上會, 1939.5, 6면.

書房 1944.10)[7]에는 가와타케 시게토시河竹繁俊, 송석하, 안영일, 신래현이 서문을 썼는데, 최근에 한국어 번역판 『조선의 연극』이 연속해서 출간되었지만, 신래현의 이력에 대해서는 밝혀진 바 없다.[8]

인나미는 "김재철 씨의 유고 『조선연극사』는 이 책의 토대가 되었다. 그 번역과 더불어 정노식 씨의 『조선창극사』의 번역은 학우 신래현 군에게 큰 도움을 받았다"고 밝혀, 인나미의 연구에 신래현이 큰 도움을 주었음을 확인할 수 있다.

신래현은 1935년 3월 10일 도쿄東京의 이쿠분칸郁文館 중학교를 졸업했다. 당시 학적부[9]에 따르면, 1931년 4월 시험을 통해 2학년에 편입 입학했다. 원적은 경북 김천군 김천면 城內町 79-2, 1915년 2월 18일 생이다. 학력에는 연수학관硏數學館 및 정칙예비교正則豫備校에서 공부했다고 기록되었다. 연수학관 및 정칙예비교는 당시 유학생들이 일본어를 공부하며 편입을 준비하는 관문이었다.

1931년 5월 말일 현재, 이쿠분칸 중학교의 '외국'[10]학생에 관한 조사(『외국학생에 관한 조사外國學生ニ關スル調』)에 따르면, 해당 연도 입학 허가자 수는 1학년 대만인 1명, 조선인 1명, 2학년 대만인 1명, 조선인 1명, 3학년 대만인 1명, 조선인 2명, 4학년 대만인 3명, 조선인 1명이었다. 신래

7 印南高一, 「序」, 『朝鮮の演劇』, 北光書房, 1944, 10면.

8 인나미 고이치, 김일권 · 이에나가 유코 역, 『조선연극사』, 민속원, 2016; 인나미 다카이치, 김보경 역, 『일본인 학자가 본 조선의 연극』, 역락, 2016.

9 저자는 2016년 11월 18일 郁文館夢學園 사무국(도쿄 분쿄구 소재)의 배려로, 『생도학적부』, 『외국학생에 관한 조사(外國學生ニ關スル調)』, 『졸업생명부』, 졸업기념사진, 교유회 잡지 등을 열람하였다. 郁文館夢學園 관계자에게 감사드린다.

10 식민지 대만과 조선인 학생을 '내지'인과 구별하고, 나아가 '외지'학생이 아닌, '외국'학생으로 표기했다는 사실에도 주목하지 않을 수 없다.

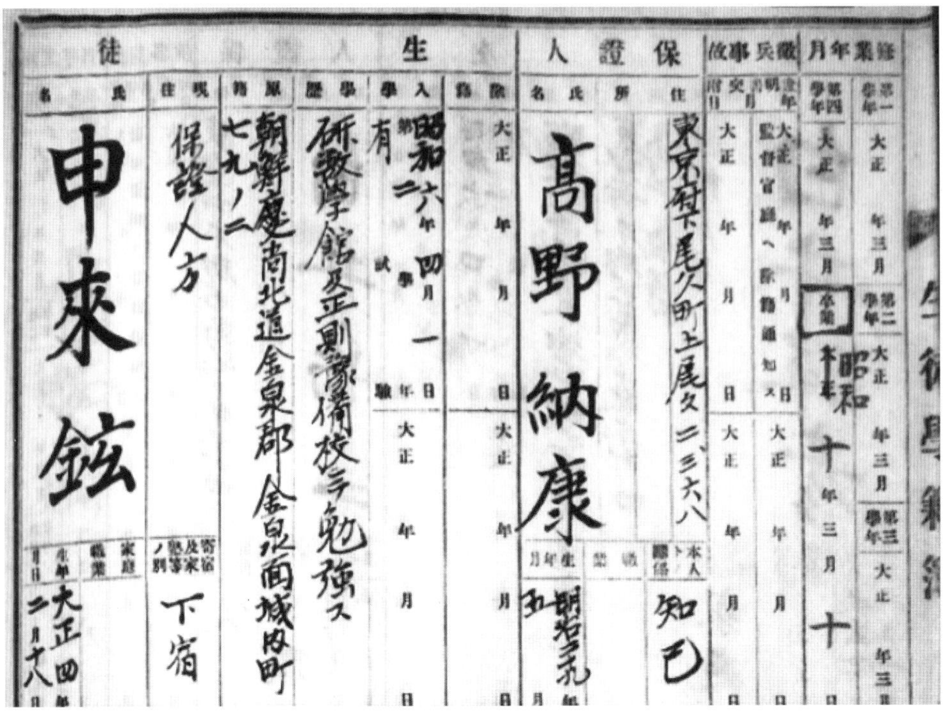

신래현의 이쿠분칸 중학교 학적부

현은 ‘정칙예비교 3년 수료’로 기록돼 있는데, 1934년 5월 말일 조사에는 ‘아천牙川공립보통학교 졸업, 정칙예비교 졸업’이라고 적혀 있어,[11] 김천 아천공립보통학교를 거쳐 정칙예비교를 수료한 것으로 보인다. 중학교 성적은 1931년 67명 중 20위(성격 순량順良), 1932년 67명 중 15위(순량), 1933년 85명 중 33위(쾌활), 1934년은 졸업 연도라서 불명不明이었다. 졸업기념 사진을 보면, 문예부에서 활동했음을 확인할 수 있다.

와세다대학 동창회 회원명부 등에 의하면, 신래현은 1940년 와세다대

11 ‘牙川公立普通学校 卆业 正則予ヒ校 卆业’ 원문은 초서(草書)와 이체자(異體字)여서 판독이 어렵다. 판독에 있어, 도쿄·미나카타 구마구스(東京·南方熊楠) 번자(翻字) 모임의 하시즈메 히로유키(橋爪博幸), 기시모토 마사야(岸本昌也) 두 선생님의 도움을 받았다.

학 영문과를 졸업하고, 해방 후 서울(서울 서대문구 천연동 120의 6)에 거주하다가 월북한 것으로 확인된다.[12] 북에서 신래현은 『향토전설집』(1957, 평양: 국립출판사, 총 275면)[13]과 「천리마에 대한 설화」(『문화유산』 6, 1958)를 발표하였다. 1986년 8월 19일 자 『아사히신문』 기사는 신래현의 근황을 다음처럼 전한다.

『조선의 신화와 전설』은 15년 전에 태평출판사에서 복간되었지만, 신 씨의 행방을 몰라서, 「간행자의 후기」에 "저자의 소식을 알면, 연락 바란다"고 적었다. 그 후 15년이 경과한 올해 7월에 태평출판사 최 사장(최용덕 사장-인용자) 앞으로 신 씨 본인에게서 편지가 도착한 것이다.

편지지 3장에 조선어로 빽빽이 쓰인 편지에는, 신 씨는 일본 패전·조선해방으로 고향에 돌아간 후, 한국전쟁 때 북측에 서서 총을 잡았고, 그 후에는 과학연구 부문을 담당, 현재는 금성청년출판사에 근무하며, 젊은 세대를 위해서 외국어사전 편집을 담당한다고 한다.

각국 문헌을 모은 평양의 인민대학습당에서 일본 문헌을 조사하며, 우연히 자신의 책을 접하게 되었다고 한다. 그리고 히토스기 씨(히토스기 아키라

12 와세다대학 조선유학생동창회, 『1939년도 회칙급회원名簿』, 16면(와세다대학 우리동창회, 『한국유학생운동사-早稻田대학 우리동창회70년사』, 1976년, 부록에 영인본 수록); 와세다대학 동창회, 『1956년도 회원명부』, 77면을 참고.

13 신래현의 『향토전설집』은 한국 및 일본 도서관에서 소재를 파악할 수 없다. 2013년 저자는 일본의 지인을 통해 평양의 종합도서관 인민대학습당(人民大學習堂)에 디지털화된 내용을 확인할 수 있었다. 『향토전설집』은 275면으로 간행되었으나, 인민대학습당본은 182면 이후는 확인할 수 없다. 26편 중 16편만을 열람할 수 있다. 182면 이후의 목차(남한전설 부분)도 삭제되었고, 본문에도 일부 글자가 삭제되어 있어 어느 시점에서 정치적 이유로 삭제된 것으로 판단된다. 두 차례에 걸쳐 필요한 내용을 정성껏 필사해 준 지인에게 진심으로 감사드린다.

신래현(중앙), 윤헌진(맨끝에서 오른쪽) 중학교 졸업사진(문예부)

신래현(좌), 김복룡, 윤헌진, 최의순(우)

「저자 – 신래현 씨」(『아사히신문』, 1986.8.19)

(一杉章), 1943년 판의 출판사 사장 – 인용자)의 소식을 묻는 한편, 이를 계기로 민화나 전설의 분야에서 조선과 일본의 공동 연구를 할 수 있었으면 하는 꿈을 전했다.[14]

2. 해방 전후에 간행된 신래현의 전설집

신래현은 『조선의 신화와 전설』(1943, 이하 1943년판)과 『향토전설집』(1957, 이하 1957년판)을 간행했는데, 이 절에서는 두 권의 책을 비교 분석하여 그 형성 과정 및 관련 양상을 검토하고자 한다.

1943년판 서문에 가와타케는 "대동아전쟁하, 일선日鮮의 한층 깊은 융화에 공헌하는바 적지 않을 거라고 믿는다"고 적었고, 경성제국대학의 아키바는 "특히 조선의 신화 및 전설 중에는 이를 문화사적으로 보면, 내선內鮮의 친연 관계를 보이는 것은 물론, 만몽, 지나支那, 인도 등 널리 아시아 여러 지역과의 문화적 관련을 찾을 수 있는 것이 적지 않으며, (…중략…) 현재 반도의 황국화 사회 과정에서 그것(신화전설 – 인용자)이 어떠한 기능을 수행하는지를 이해하는 일은 단순히 전문적 학구學究에게만 부과된 문제는 아닐 것이라고 생각한다"고 주장하였다.

1943년 당시 일본어 조선전설집의 간행 이유가 '내선 융화 및 친연'과 관련되어 있었다는 점에서 주의를 요하는데, 신래현은 서문에서 다음처

14 「日朝の友を結んだ復刻版 平壌の申さん, 自著に出合いたより」, 『東京朝日新聞』, 1986.8.19(朝刊), 22면. 이하 일본어 번역은 저자에 의함.

럼 기술했다.

> 솔직히 고백하면, 저자는 이들 신화와 전설을 조심스럽게 썼습니다. 왜냐하면 (…중략…) 뜻은 넘치되 역부족이라서 신화를 모독하고 주옥같은 전설을 와륵(瓦礫, 하찮은 것 – 인용자)으로 만들어 버리지 않을까 하는 근심에서 지지부진했습니다. 그리고 가능한 한 생생하게 이야기를 그대로의 형태로 유지해서 독자 앞에 제시하는데 주의하였습니다. 이들 신화와 전설에 대해 역사적인 고증과 비판적 고찰을 행하지 않은 것도 오직 이상의 이유에서입니다. (…중략…) 이를 통해서 내선(內鮮)의[15] 사람들이 진심으로 서로를 이해하고 서로를 사랑하는 정신적 양식(糧食)이 된다면 저자의 목적은 달성될 것입니다.

신래현은 일본인의 조선전설 이해를 통한 내선인의 상호 이해와 사랑을 주장하였다. 이러한 문제적 주장이 출판 검열을 대비한 내부검열의 결과인지 아닌지는 본문의 내용 분석을 통한 상세한 검토가 요청된다. 실제로 신래현은 〈에밀레종〉에서 박관수의 전설집을 참고하면서도, 서두에서 시대적 배경을 논하며 고대 한일의 우호적 교류를 서술하여 '내선융화'적 글쓰기에서 자유롭지는 않다.[16] 또한 설화 내용에서도 신래현은 '그대로의 형태로 유지'했다고 주장했지만, 실제로는 박관수의 전설집을 바탕으로 하여 크고 작은 개작을 시도하였다.

---

15 太平出版社(1971)판은 가와타케와 아키바의 서문을 삭제했고, 신래현의 서문의 일부를 실었다. '內鮮의'를 '일본과 조선의'로 수정하였고, 가와타케와 아키바에 대한 감사의 말을 삭제했다.

16 김효순, 앞의 글, 323~324면을 참고.

신래현은 〈나무꾼과 선녀〉[17]로 시작되는 민간전설 13편과 건국신화 7편(단군-고조선, 주몽-고구려, 혁거세-신라, 비류와 온조-백제, 구간九干-임나任那, 왕건-고려, 이성계-조선)을 수록하였다. 책명은 『조선의 신화와 전설』이지만, 전설을 먼저 배치한 것이다.

식민지기 대표적 조선전설집으로는 미와, 나카무라 등을 들 수 있다.

1. 미와 다마키(三輪環), 『전설의 조선(傳說の朝鮮)』, 博文館, 1919.
2. 야마사키 겐타로(山崎源太郞), 『조선의 기담과 전설(朝鮮の奇談と傳說)』, ウツボヤ書籍店, 1920.
3. 나카무라 료헤이(中村亮平) 외, 『지나·조선·대만 신화 전설집(支那·朝鮮·台灣神話傳說集)』, 近代社, 1929.

나카무라는 미와와 야마사키의 전설집을 다수 참고했는데, 신래현은 나카무라 전설집을 참고했을 가능성도 배제할 수는 없지만, 그 영향은 한정적이다. 건국신화에는 기자조선을 수록하지 않고, 고조선부터 조선시대까지를 전체적으로 망라하고 건국신화 이외의 신화는 민간전설에 분류해 수록했다. 이에 비해, 미와와 나카무라 등 일본인의 전설집은 건국신화를 따로 분류하지 않았고, 조선왕조 신화를 수록하지 않았다는 문

17 신래현이 첫 설화로 의식적으로 배치한 것으로 판단되는 〈나무꾼과 선녀〉는, 식민지기에 일본인이 한일 공통의 설화로 1910년 다카하시 도오루 이래 주목되었고, 조선총독부 관사의 벽화 등에도 채택된 설화의 모티프가 되었다. 김광식, 「조선총독부 학무국 '전설 동화 조사' 보고서를 활용한 『조선동화집』의 개작 양상 고찰」, 『고전문학연구』 48, 한국고전문학회, 2015, 58면을 참고.

제점을 지녔다. 또한 제주도 삼성혈 신화의 여신이 일본에서 왔다며 식민시기에 '내선 관련설화'로 자주 활용되었는데, 신래현은 이를 수록하지 않아, 일본인의 전설집과는 일정한 차이를 보인다는 점도 지적해 두고자 한다.

건국신화에 앞서 배치한 13편의 민간전설 중, 〈1. 나무꾼과 선녀〉와 〈10. 견우직녀〉를 제외한 11편은 모두 신라전설이다. 신래현은 박관수의 신라전설집의 영향을 받아 다수의 신라전설을 수록한 것이다. 〈표 1〉처럼 〈혁거세〉, 〈석탈해〉, 〈김유신 장군〉은 박관수의 전설집에 수록된 복수의 신화전설을 신래현이 하나의 설화로 통합하여 정리했고, 그 줄거리가 일치한다는 점에서 영향 관계를 여실히 보여준다. 나카무라가 석탈해의 탄생과 조선 표착에 관심을 보여 전반부에 초점을 둔 데 반해, 신래현은 석탈해의 전 생애를 다루었다.

신래현이 수록한 13편의 민간전설은 다음과 같다.

· 羽衣(나무꾼과 선녀)

· 影なき塔(무영탑)

· 母を呼ぶ鐘(에밀레종)

· 處容の歌(처용가)

· 日の神と月の神(일신 월신, 연오랑 세오녀)

· 劒舞(검무 관창)

· 昔脫解(석탈해)

· 孝不孝橋(효불효교)

〈표 1〉 신래현의 전설집의 영향 및 대응표

미와 등	나카무라(1929)	박관수(1937)	신래현(1943)
35. 단군	1. 조선 시조 단군	×	단군
야마사키(기자)	2. 기자(箕子) 이야기	×	×
39. 금와(주몽) 야마사키(주몽)	3. 고구려 시조 주몽	×	주몽
×	4. 백제 시조 비류와 온조	×	비류와 온조
37. 박씨(혁거세)	5. 신라 시조 박혁거세	4. 시조왕 박혁거세탄생 5. 시조왕비 알영탄생 6. 시조왕의 승천과 애빈(愛嬪)	혁거세
41. 사람의 알	6.석 씨시조 석탈해 97. 나아리 전설	7.다파나국(多婆那國)에서 온 탈해이사금 8.유리(儒理) 이사금의 치리(齒理) 9. 탈해왕의 월성점유와 호공	7. 석탈해
42. 계림(김알지)	7. 계림의 기원	10.황금 궤에서 태어난 김알지	×
×	8. 대가락(大駕洛)의 건국	×	구간(九干)
36. 삼주신(삼성혈)	9. 제주도의 삼성혈	×	×
47. 일월의 정기	10. 영일만의 연오와 세오	29. 일신과 월신	5. 일신과 월신
50. 용녀의 자식	11. 고려 태조	×	왕건
야마사키(백제)	12. 백제 멸망의 조짐	×	×
야마사키(영혼)	13. 고려 멸망의 조짐	×	×
×	×	×	이성계
高橋(선녀의 깃옷)	31. 선녀와 깃옷	×	1. 나무꾼과 선녀
×	94. 무영탑과 영지	31. 아사녀의 슬픔과 영지그늘	2. 무영탑
×	×	43.에미를 부르는 봉덕사종	3. 에밀레종
×	103. 처용과 젊은이	45. 개운포와 처용가	4. 처용가
×	×	53.관창의 충성과 검무의 유풍	6. 검무 관창
×	87. 효불효교(孝不孝橋)	27. 과부의 비행(非行)을 바로잡은 효불효교(孝不孝橋)	8. 효불효교
×	88. 천관사 연기	12. 김유신 장군과 천관사 13. 김유신 장군과 우리 집 물맛	9. 김유신 장군
총독부국어독본	16. 까치 다리	×	10. 견우직녀
46. 귀교	89. 귀교	25. 도화랑(桃花娘)의 약혼과 비형랑의 귀신놀이	11. 귀신과 노는 비형랑
×	×	65. 등나무에 얽힌 비련	12. 건곤이룡(乾坤二龍)
43. 약밥	×	26. 까마귀의 영시(靈示)와 사금갑의 영서(靈書)	13. 서출지

* 미와 및 신래현의 민간전설 번호는 저자에 의함

· 金庾信將軍(김유신 장군)

· 牽牛織女(견우 직녀)

· 鬼と遊ぶ(귀신과 노는 비형랑)

· 乾坤二龍(건곤이룡, 등나무전설)

· 一人死ぬか二人死ぬか(하나가 죽거나 둘이 죽는 서출지).

전술한 바와 같이 〈나무꾼과 선녀〉, 〈일신 월신(연오랑 세오녀)〉는 한일 관련을 염두에 두고 제시되었지만, 기타 설화는 신라전설을 중심으로 잘 알려진 전설을 수록한 것이다.

3. 해방 전에 행해진 다시 쓰기 양상

〈표 1〉처럼 나카무라는 고대 경주와 일본열도와의 관련성에 관심을 갖고 다수의 신라전설을 수록했는데, 신래현은 박관수의 전설집을 참고하여 신라전설을 형상화하였다. 신래현의 〈검무〉와 〈건곤이룡乾坤二龍〉은 박관수와 신래현의 전설집에서만 보인다. 박관수는 전설을 민속신앙과 관련시켜 서술하였고, 신래현도 이를 일정 부분 수용하였다. 박관수는 〈18. 용왕이 된 무열왕〉과 〈24. 박제상의 충의와 그 부인의 정렬貞烈〉 등 일본과의 대립 양상을 보이는 설화를 수록했지만, 신래현의 전설에는 결과적으로 이러한 설화는 완전히 제외되었고, 태평양전쟁 당시의 시국영합적인 경향이 나타난다.

〈표 2〉 건곤이룡(乾坤二龍)의 변용 대응표

박관수, 등나무에 얽힌 비련, 1937, 122~124면	신래현, 건공이룡(乾坤二龍), 1943, 176~187면
경주군 현곡면(見谷面) 오류리(五柳里) 강변을 따라 면적 약 4천 5백 헥타르의 울창한 나무숲(林叢)이 있다. 여기는 용림(龍林)이라 하여 신라시대 임금님의 사냥터였다. 벌거숭이산이 많은 이 지역에서 민가 근처에 이런 멋진 나무숲이 있다는 것은 하나의 기적인데, 이는 다음과 같은 전설의 힘에 의해 보호되었기 때문이다. 이 숲과 그 북쪽 촌락 사이에는 깊은 연못이 하나 있었다. 예부터 거기에는 용이 숨어 있다고 하여 숲 그늘이 연못에 비춰면 용은 그 모습을 수중에 보이고, 억수로 비를 내리는 것이었다. 그 때문에 숲을 용림, 연못을 용연(龍淵)이라 불렀다. (…중략…) 이 숲에는 오래 된 두개의 등나무가 있다. 이를 건곤이룡(乾坤二龍)의 등나무라 부르는데, 서로 얽힌 모습이 흡사 쌍룡이 옥구슬(璧)을 다투는 형태와 비슷하여 붙여졌다. (…중략…) 여기는 다음과 같은 기이한 비련의 전설이 있다. 때는 옛 신라 시대에 이 숲에서 멀지 않은 곳에 미모의 두 자매가 있었다. 혼기가 되자 둘은 언제부턴가 가슴 속에 하나씩 연인을 몰래 그리워했다. 그런데 호사다마라고 그 때 나라에 전쟁이 일어나서 이 마을에서도 많은 젊은이들이 용감하게 출정하게 되었다. 결국 연인과 결별하게 되어 둘은 그 의중 인물을 서로 밝혔는데, 얄궂게도 동일인이었다. 놀라움과 부끄러움, 쓰라림, 무정함으로 둘은 마음이 어지러워 심히 몸부림쳤다. 언니는 동생을 위해 연심을 버리려 했고, 동생도 언니를 위해 연심을 잊으려 했다. 그리고 서로 애달픈 심정을 괴로워하며 하루하루를 덧없이 보내고 있었다. 그런데 둘이 연모하던 젊은이는 다행인지 불행인지 결국 무언의 용자(勇者)가 되어 개선(凱旋)했다. 자매는 서로 손을 잡고 울었다. 그리고 둘은 그대로 그 용연에 몸을 던져 연인의 뒤를 따랐다. 등나무는 이 두 자매의 화신이라 전한다. 그리고 이 등나무 꽃은 부부사랑의 부적으로 지금도 그 한 잎을 부부 베개 속에 넣어 두길 원하는 이가 많다.	신라의 명소유적은 호사가(好事家)에 의해 거의 답파되어, 거기에 전하는 전설과 속전 등은 대개 구전되고 있는데, 여기에 단하나 그다지 전하지 않은 이야기가 있습니다. 여기에 잊혀져 방문하는 이가 더욱 적은 한 호수와 나무숲(叢林)이 있었습니다. 千古의 碧水를 가득 담은 호수가에는 천년의 밀림이 울창하게 우거져 낮에도 어두운 유원(幽園)을 만듭니다. 부근 마을 사람의 말에 의하면, 이 호수에는 큰 용이 산다고하는데, 누구도 용을 본 사람은 없습니다. 그러나 누구나 용은 때때로 호수 위로 모습을 드러내 숲속을 돌거나 논다는 것입니다. (…중략…) 이 나무숲을 용림, 호수를 용연이라 부릅니다. 그리고 부근 마을사람들은 해마다 한 차례 용에게 제사를 지냅니다. (…중략…) 작은 마을에 매우 아름답고 신비로운 두 자매가 살았습니다. 연년생이나 쌍둥이로 보일 정도로 둘은 언니, 동생 구별이 어려울 정도로 같이 자라고 같은 옷을 입고, 같은 일, 같은 놀이를 하며 살았습니다. 또한 똑같이 아름다웠습니다. 이 두 처녀는 마을 사람들의 선망의 대상이었습니다. 게다가 둘은 사이가 좋았고, 가련 순정 그 자체였습니다. 그런데 이 두 처녀에게도 언제부턴가 인생의 청춘이 찾아왔습니다. 꽃 피는 마을 낙원에서 즐겁게 놀 때도 둘은 수심에 차는 날이 많아졌습니다. 언니는 동생을 걱정해 여러 위로의 말을 건넸습니다. (…중략…) 진심으로 서로를 위로했습니다. (…중략…) 이때 이웃나라 백제가 돌연 이 신라를 공격해 온 것입니다. 국민은 애국지정에 불타올라, 마을의 젊은 청년들은 누구나 조국의 명예를 짊어지고 용감하게 전장으로 전장으로 달려갔습니다. (…중략…) 출정하는 젊은이 중에는 이 두 처녀의 연인도 포함돼 있었습니다. (…중략…) "(…중략…) 부디 제가 언니의 연모 대상의 무운을 기도할 게요. 그 사람의 이름을 알려 주세요. 예전에 약속했듯이." "약속할게, 그럼 너도 알려줘" (…중략…) 둘은 작은 소리였지만 명확하게 답했습니다. 순간 둘은 말하자마자 양손으로 얼굴을 가리고 놀라움과 부끄러움으로 손을 뗄 수 없었습니다. 왜냐하면 둘이 발설한 연인의 이름은 얄궂다고 할지, 운명이라 할지, 아니 우연인지 같은 남자 이름이지 않겠습니까. (…중략…) 둘은 심히 몸부림쳤습니다. (…중략…) 언니는 동생을 위해, 동생은 언니를 위해 자신의 연심을 단념하려 노력했습니다. 둘은 괴로운 날을 덧없이 보내고 있었습니다. (…중략…) 결국 그 젊은이는 명예롭게 전사해, 무언의 勇士가 되어 돌아왔습니다. 다행인지 불행인지 두 처녀가 그리운 고향에서 몰래 기다린다는 것도 모르고. 쳤습니다. (…중략…) 언니는 동생을 위해, 동생은 언니를

박관수, 등나무에 얽힌 비련, 1937, 122~124면	신래현, 건공이룡(乾坤二龍), 1943, 176~187면
	위해 자신의 연심을 단념하려 노력했습니다. 둘은 괴로운 날을 덧없이 보내고 있었습니다. (…중략…) 결국 그 젊은 이는 명예롭게 전사해, 무언의 勇士가 되어 돌아왔습니다. 다행인지 불행인지 두 처녀가 그리운 고향에서 몰래 기다린다는 것도 모르고. 자매는 이때 비로소 서로 손을 잡고 울었습니다. (…중략…) 이번에는 언니는 가여운 동생을 생각해 슬퍼하고, 동생은 불행한 언니를 생각해 슬퍼했습니다. 그리고 둘은 너무나 슬퍼 견딜 수가 없어서 그대로 곧장 용이 산다는 용연에 갔습니다. 둘은 서로를 안고 수중에 몸을 던졌습니다. (…중략…) 이 기이한 전설을 윤색하는 큰 등나무가 늘어져 있습니다. 수령(樹齡)을 알 수 없는 오랜 두 등나무는 각기 옆에 있는 큰 팽나무에 붙어 마치 쌍룡이 여의주(如意珠)를 빼앗기 위해 다투는 듯한 형상을 하고 있습니다. 이를 사람들은 건곤이룡(乾坤二龍)의 등나무라 하고, 혹은 비련의 자매가 한 연인을 찾아 연못에 몸을 던진 그 화신으로, 등나무가 서로 옆에 있는 팽나무에 얽혀서 서로 노려본다고도 말합니다. 등나무 꽃이 피는 봄이 되면, 이 용연과 용림은 등나무 향기에 휩싸여 멀리 두 처녀의 아련한 향기를 연상시킨다고 전해집니다.

〈표 2〉처럼 박관수는 전쟁이 일어나자 "많은 젊은이들이 용감하게 출정하게 되었다"고 기술했는데, 신래현은 1943년의 시대적 상황을 반영해 백제가 신라를 공격했다고 구체적으로 서술하고, "국민은 애국지정에 불타올라, 마을의 젊은 청년들은 누구나 조국의 명예를 매고 용감하게 전장으로 전장으로 달려갔습니다"라고 기술하였다. 그리고 〈6. 검무〉도 박관수의 전설은 7세의 관창이 검무를 잘해 "이를 들은 백제 임금님은 관창을 궁중에 불러 검무를 하게 했다. (…중략…) 관창은 그 틈을 노려 검으로 백제왕을 해하"려 하다 죽었고 그 충성에 감동해 신라인이 "관창의 용모를 본 따서 가면을 만들어 아이들에게 검무를 가르쳤다"는 내용이다.[18]

18 朴寬洙, 『新羅古都慶州の史蹟と傳說』, 博信堂書店, 1937, 104~105면.

신래현은 박관수의 전설을 참고하면서도, 12살 소년 관창이 어려서 전쟁에 나갈 수 없자, 부모를 설득해 "죽을 각오입니다. 어머니 허락해 주십시오" 하고 말하자, 어머니는 "너는 무반武班의 피를 지녔다. 집안 이름이 부끄럽지 않게 훌륭하게 죽어라. 어미는 이것만을 기도하겠다" (91·93면)며 허락받는 과정을 상세하게 기록하였다. 신래현은 죽음을 허락받은 관창이 백제에 가서 꾀를 써서 백제 사람들 사이에서 검무로 명성을 얻어 백제왕을 만나 해하려 하는 것으로 개작했다.

〈용연龍淵〉전설은 신라시대의 두 자매가 동시에 한 남자를 연모했는데 전쟁에서 그가 죽자, 자매도 연못에 빠져 죽는다는 내용이다. 이 이야기는 〈등나무〉전설로 알려져 있는데, 박관수 및 신래현의 자료는 근대 초기에 발표된 자료로 소중하다.[19] 〈표 2〉처럼 신래현과 박관수의 〈등나무에 얽힌 비련〉(이 〈용연〉전설은 박관수의 조선어판에는 실리지 않았고 일본어판에만 수록됨)의 내용이 완전히 일치한다는 점에서 그 영향 관계는 명확하다. 신래현은 박관수 자료의 전반부와 후반부를 변경하고, 임총林叢과 옥구슬璧 등을 소오린叢林과 여의주如意珠로 보다 일본어 어법에 맞고 구어적인 표현으로 변경했다. 기본적인 모티브를 유지하면서 약 2면 분량의 원 전설을 12면 분량으로 확장시켜, 크고 작은 개작을 시도했다.

박관수의 일본어는 문어적 표현으로 간략하게 서술된 반면, 신래현의 일본어는 구어적 서사적으로 다소 장황하고 구체적으로 기술되었다. 표처럼 신래현은 중요 모티브를 유지하면서, 필요에 따라 앞부분과 뒷부

19 〈등나무〉전설에 대해서는 다음을 참고. 조홍윤, 「〈등나무〉전설에 형상화된 형제 갈등의 원형 연구」, 『겨레어문학』 57, 겨레어문학회, 2016, 399~422면.

분을 삭제·생략하고, 연못을 호수 또는 연못으로 변경하여 서술하였다. 용에게 제사 지낸다는 부분과 팽나무에 등나무가 얽힌 부분은 추가한 것으로 판단된다.[20] 이처럼 신래현이 1943년판 서문에서 이야기 '그대로의 형태'를 유지했다는 주장은 사실과는 다르며, 신래현의 문학적 상상력과 역량이 발휘되어 크고 작은 개작이 행해졌음을 확인할 수 있다.

4. 신래현 『향토전설집』(1957)의 발간

1959년 북한 과학원(1964년 이후 사회과학원) 언어문학연구소 문학연구실은 구비문학 수집 요강을 발표하고 수집된 자료를 1960년 6월 계간지로 창간된 『인민창작』(후에 『구전문학』으로 개칭)을 통해 본격화했다.[21] 신래현의 『향토전설집』은 이러한 시도 직전에 간행된 대표적 초기 자료집이다. 선행연구에서는 신래현의 자료집을 언급했지만, 자료 소재가 파악되지 않아 구체적인 분석은 이루어지지 않았다. 먼저 1957년판의

---

20 추가 가능성이 크지만, 실제로 김천 출신인 신래현이 답사했을 가능성도 완전히 배제할 수는 없다. 신래현은 연오랑세오녀설화와 관련된 "日月池는 일월동의 三輪포도원에 있고, 지금도 그 옛날 이야기를 사람들에게 전하고 있습니다"(86면)고 적고 있어 현지를 방문하거나, 현지 소식을 접했던 것으로 서술하였다. 식민지기 포항에 三輪 포도원이 존재했다(「葡萄酒와 果實酒」, 『동아일보』, 1924.3.22, 1면). 한편 박관수는 '三つ輪 포도원'(69면)이라고 기술했다. 신래현은 박관수의 전설집을 참고해 지명 등을 그대로 기록했으나, 팽나무와 '三輪' 부분은 변경하였다.

21 김영희, 「1960대 초 북한잡지 『인민창작』 연구」, 『열상고전연구』 53, 열상고전연구회, 2016, 370면; 김영희, 「북한에서의 구전설화 전승과 연구」, 『한국문화연구』 5, 경희대 민속학연구소, 2002, 208~209면.

서문 및 인민대학습당 디지털판 목차의 일부는 다음과 같다.

서문

필자는 一九五一년 六월 三〇일 김일성 동지가 중견 작가들과의 접견 석상에서 담화하던 민족문화 계승발전의 기본 로선에 립각하여 전설들을 가리고 모아 그것들이 가지는 빠포쓰(pafos, 작품 전반에 일관된 열정을 의미하지만, 문맥상으로 모티브로 이해할 수도 있다 – 인용자 주)를 훼손시키지 않을 정도로 윤색하여 형상화해 보았다. 만일 선조들이 물려준 이러한 보옥들을 와륵(瓦礫, 하찮은 것 – 인용자 주)으로 만들지 아니하였다면 다행으로 생각한다.

이 책자에는 조선八도(리조시대의 행정구획)에 걸쳐 전해지는 허다한 전설 중에서 각도를 고루 망라하여 가장 민족적이며 인민적인 것 약 三〇편을 우선 골라 대체로 북에서 남으로 내려가며 도별 순으로 배렬 수록하였다.

一九五七, 五 신래현 평양에서[22]

목차

1. 설암리와 잉어(9~21면, 평남 평양, 설씨 총각 용왕 왕자(잉어)를 구해 소원을 성취)
2. 약산동대의 거북바위와 동자바위(22~27면, 평북 영변, 비련 이야기)
3. 신검 박힌 불곡산의 석굴(28~31면, 평남 평원, 을지문덕 신검을 뱀으로 오인, 후에 명장이 됨)
4. 도마봉의 운림지(32~42면, 평북 자성, 퉁소 명인 운림과 아내(물고기)

22 신래현, 『향토전설집』, 국립출판사, 1957, 5~7면.

와의 비련 이야기)

5. 사랑산과 절부암(43~57면, 함남 홍원, 소작인 처를 빼앗으려는 지주 본성을 폭로)
6. 마십굴(58~78면, 황해도 수안, 마십이라는 나무꾼과 부인이 배은망덕한 원님 아들에게 저항)
7. 장연 만석동과 룡정(79~85면, 황해도 장연)
8. 신천의 장사 못(86~98면, 황해도 신천)
9. 우산리와 모기(99~105면, 황해도 신천)
10. 흘령산 백운암(106~115면, 강원도, 흘령도사에게 혼난 변장한 일본 행각승)
11. 오성산 선녀봉(116~127면, 강원도, 선녀봉이 된 효녀 이야기)
12. 효구총과 의구총(128~137면, 강원도, 평남)
13. 치악산과 꿩의 보은(138~148면, 강원도)
14. 취적산과 계림사(149~156면, 경북 청도)
15. 령남루하의 아랑각(157~170면, 경남 밀양, 신임부사를 통해 원한을 푼 아랑 이야기)
16. 무영탑과 영지(171~182면, 경북 경주)

신래현은 민족문화 계승발전을 위해 전설들을 선별하여 "빠포쓰pafos를 훼손시키지 않을 정도로 윤색하여 형상화해 보았다"고 주장하였다. 조선팔도 중, "가장 민족적이며 인민적인 것 약 三○편을 우선 골라" 북에서 남으로 도별로 정리하였다고 언급하였다. 그러나 유감스럽게도 현재 인민대학습당에서 확인할 수 있는 내용은 16편뿐이다.

신래현은 1943년판에서는 이야기 '그대로의 형태로 유지'했다고 주장했는데, 1957년판에서는 "빠포쓰를 훼손시키지 않을 정도로 윤색"했다고 인정했다. 그러나 실제로 1943년판 역시 모티브를 훼손하지 않을 정도로 윤색했음을 앞서 살펴보았다.

1957년판은 사회주의적 입장에서 부조리, 봉건성, 권위적인 지배층을 비판하는 이야기가 다수 수록되었다. 〈5. 사랑산과 절부암〉, 〈6. 마십굴〉, 〈8. 신천의 장사 못〉, 〈14. 취적산과 계림사〉, 〈15. 령남루하의 아랑각〉 등에서 봉건성을 타파하려는 주인공의 대응을 서술하였다. 이와 더불어, 1943년판에서 보이는 비련의 사랑 이야기도 수록되었다. 〈2. 약산동대의 거북바위와 동자바위〉, 〈4. 도마봉의 운림지〉, 〈16. 무영탑과 영지〉 등이 이에 해당하는데, 1943년판의 민간전설과 중복되는 설화가 〈16. 무영탑과 영지〉전설이다.

5. 〈무영탑과 영지〉에 대하여

저자가 확인한 평양 인민대학습당 디지털판에 수록된 16편의 전설 중, 1943년판과 중복되는 〈16. 무영탑과 영지〉의 내용과 그 변용 양상을 비교 검토해 보고자 한다.

오늘날 잘 알려진 영지전설은 근대 이전의 기록과는 다소 다르다. 우선 아사달과 아사녀로 일반화되는 비련의 이야기는 완전히 근대적인 모티브, 즉 '창조된 전통(전설)'이다. 근대 이전에는 이름 모를 당나라 석공과 그 누이 아사녀와 관련된 간략한 기술이 보일뿐, 비련의 모티브는 확인되지 않는 것이다. 비련의 이야기로 형상화된 것은 식민지기 일본인의 전설화 작업에 따른 것이다.[23] 이러한 문제에 대해 근년 연구가 계속되고 있는데, 저자의 조사에 따르면, 식민지기 전설집 중에서 〈무영탑〉전설을 기록한 대표적 글은 신래현과 더불어 다음 9편이다.

1. 나카무라 료헤이(中村亮平), 『조선동화집(朝鮮童話集)』, 冨山房, 1926(『支那·朝鮮·台灣 神話傳說集』, 近代社, 1929 재수록).
2. 오사카 긴타로(大坂金太郞), 「경주의 전설(慶州の傳說) (3)」, 『朝鮮』, 朝鮮總督府, 1921.5.
3. 오사카 긴타로(大坂金太郞(大阪六村)), 『경주의 전설(慶州の傳說)』, 芦田書店, 1927.
4. 마리야 류지(萬里谷龍兒), 『불교동화전집(佛敎童話全集)』 第七卷 支那篇三 附朝鮮篇, 鴻盟社, 1929.
5. 곤도 도키지(近藤時司), 『사화 전설 조선 명승기행(史話傳說 朝鮮名勝紀行)』, 博文館, 1929.
6. 사회교육회(社會敎育會, 오쿠야마 센조(奥山仙三)), 『일본 향토 이야기(日本鄕土物語)』 下, 大日本敎化圖書 株式會社, 1934.
7. 송석하, 「신화전설의 신라」, 『조광』 창간호, 1935.10.

---

23 강석근, 「무영탑 전설의 전승과 변이 과정에 대한 연구」, 『新羅文化』 37, 동국대 신라문화연구소, 2011, 91~112면.

8. 박관수(朴寛洙), 『신라고도 경주의 사적과 전설(新羅古都慶州の史蹟と傳說)』, 博信堂書店, 1937(『신라고도 경주부근의 전설』, 京城淸進書館, 1933의 증보 일본어판).
9. 도요노 미노루(豊野實, 최상수), 『조선의 전설(朝鮮の傳說)』, 大東印書舘, 1944.

〈표 3〉과 같이, 나카무라, 마리야, 박관수, 최상수는 아사녀를 누이라고 기술했으며, 마리야와 최상수는 나카무라의 텍스트를 참고해 나카무라의 영향력을 보여준다. 실제로 이러한 기술은 기본적으로 근대 이전의 서술과 일치한다. 그러나 오사카(1921) 이후에 수록된 또 다른 형태의 전설에는 누이가 아닌 처로 개작되었다. 이러한 개작은 누이를 처로 간주하는 일본 고전문예의 전통에서 온 발상이다.[24] 오사카는 1921년판에서는 단순히 처라고 기술했지만, 1927년 단행본에서 처음으로 처 아사녀라고 기술했다. 나카무라는 오사카의 영향을 받았지만, 오사카의 개작을 수정해, 처가 아닌 누이 아사녀라고 기술하여 처음으로 단행본에 〈무영탑〉전설을 수록하였다.

결과적으로 1920년대에 발표된 오사카와 나카무라의 텍스트는 후대의 문헌에 커다란 영향을 끼쳤음을 확인할 수 있다. 신래현은 박관수의 영향을 받아 아사녀를 누이로 기술하였다. 더불어 〈표 3〉처럼 설화집에서는 아사녀와 달리 당나라 석공의 이름은 어디에도 보이지 않는다.

24 김효순, 「조선 전통문예 일본어번역의 정치성과 현진건의 『무영탑』에 나타난 민족의식 고찰」, 『일본언어문화』 32, 한국일본언어문화학회, 2015, 302면.

〈표 3〉〈무영탑〉전설이 수록된 전설집의 비교표(처, 누이)

1. 나카무라	「영지의 무영탑(影池の無影塔)」, 지나 공장(支那 工匠), 누이 아사녀 내가 일생일대의 일로 모든 것을 바치는 이 일이 아직 끝나지 않았는데, 여자의 천한 몸으로, 설령 무슨 일이 있다 해도 잘도 만나러 왔구나. 나는 도저히 지금 당장 만나는 것은 허락되지 않는다(534면).
2. 오사카	「영지(影池)」, 당인 석공(唐人 石工), 처 여자는 부정(不淨)하다고 하여 안내를 청할 방법조차 허락되지 않았다(89면).
3. 오사카	「영지(影池)」, 대당 석공(大唐 石工), 처 아사녀(阿斯女)
4. 마리야	「영지의 무영탑(影池の無影塔)」, 당나라 조각사(彫刻師), 누이 아사녀(나카무라 영향)
5. 곤도	「영지에 처를 찾다(影池に妻をたづぬる)」, 당 석장(石匠), 처 아사녀
6. 오쿠야마	「영지 이야기(影池物語)」, 대당 석공, 처 아사녀
7. 송석하	「影池」, 당공(唐工), 처 아사녀
8. 박관수	「31. 아사녀의 슬픔과 영지」(71~74면), 당 석공, 애매(愛妹) 아사녀 한편, 애매(愛妹)가 찾아왔다는 말을 들은 그 석공은 타오르는 정을 억누르고 (…중략…) 석가탑을 결국 완성하고, 곧장 연못으로 달려가 애매(愛妹)를 찾았다(73면). (…중략…) 그 후 이 불상을 본존으로 하여 영사(影寺)라는 절을 세웠다(74면).
9. 최상수	「무영탑과 영지(無影塔と影池)」, 지나 공장(支那 工匠), 누이 아사녀(나카무라 영향)

영지전설을 소재로 한 하마구치 료코浜口良光(〈戱曲 無影塔朝譚〉, 『朝鮮及滿洲』 199, 1924.6)의 희곡이 있는데, 여기에서 처음으로 하마구치는 지나인 석공 이름을 아산阿山으로 기술하였다. 아산은 처 아사녀에 대한 애정 고갈 상태에서 훌륭한 예술이 나올 리 없다며 번뇌하는 장면이 있다.[25] 이처럼 하마구치는 처음으로 아산이라는 이름을 사용하였다. 한편, 현진건의 소설 「무영탑」(『동아일보』, 1938.7.20~1939.2.7, 박문관, 1939)에서는 부여 석공 아사달, 처 아사녀, 신라귀족 딸 주만의 삼각 관계가 보인다.[26]

아사녀와 아사달이라는 이름의 문헌상 등장은, 현진건의 텍스트에서

25 위의 글; 김효순, 송혜경 역, 「희곡 〈무영탑〉 이야기(1장)」, 『재조일본인이 본 조선인의 심상』 2, 역락, 2016, 163~164면.

26 이강언, 이주형 외편, 『현진건 문학전집』 3, 국학자료원, 2004.

처음으로 확인된다. 현진건은 이들을 민족주의적으로 해석해 부여인으로 형상화시켰다. 저자의 조사에 따르면, 이후 잡지 『야담』(8-3, 1942)에 반룡학인盤龍學人이 발표한 「사탑야화寺塔夜話 영지의 무영탑」에서도 부여인 아사달과 아사녀가 등장해, 현진건 이후에 이러한 서술이 정착되어 가는 과정을 확인할 수 있다.

일본어 문헌에서 '아사달'이라는 이름이 등장하는 것은 신래현의 전설이 처음이다. 현진건의 소설과 신래현의 전설은 장르가 다르기 때문에 서술방식이 달라서 직접적인 영향 관계를 확인하기 힘들다. 신래현이 현진건의 소설이나 잡지 『야담』을 읽고 그 영향을 받았는지는 확인할 수 없지만, 직접적으로 현진건의 텍스트를 참고하여 서술하지는 않았다고 생각된다. 왜냐하면 1943년판과 1957년판에서도 신래현은 아사달을 부여인이 아닌 당나라 석공으로 기술하였고, 박관수 전설집의 영향이 크기 때문이다.

신래현의 영지전설의 서술은 전체적으로 줄거리 및 모티브에 있어 박관수 설화집의 영향을 받았으며, 신래현은 간접적으로 당대의 영향을 받아 '아사달'이라는 이름을 명명했을 가능성이 존재하며 앞으로 구체적인 검토가 요청된다.

〈표 3〉처럼 나카무라를 비롯한 대다수의 설화집에서는 아사녀가 온 사실을 전해들은 당나라 석공이 석가탑 작업이 끝나기 전에는 아사녀를 만날 수 없다고 거절하였다. 이에 비해 박관수는 "애매愛妹가 찾아왔다는 말을 들은 그 석공은 타오르는 정을 억누르고"라는 표현을 사용하였다. 석공이 참고 노력하여 결국 석가탑을 완성하고, 곧장 연못으로 달려갔

다고 박관수는 서술하였다. 이러한 박관수의 서술을 바탕으로 신래현은 표현을 더 수정하고, 내용을 문학적으로 형상화하였다. 〈표 4〉는 1943년판과 1957년판에 수록된 신래현의 영지전설의 중요 부분을 대조한 것이다. 신래현은 박관수의 전설집을 참고하여, 아사녀의 방문 소식을 접하고 아사달이 석가탑과 누이를 두고 비교하며 '예술인가, 애정인가'를 깊이 고뇌하고 결국 '석가탑의 건립에 정혼精魂'을 기울였다고 개작하였다.

아사녀의 방문을 접하고 '예술인가, 애정인가'를 둘러싸고 고뇌하는 석공의 형상화는, 필자가 확인한 전설 자료 중에는 신래현의 서술이 유일하다. 전설집에서는 '예술인가, 애정인가'를 둘러싸고 고뇌하는 주인공의 인물 설정은 일반적이지 않다. 거듭 강조하지만, 이처럼 신래현의 1943년판은 당대 태평양전쟁 상황에서 고조된 신래현의 정신세계가 반영된 측면이 강하다. 즉 예술은 단체, 전쟁, 대의大義, 국가, 사회 등으로 치환 가능하며, 애정은 개인, 개인사, 가정, 개별적 영위 등으로 치환 가능하다. 아사달이 결국은 개인적 애정을 뛰어넘어, 시대가 강요하는 국가사회를 위해 진력할 수밖에 없었던 상황은 아시아 태평양전쟁에 부역되는 신래현을 포함한 조선인의 모습이기도 했다. 이러한 시대 상황에 대한 현실 인식을 반영한 측면이 영지전설로 표출된 것이다.

한편, 신래현은 1957년판에서 "빠포쓰를 훼손시키지 않을 정도로 윤색"했다고 주장했는데, 1943년판과 달리 1957년판 〈무영탑과 영지〉에서는 누이를 아내로 바꾸었다. 1943년판에서는 기본적인 구조를 가능한 유지하였지만, 1957년판에서는 좀 더 과감하게 개작을 시도한 것이

〈표 4〉 신래현의 〈무영탑〉 개작 대응표

무영탑과 영지, 1957, 170~181면	무영탑, 1943, 36~48면
신라의 서울 경주 가까이에 토함산(吐含山)이라는 산이 있어 (…중략…) 제三五대 경덕(景德)왕은 당시의 재상 김대성(金大城)으로 하여금 토함산 기슭에 불국사를 창건하고 그 앞뜰에 다보(多寶)와 석가(釋迦)의 두 탑을 건립하도록 하였다. (…중략…) 이 두 탑을 세우기 위하여 특히 석공으로서 ○○ ○○○○서[27] 아사달(阿斯達)이란 명공을 초빙하여 왔다. 일국의 부와 인간으로서의 최대한의 지혜와 능력을 기울여서 창조하는 일대 예술인만큼 신라의 공장(工匠)들만으로써는 불가능하여 ○○○○[28] 명장(名匠)을 불러왔던 것이였다. 그리하여 사랑하는 부모 처자를 리별하고 ○○○ ○○ ○○ ○○○[29] 오직 예술의 길을 찾아 온 아사달은 ○○ ○○○[30] 명예를 걸고 전심전력으로 정질을 하는 것이였다. (…중략…) 아사달이 신라에 온지도 수 년이란 세월이 흘렀다. 찌는 듯한 더위도 다 간 초가을 어느 날 ○○○ ○○[31] 한 낯선 젊은 녀인이 불국사 근처에서 누구를 찾는듯 하였다. 그는 ○○ ○○○○○ ○[32] 아사달의 처 아사녀(阿斯女)이였다. (…중략…) 여기는 녀인금제(女人禁制)의 신성한 구역이라 (…중략…) 그는 피곤한 몸을 간신히 움직여 문지기가 가르쳐 준 그 못을 찾아 갔다. (…중략…) 그러나 안타깝게도 남편이 만드는 석가탑은 다음 날도 또 그 다음 날도 끝끝내 보이지 아니하였다. (…중략…) 종내 그 뜻마저 이루지 못하고 가련하게도 수중 고혼이 되고 말았다. 한편 아사달은 (…중략…) 미완의 석가탑과 안해를 두고 비교해 보았다. (…중략…) 예술과 애정의 기로에서 어느 길로 먼저 걸을 것인가? 아사달의 머리는 한동안 고민에 빠졌다. 그러나 드디여 결심하였다. (…중략…) 아사달은 오직 석가탑의 완공에 남은 힘을 다 기울였던 것이다. 이윽고 탑은 완성되였다. (…중략…) 정신을 차려 자세히 살펴보니 그것은 사람이 아니라 하나의 큰 바윗돌이였다. 그 바위 앞에는 다 헤진 낡은 한 컬레의 ○○○ ○○○[33] 나란이 놓여 있었다. 그것은 자기 안해의 신발임에 틀림없었다. 분명히 아사녀는 여기까지 와서 이 바위를 안고 통곡하다가 마침내 신발을 벗어 놓고 물에 빠져 죽었다는 것을 추측할 수 있었다. (…중략…) 바위에다가 아사녀의 죽음을 기념하여 석가좌상 하나를 다듬었다. (…중략…) 어느 때 누가 그렇게 부르기 시작했는지는 상고할 길이 없으나 석가탑을 일명 무영탑(無影塔)이라고 불렀고, 아사녀가 빠져 죽은 그 못을 영지(影池)라고 부르게 되였다. 이 영지는 불국사의 서쪽 두 구릉 사이에 자리잡고 있는데, 그 못가의 동쪽 솔밭 어구에 사람의 크기와 비슷한 석가 좌상은 오늘도 옛날 그대로 빗바람을 맞으면서 홀로 앉아 있다.	신라의 서울 경주 가까이에 토함산이라는 산이 있어 (…중략…) 제三十五대 경덕(景德)왕 때, 당시의 재상 김대성은 風水師에게 점치게 해 불국사를 수축하고, 더불어 다보탑, 석가탑을 건립하도록 하였습니다. (…중략…) 석가탑 건립자로 선발된 이는 먼 당나라에서 멀리 온 아사달(阿斯達)이었습니다. 일국의 부를 기울여 人智의 극한을 다하는 예술을 창조하는데, 신라의 工匠만으로는 부족해서 당시 문화의 선진국인 당나라에서도 많은 名匠을 초빙한 것이었습니다. (…중략…) 나라와 누이를 버리고 멀리 만리이역 하늘에 온 아사달은 전심전력 무념무상으로 정질을 하였습니다. (…중략…) 어느 날 당의(唐衣)를 걸친 젊은 처녀가 피곤한 다리를 끌면서 이 공사장 앞문에 나타났습니다. 아사달 고향의 누이가 오라버니가 그리워서 멀리서 방문한 것입니다. (…중략…) 여기는 女人禁制의 신성한 구역이라 (…중략…) 아사녀는 피곤한 몸을 끌면서 힘없는 다리에 힘을 주며 오라버니가 만든다는 석가탑 그림자를 향해, 그 못을 찾아 걸었습니다. (…중략…) 그러나 안타깝게도 오라버니가 만든다는 석가탑은 다음 날도 또 그 다음 날도 끝끝내 보이지 않았습니다. (…중략…) 무한한 怨情을 품고 황천의 객이 되고 말았습니다. 한편 오라버니 아사달은 (…중략…) 석가탑과 누이를 두고 비교해 보았습니다. '예술인가, 애정인가.' 아사달의 머리는 혼란으로 가득했습니다. 아사달은 결심했습니다. (…중략…) 석가탑의 건립에 정혼(精魂)을 기울였습니다. 이윽고 석가탑은 완성되었습니다. (…중략…) 정신을 차린 아사달은 잘 살펴보니 누이로 생각해 안고 있던 것은 하나의 큰 바위였습니다. (…중략…) 바위 앞에는 낡은 한켤레의 당나라 신이 나란히 놓여 있었습니다. 그것은 누이 아사녀가 오라버니 모습을 바라며 이 바위에서 통곡하던 마지막 기념물이었습니다. (…중략…) 바위에 옛 기억을 떠올려 아사녀상을 조각했습니다. (…중략…) 어느 때부터인지는 모르지만, 석가탑을 무영탑(그림자 없는 탑)이라고 불렀고, 그 인연의 못을 影池라고 부르게 되었습니다.

* 1957년판 표기법은 원문 그대로 인용함. 강조는 인용자. ○표시는 삭제된 부분이다. 당나라 관련 기록이 삭제되어, 아사달의 출신지 중국과의 외교적 갈등, 주체사상 등이 영향을 미친 것으로 판단된다.

다. 두말 할 필요도 없이, 아사녀가 누이인가 아내인가에 따라 스토리의 내적 긴장감은 크게 달라지게 마련이다.

그럼에도 불구하고, 〈표 4〉처럼 신래현의 서술은 1943년판과 1957년판에서 커다란 차이가 보이지 않는다. 1957년판 마지막 부분에 석가 좌상에 대한 후일담이 추가된 것을 제외하고는 그 내용과 서술방식이 매우 유사하다. 이를테면 1943년 태평양전쟁 당시의 총력전 상황에서 완성된 영지전설의 서술방식은, 사회주의 체제하에서도 일정 부분 통용 가능한 것이었다고 판단된다. 새로운 사회주의 리얼리즘을 지향하며 전설을 취사선택한 신래현은 1957년판에서 봉건주의적 요소를 타파하려는 설화를 다수 수록하였다. 그중 공통되는 영지전설은 두 번의 극단적 시대를 경험한 신래현의 당대 인식의 결집을 상징적으로 반영한 것이었다.

27 멀리 당나라에서(이하 1957년판 원문 235면 이후를 참고).
28 당나라의.
29 고국을 떠나 만리 이역에.
30 자기 나라의.
31 당의(唐衣)를 입은.
32 멀리 당나라에서 온.
33 녀인의 당혜(唐鞋)가.

6. 결론

이 장에서는 식민지기에 조선인이 간행한 전설집을 살펴보고, 그중에서 신래현의 『조선의 신화와 전설』에 주목하였다. 최상수, 김상덕, 김소운 등이 해방 전후에 설화집을 계속해서 간행했지만, 신래현에 대한 연구는 행해지지 않았다. 특히 신래현은 월북 작가로 통일시대를 준비하는 구비문학 연구사를 해명하기 위해서 반드시 구명되어야 할 인물이라고 판단된다.

신래현의 학적부와 신문 자료를 새롭게 발굴하여 신래현의 학창시절의 활동을 복원할 수 있었다. 신래현은 중학 시절부터 문예부에서 활동하며 와세다대학 영문과를 졸업하고 해방 전후에 향토전설집을 두 권 발간하였다. 우선 이 장에서는 1943년에 간행된 『조선의 신화와 전설』과 평양 인민대학습당의 디지털판(1957년판의 일부 삭제판)을 비교 검토하였다. 신래현의 전설집과 이전 설화집을 분석하여, 신래현이 박관수(『신라고도 경주의 사적과 전설』, 1937)의 자료집을 참고하여 다수의 신라 전설을 수록했음을 밝혔다. 구체적으로 〈등나무〉전설로 알려진 〈건곤이룡(용연)〉전설을 통해 그 변용 양상을 구명하였다. 이 전설은 박관수의 조선어판에는 수록되지 않고, 일본어판에 증보되었기에 신래현은 박관수의 일본어판을 확인했음을 명확히 하였다.

또한 1943년판과 인민대학습당의 디지털판에 공통으로 수록된 〈무영탑〉전설의 형성 과정을 검토하였다. 먼저 1921년 이후에 발표된 〈무영탑〉전설의 내용을 분석하였다. 현진건의 소설화를 제외하면, 1943년이라는 시대 배경을 반영해 신래현의 〈무영탑〉전설은 식민지기에 제출된 관련 전설 중에서도 특히 긴장감이 고조된 작품으로 형상화되어 있다.

근년 온전히 발굴된 1957판을 통한, 그 전체상에 대한 추가적인 검토는 다음 장을 참고 바란다.

제2장

신래현 『향토전설집』의 내용과 신라전설의 변용

1. 서론 – 신래현, 『향토전설집』(1957)의 발견

앞 장에서는 신래현이 1943년에 간행한 『조선의 신화와 전설朝鮮の神話と傳說』과 평양 인민대학습당의 디지털판(1957년판의 일부 삭제판)을 검토하였다. 이 장에서는 새롭게 발굴한 신래현의 『향토전설집』의 형성 과정을 아래 네 권의 영향 관계를 중심으로 분석하고자 한다.

1. 박관수, 『신라고도 경주의 사적과 전설(新羅古都慶州の史蹟と傳說)』, 大邱 : 博信堂書店, 1937(『신라고도 경주부근의 전설』, 京城 : 淸進書館, 1933의 증보 일본어판).
2. 신래현, 『조선의 신화와 전설(朝鮮の神話と傳說)』, 東京 : 一杉書店, 1943.
3. 이홍기, 『조선전설집』, 京城 : 조선출판사, 1944.
4. 신래현, 『향토전설집』, 평양 : 국립출판사, 1957.

이 중에서 이홍기에 대한 연구가 행해졌지만,[1] 신래현(1915~?)과 박관수(1896~1980)의 전설집에 대해서는 본격적으로 연구되지 않아, 그 관련 양상이 분석되지 않았다. 신래현은 해방 전에 박관수의 전설집을 참고해 『조선의 신화와 전설』(1943, 5천 부)을 간행했고, 해방 후에는 이홍기의 전설집을 참고해 『향토전설집』(1957, 2만 부)을 간행하였다.

『조선의 신화와 전설』에는 와세다대학 연극박물관장 가와타케 시게토시河竹繁俊(1889~1967)와 경성제국대학 교수 아키바 다카시秋葉隆(1888~1954)의 '내선일체론'에 입각한 시국적 색채가 강한 서문이 실렸는데, 해방 후 일본에서 간행된 태평출판사판太平出版社版에는 이 부분이 삭제된 채로 출판되었다. 패전 이전의 문제점을 숨긴 채 패전 후의 일본에서 널리 읽혔지만, 전시戰時 상황이 반영되어 간행된 설화집이라는 점에서 비판적 검토가 필요하다.

앞 장에서 살펴본 바와 같이, 신래현은 아천牙川 공립보통학교를 졸업한 후, 1930년에 도쿄 유학을 가서 이듬해 이쿠분칸 중학교에 편입했다. 이후 신래현은 1940년 와세다대학 영문과를 졸업하고, 와세다대학 연극박물관에서 근무했다. 해방 후 서울(서울 서대문구 천연동 120의 6)에 거주하다가 월북해, 과학연구부문, 금성청년출판사에서 근무했다.[2]

1 이복규, 『이홍기의 『조선전설집』 연구』, 학고방, 2012; 이복규, 「이홍기 편 『조선전설집』(1944)에 대하여」, 『온지논총』 30, 온지학회, 2012, 367~393면.

2 와세다대학 조선유학생동창회, 『1939년도 회칙급회원名簿』, 16면; 와세다대학동창회, 『1956년도 회원명부』, 77면; 김광식, 「신래현(申來鉉)과 '조선향토전설'」, 『근대서지』 14, 근대서지학회, 2016, 437~459면(이 책의 제1장에 수록).

2. 신래현 전설집의 영향 관계

신래현은 『조선의 신화와 전설』(1943, 이하 1943년판)과 『향토전설집』(1957, 이하 1957년판)을 간행했는데, 이 절에서는 이를 비교 검토해 관련 양상을 검토하고자 한다.

1943년판은 〈나무꾼과 선녀〉로 시작되는 민간전설 13편과 건국신화 7편(단군, 주몽, 혁거세, 비류와 온조, 구간九干, 왕건, 이성계)을 수록하였다. 식민지기 대표적 조선전설집으로는 미와 다마키三輪環(『전설의 조선』 1919)와 야마사키 겐타로山崎源太郎(『조선의 기담과 전설』, 1920), 나카무라 료헤이中村亮平 외(『지나 · 조선 · 대만 신화전설집』, 1929)의 자료집 등을 들 수 있는데, 저자가 대조 분석한 결과에 따르면 신래현은 이들 전설집을 부분적으로 참고했을 가능성도 배제할 수 없지만, 그 직접적인 영향은 한정적이다. 신화에는 일본인 전설집과 달리 기자箕子조선을 수록하지 않고, 고조선부터 조선시대까지의 건국신화를 수록했다.

건국신화에 앞서 배치한 13편의 민간전설 중, 〈1. 나무꾼과 선녀〉와 〈10. 견우직녀〉를 제외한 11편은 모두 신라전설이다. 신래현은 박관수의 전설집의 영향을 받아 다수의 신라전설을 수록하였다. 〈표 1〉처럼 〈혁거세〉, 〈석탈해〉, 〈김유신 장군〉은 박관수의 전설집에 수록된 복수의 신화전설을 신래현이 하나로 통합해 수록했고, 그 줄거리가 일치한다는 점에서 영향 관계를 여실히 보여준다. 나카무라 등 일본인이 석탈해의 탄생과 조선 표착에 관심을 보여 전반부에 초점을 둔 데 반해, 신래현은 석탈해의 생애를 다루었다. 해방 전에 조선총독부에 의한 고적古蹟 조사

사업과 '신라전설의 발견'에 영향을 받은 신래현은 신라전설을 중심으로 조선전설을 형상화한 것이다.

한편, 신래현이 참고한 박관수의 자료집은 1933년의 조선어판에는 60편, 1937년의 일본어판에는 65편의 신라신화와 전설을 수록했는데, 오사카, 『경주의 전설慶州の傳說』(蘆田書店, 1927)의 영향을 받았다. 장기간 경주에 체재한 오사카는 현지 조사를 통해 신라전설을 처음으로 수집했는데, 그의 전설집은 특히 일본 관련 전설을 의도적으로 개작해서 '내선융화'를 위해 개작했다는 문제점을 지녔다. 박관수는 오사카의 지나친 개작을 수정하고 새로운 자료를 추가하여 신라설집을 출판하였다. 또한 나카무라도 오사카의 영향을 받아 신라전설을 수록하였다. 〈표 1〉처럼 오사카가 1927년에 수록한 전설이 개작되어 반복적으로 다시 수록되면서 신라전설의 정착과 확산에 큰 영향을 미쳤음을 확인할 수 있다.

1959년 북한과학원(1964년 이후 사회과학원) 언어문학연구소 문학연구실은 구비문학 수집요강을 발표하고, 수집된 자료를 『인민창작』(1960년 창간 후에 『구전문학』으로 개칭됨)을 통해 발표했다.[3] 신래현의 전설집은 이러한 시도 직전에 간행된 대표적 초기 자료집이다. 선행연구에서는 신래현 자료집에 대해서는 언급했지만, 실물을 확인하지 못 해 구체적인 분석은 이루어지지 않았다.[4]

3 김영희, 「1960대 초 북한잡지 『인민창작』 연구」, 『열상고전연구』 53, 열상고전연구회, 2016, 370면; 김영희, 「북한에서의 구전설화 전승과 연구」, 『한국문화연구』 5, 경희대 민속학연구소, 2002, 208~209면.

4 북한설화에 대해서는 위의 글들을 비롯해 다음 글을 참고. 김화경, 『북한설화의 연구』, 영남대 출판부, 1998; 이복규, 「북한설화에 대하여」, 『한국문화연구』 4, 경희대 민속학연구소, 2001; 한정미, 『북한의 문예정책과 구비문학의 활용』, 민속원, 2007; 김종군, 「북한의

〈표 1〉 신래현『조선의 신화와 전설』(1943)과 신라전설 대응표

오사카(1927)	나카무라(1929)	박관수(1937)	신래현(1943)
16. 나정	5. 신라 시조 박혁거세	4. 시조왕 박혁거세탄생 5. 시조왕비 알영탄생 6. 시조왕의 승천과 애빈(愛嬪)	혁거세(신화편)
2. 월성 38. 나아리	6. 석씨시조 석탈해 97. 나아리 전설	7. 다파나국(多婆那國)에서 온 탈해 이사금 8. 유리(儒理)이사금의 치리(齒理) 9. 탈해왕의 월성점유와 호공	7. 석탈해
1. 계림	7. 계림의 기원	10. 황금궤에서 태어난 김알지	×
39. 日月의 못	10. 영일만의 연오와 세오	29. 일신과 월신	5. 일신과 월신
31. 영지	94. 무영탑과 영지	31. 아사녀의 슬픔과 영지그늘	2. 무영탑
40. 봉덕사종	1926년 동화집에 수록	43. 에미를 부르는 봉덕사종	3. 에밀레종
21. 호원사	103. 처용과 젊은이	45. 개운포와 처용가	4. 처용가
×	×	53. 관창의 충성과 검무의 유풍	6. 검무
6. 효불효교	87. 효불효교(孝不孝橋)	27. 과부의 비행(非行)을 바로잡은 효불효교	8. 효불효교
15. 천관사	88. 천관사 연기	12. 김유신 장군과 천관사 13. 김유신 장군과 우리집 물맛	9. 김유신 장군
17. 귀교	89. 귀교	25. 도화랑(桃花娘)의 약혼과 비형랑의 귀신놀이	11. 귀신과 노는 비형랑
×	×	65. 등나무에 얽힌 비련	12. 건곤이룡
8. 서출지	×	26. 까마귀의 영시(靈示)와 사금갑의 영서(靈書)	13. 서출지

* 신래현의 민간전설 순번은 인용자에 의함.

〈표 2〉의 강조처럼 신래현은 1957년판에서도 남쪽 설화 중에서는 신라전설을 다수 수록했다. 흥미로운 사실은 인민대학습당 디지털판의 존재다. 디지털판은 26개 설화 중에서 16편만을 제공하는데, 묘정妙正이 남생이한테 얻은 여의주를 당나라 황제에게 돌려주고 기념품을 하사받

구전설화에 대한 인식 고찰」, 『국문학연구』 22, 국문학회, 2010; 한상효, 「북한의 설화자료집 『조선민화집』의 수록 양상과 통일시대의 설화자료 통합방안 모색」, 『동방학지』 176, 국학연구원, 2016 등을 참고.

았다는 〈금광정의 남생이〉[5]를 포함해 주로 중국 관련 설화 및 남한설화가 삭제되었다. 또한 필자가 이미 앞 장에서 지적했듯이 〈무영탑과 영지〉 역시 아사달과 아사녀가 부여 출신이 아니라 당나라 사람이라는 서술 부분이 부분적으로 지워진 점을 통해,[6] 중국과의 외교적 갈등 시기에 일부 혹은 전부가 삭제되었음을 확인할 수 있다.

일찍이 김화경은 고정옥과 최상수 등이 이홍기 『조선전설집』(1944)의 영향을 받았다고 주장한 바 있다.[7] 이에 대해서는 이복규의 지적대로 앞으로 실증적인 분석이 필요하다.[8]

우선 신래현의 경우에 한정해 실증하고자 한다. 〈표 1〉과 〈표 2〉처럼 신래현의 1943년판은 박관수의 신라전설집의 영향을 받았는데, 1957년판은 이홍기 전설집의 압도적인 영향을 받았다. 1957년판의 26편중에서 20편을 참고한 것이다. 이홍기의 『조선전설집』(조선출판사, 1944.2)[9]

5 〈금광정의 남생이(자라)〉는 『삼국유사』 卷第二 「紀異第二」 내용(묘정이 남생이한테 얻은 여의주를 당나라 황제에게 빼앗기고 신뢰를 잃게 됨)을 1차적으로 박관수가 개작한 것을 다시 신래현이 개작한 것이다.

6 이에 대해서는 다음을 참고. 김광식, 「신래현과 '조선향토전설'」, 『근대서지』 14, 근대서지학회, 2016, 437~459면(이 책의 제1장에 수록). 이 글에서는 〈영지〉전설과 함께 〈등나무〉전설로 알려진 〈건곤이룡〉을 중심으로 다루었다.

7 김화경, 앞의 책, 55 · 62~63면.

8 이복규, 『이홍기의 『조선전설집』 연구』, 학고방, 2012, 29면.

9 『조선전설집』 판권지의 저작 겸 발행인은 이홍기로 되어 있지만, 표지에는 이름이 없어서 이홍기의 편저인지는 의심스럽고, 그저 발행자로 보인다. 같은 시기에 조선출판사에서 간행된 편저의 경우 표지에는 저자 이름이 없고, 판권지에 저작 겸 발행인으로 이홍기 표기된 책은 다음을 들 수 있다. 『방송소설 명작선(放送小說名作選)』(1943), 야담집 『鴛鴦佳緣』(1946)과 『貞婦恨』(1946). 또한 계용묵, 『창작집 屛風에 그린 닭이』(1944), 안회남 외, 소설집 大地는 불은다』(同), 박영랑(朴永朗), 『산업전사의 아내(産業戰士の妻)』(1945), 박영랑, 『산업전사의 안해』(同), 김동인, 『震域五千年 史屑集』(1947) 등에서 발행자 이홍기의 이름을 확인했다. 이 글에서는 편의상 이홍기의 전설집으로 표기한다.

〈표 2〉 신래현의 『향토전설집』과 이홍기 전설집의 영향 관계 대응표

『향토전설집』, 1957(시작 면수, 지명)	인민대학습당판	이홍기, 『조선전설집』, 1944
1. 설암리와 잉어(9, 평남 평양)	○	평양 설암리의 유래
2. 약산동대의 거북바위와 동자바위(22, 평북 영변)	○	약산동대의 거북바위와 童子石
3. 신검 박힌 불곡산의 석굴(28, 평남 평원)	○	을지문덕이 공부하든 불곡산의 석실
4. 도마봉의 운림지(32, 평북 자성)	○	퉁수소리에 매처진 도마봉의 운림지
5. 사랑산과 절부암(43, 함남 홍원)	○	사랑산과 절부암
6. 마십굴(58, 황해북도 수안)	○	수안 성동(城東)의 마십굴
7. 장연 만석동과 룡정(79, 황해남도 장연)	○	장연 만석동과 용정
8. 신천의 장사 못(86, 황해남도 신천)	○	장사못의 유래
9. 우산리와 모기(99, 황해남도 신천)	○	×
10. 해주 부용당의 개구리(106, 황해도 해주)	×	해주 부용루의 전설
11. 태백산성의 상충사(112, 황해도 삼탄)	×	하마 안하면 말굽 붙는 상충사
12. 흘령산 백운암(122, 강원도 세포)	○	흘령도인이 있던 백운암
13. 오성산 선녀봉(132, 강원도 금화)	○	효녀의 화신인 오성산 선녀봉
14. 효구총과 의구총(144, 강원도 정선/평남 용강)	○	주검으로 주인을 구한 의구총 이야기(용강)
15. 화석정(154, 경기도 파주)	×	×
16. 한양성과 왕십리(164, 경기도 서울)	×	왕십리 축성 비화
17. 손돌 바람(170, 경기도)	×	살인을 하면 추워지는 손돌바람
18. 치악산과 꿩의 보은(180, 강원도)	○	치악산의 유래
19. 취적산과 계림사(191, 경북 청도)	○	피리 부는 취적산과 계림사
20. 령남루하의 아랑각(199, 경남 밀양)	○	嶺南樓下의 아랑각
21. 호원 숲 속의 절터(213, 신라전설)	×	처녀虎의 화신과 호원사
22. 금광정의 남생이(226, 신라전설)	×	×
23. 무영탑과 영지(234, 신라전설)	○	×
24. 서출지(246, 신라전설)	×	×
25. 도깨비 다리(256, 신라전설)	×	×
26. 홀어미 산성(269, 전북 순창)	×	굳은 절개의 상징 홀어미 산성

* 원문에는 순번이 없지만 편의상 인용자가 추가했다. 강조는 인용자에 의한 것으로 이하 동일하다.

은 조선어로 된 최초의 전설집이라 할 수 있는데,[10] 1944년 당시 조선 출판사의 발행인이었던 이홍기가 출판한 책으로 해방 후에도 그대로 재간행되어, 1946년 2월에 삼판을 찍어내는 등 해방 전후에 일정한 수요 및 영향력이 있었음을 확인할 수 있다.

10 이복규, 앞의 책, 2012, 25~29면.

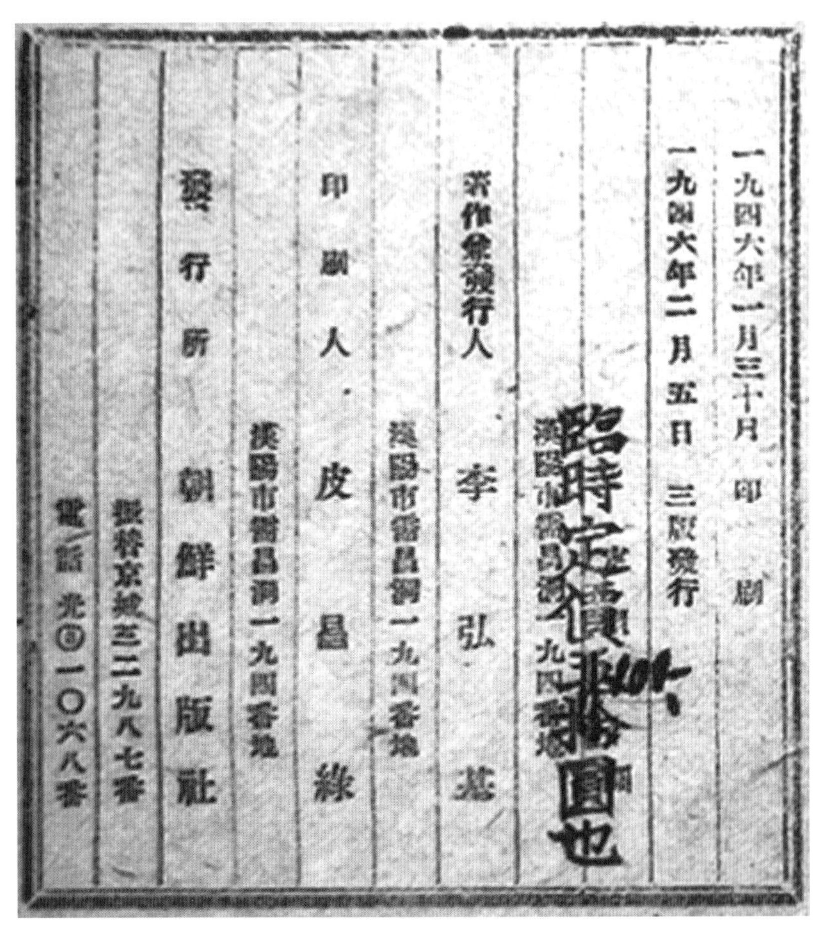

一九四六年一月三十日 印刷

一九四六年二月五日 三版發行

定價 [illegible] 圓也

漢陽市[illegible]昌洞一九四番地

著作兼發行人 李弘基

漢陽市[illegible]昌洞一九四番地

印刷人 皮昌線

漢陽市[illegible]昌洞一九四番地

發行所 朝鮮出版社

振替京城三二九八七番

電話 光⑤一〇六八番

이홍기, 『조선전설집』(3판) 판권지

〈표 3〉 이홍기 전설집과 신래현 전설, 〈설암리와 잉어〉의 대응표

이홍기, 평양 설암리의 유래, 1944, 301~312면	신래현, 설암리와 잉어, 1957, 9~19면
평양에 설암리라는 동내가 있는데 그이름의 유래에 대해 다음과 같은 전설이 있다. 옛날 평양성 밖에 설모라는 젊은 사나이가 살고 있었다. 그는 생계가 곤란했으므로 날마다 색기를 꼬고 집신을 삼고 해서 그날그날 지내갔다. 어느 날 그는 집신 삼은 것과 색기 꼰것을 질머지고 성내로 들어와 도가에 넘기고 돈을 받어 가지고 집으로 돌아오는데 (…중략…) 어부가 지게에 큰 물고기 하나를 잡어서 지고 나오는 것이였다. (…중략…) 젊은이는 (…중략…) 마치 애원이나 하는것 같이 눈물을 먹음고 있다. (…중략…) 이날 밤. (…중략…) 갚은 잠이 들어버렸다. (…중략…) 화려한 옷을 입은 동자 둘이 나타나 (…중략…) 대동강이 해마다 홍수가 나는 까닭에 평양 사람들의 괴롬이 여간 아니올시다. (…중략…) 저 대동강을 모란대 있는 쪽으로 옮겨 주시면 (…중략…) 설 씨가 옥에 가치자 마자 지금까지 멀정하든 날이 별안간 캉캄해 지드니 우뢰 소리가 진동하고 (…중략…) 사흘 동안 (…중략…) 큰 룡 한마리가 나타나 (…중략…) 청류벽도 그때 생기여 (…중략…) 그가 살든 마을은 그의 성 설을 때여다 붙이여 설암리라고 고쳐진체 지금까지 변해지지 않고 평양에 남어 있는 것이다.	옛날 평양성 밖에 설 씨라는 젊은 사나이가 살고 있었다. 그는 새끼를 꼬고 신도 삼고해서 이것으로 근근 생계를 유지하여 나갔다. 어느 날이였다. 그는 여늬 때와 같이 짚신과 새끼를 지고 성 안에 들어가서 그것을 두 량에 팔아 가지고 집으로 돌아오는 길이였다. (…중략…) 한 어부가 큰 물고기 한 마리를 한 가운데 놓고 흥정을 하고 있는 판이였다. (…중략…) 설 씨는 (…중략…) 마치 살려 달라고 애원하는 것 같이 보여 측은한 마음이 들었다. (…중략…) 그날 밤 설 씨는 꿈을 꾸었다. 화려한 옷을 입은 두 동자가 홀연 자기 앞에 나타나서 (…중략…) 수국에 들어갔다. (…중략…) 대동강이 매년 여름철이면 홍수의 범람으로 (…중략…) 피해가 막대하오니 만일 이 대동강을 모란대 쪽으로 옮겨 주시면 (…중략…) 설 씨가 막 옥에 갇히자 그때까지 청명하던 하늘은 순식간에 먹장구름이 뒤덮이였다. (…중략…) 사흘째 되는 날 (…중략…) 큰 룡 한 마리가 나타나 (…중략…) 청류벽이 생겼다. 그러자 비는 개이고 하늘도 맑아졌다. (…중략…) 그 후 설 씨가 세상을 떠난 다음 평양 사람들은 그의 덕을 오래 기념하기 위하여 당을 세웠다. (…중략…) 최근에 와서는 설암리와 상수리를 합하여 "설수리"라고 부르고 있다.

〈표 3〉과 같이 신래현이 이홍기의 전설집을 바탕으로 개작을 시도하였음은 명백하다. 또한 필자가 해방 후의 전설집과 비교해 보니, 이홍기와 신래현의 전설집의 커다란 특징은 우리설화의 공공성에 대한 반영이다. 민담民譚과 비교해, 해방 전의 우리 전설에는 개인의 화복뿐만 아니라, 공공의 화복을 바라는 공동체 의식이 강했음을 엿볼 수 있는 자료집으로 그 전개 양상을 살피는데 흥미로운 텍스트로 판단된다. 〈장연 만석동과 룡정〉도 김무달이 청룡을 돕고 황무지를 논으로 개간해 달라고 청해, 논을 마을사람들에게 골고루 나누어 주었다는 내용이다.

이를테면 근년에 채집되는 민담에서 소원을 빌때 공공성을 발설하는 내용은 일반적이지는 않다. 이홍기 자료집에 보이는 공공성을 반영한

공동체 의식은 신래현의 전설집에서 더욱 강화된다. 사회주의 리얼리즘에 입각한 신래현의 개작은 공동체적 주체의식이 강한 자료를 중심으로 이루어졌다. 이에 대한 구체적인 분석은 다음 기회로 돌리고, 이 글에서는 우선 새롭게 발굴한 『향토전설집』의 내용을 소개하고, 신라전설의 변용 양상을 검토하고자 한다.

3. 『향토전설집』의 내용

새롭게 확인된 『향토전설집』(1957)에 수록된 총 26편의 설화 내용은 다음과 같다.

1. 설암리와 잉어(평남 평양) – 공동체 의식 강조

옛날 젊은 설 씨 사나이가 큰 물고기(용왕의 아들)를 살려주고 수국에 가서 소원을 말해보라 하자, 대동강 범람을 막아 달라 청했다. 사흘간 내린 비로 청류벽이 생겨났고 그 덕을 기려 설암리라 했다(유사한 이야기 부록, 평양태수 외아들이 잉어(용왕의 아들)를 도와 용왕에게 대동강 범람을 막아 달라 청했다. 15일간 불씨를 죽이라 했는데, 14일째 과부의 아들이 졸라대 밥을 지어 중단되었다. 태수는 이를 알고 과부 아들을 대동강 물에 집어넣었다).

2. 약산동대의 거북바위와 동자바위(평북 영변) – 비극적 애정

옛날 예쁜 아가씨(용녀)와 채약동(하늘의 선관)이 각각 죄를 지어 지상에

왔다가 사랑에 빠져 옥동자를 낳았다. 헤어지려던 때에 벼락을 맞아 용녀는 거북바위, 채약동은 동자바위로 변했다.

3. 신검 박힌 불곡산의 석굴(평남 평원)

을지문덕 장군이 자다가 신검을 잘라버린 행동을 반성하고 더욱 수련에 정진했다는 이야기.

4. 도마봉의 운림지(평북 자성) – 비극적 애정

옛날 속세를 버린 운림 처사가 한 여인(못의 고기)과 결혼하자, 가뭄이 극심해져 여인이 사실을 고백하고 사라지자 비가 내렸다. 운림은 아내를 그리워하다가 연못에 빠졌다는 이야기.

5. 사랑산과 절부암(함남 홍원) – 봉건제도 비판, 비극적 애정

옛날 산기슭에 가난한 박 서방이 지주 송 씨의 계책으로 제주도 심부름을 시켜 죽게 하고, 부인을 탐했다. 부인은 남편을 기다리던 산(사랑산) 절벽(절부암)에서 뛰어내렸다는 이야기.

6. 마십굴(황해북도 수안) – 봉건제도 극복

옛날 착한 마십이 원의 아들을 살려주자, 배은망덕한 아들은 도리어 마십의 부인을 탐해 빼앗고, 바위에 오십리 굴을 뚫으면 돌려준다고 말했다. 마십은 굴을 뚫고 아들과 하인들이 모두 죽게 된다는 이야기.

7. 장연 만석동과 룡정(황해남도 장연) – 공동체 의식 강조

옛날 김무달이 백발노인(청룡)을 황룡으로부터 돕고 소원을 요청하자, 황무지를 논으로 개간해 달라고 부탁하고, 논을 마을사람들에게 골고루 나누어 주었다. 용이 살던 못을 용정, 마을을 만석동이라 한다.

8. 신천의 장사 못(황해남도 신천) – 봉건제도 비판, 비극적 사랑

이조 중엽, 양반은 딸 신랑을 구했다. 종의 신분인 장사 용길(겨드랑이에 날개 달림)이 사랑을 고백하자, 아들과 하인을 시켜 날개를 자르고 못(장사못)에 버렸다는 이야기.

9. 우산리와 모기(황해남도 신천) – 봉건제도 비판, 효행

수 백년 전, 한 과부가 아들을 소중히 키웠는데, 하룻밤을 모기 풀밭에서 지내면 소를 준다는 지주의 말에, 가난한 아들이 모기에 물려 사흘 만에 죽어 묻힌 산을 우(牛)산리라 한다.

10. 해주 부용당의 개구리(황해도 해주)

2백 수 십년 전, 유독 개구리 소리가 큰 어느 해에 해주 감사가 시를 쓰자 조용해졌다는 이야기.

11. 태백산성의 상충사(황해도 삼탄) – 충의

날아가는 기러기도 맞추는 신능산이 후백제 견훤과 싸우다가 주인 왕건을 대신해 항복해 죽었다. 피신한 왕건은 후에 그를 기려 상충사(사원)를 지었다.

12. 흘령산 백운암(강원도 세포) – 애국

옛날 도술을 터득한 존경받는 노인이 소의 영혼을 빌려 암자를 지어 흘령(屹靈)도사라 불렸고, 차전자(車前子 길장구)를 뿌리고 다니는 왜국 정탐꾼을 혼내 주었다는 이야기.

13. 오성산 선녀봉(강원도 금화) – 효행

옛날 한 씨 과부가 두 남매 금순이와 길동이와 살았는데, 병에 들어 약초를 구해야 되는데, 아이들이 모연실이라는 버섯을 구하다가 바위에서 떨어져 죽었다. 다음날 어머니가 눈물을 흘리자 길동이는 살아나고, 금순이 모습을 한 바위를 선녀봉이라 부르게 되었다.

14. 효구총과 의구총(강원도 정선/평남 용강) – 효와 의

① 효구총 : 백여년 전, 강원도 정선의 박서방 농민이 춘궁기에 개를 잡아먹고 뼈를 개울에 버리자, 새끼 개들이 뼈를 모아 묻고 죽었다. 사람들이 감동해 효구총을 세웠다.

② 의구총 : 평남 용강에 최 씨 노인이 장에서 술 마시고 돌아오는 길에 만취해 잠들었다. 불이 나자 개가 온 몸에 물을 적셔 주인을 살리고 죽었다. 봉분을 만들어 그 명복을 빌었다.

15. 화석정(경기도 파주) – 반봉건제도와 애국

3백 70여 년 전, 임진강 나루터 한 정자에서 선비가 틈만 나면 기름칠을 하였다. 친구가 찾아와 함께 조정의 당파싸움과 왜적의 출몰을 우려했다. 죽

기 전에 아들에게 유언을 남겨서 위기 때에 정자에 불을 지르라고 했다. 아들은 불을 밝혀 선조를 피신케 했다. 선비는 바로 율곡 이이였고, 선조는 정자를 새로 짓고 화석정이라 칭했다.

16. 한양성과 왕십리(경기도 서울)

이성계의 꿈을 해몽해 왕이 되리라 예언한 무학은 왕명으로 천도를 찾다 왕십리에 이르렀다. 소를 모는 노인이 십리를 더 가라 하여 왕십리가 되었다. 또한 한양성을 쌓는데 무학은 불교 융성을 위해 인왕산 선바위를 성 안으로, 정도전은 성 밖으로 해서 쌓기를 고집했다. 눈이 서울 주변에만 내려 결국 선바위는 성 밖으로 지정돼 불교도 쇠퇴했다.

17. 손돌 바람(경기도 김포)

추운 날을 손돌이 죽은 날이라 하는 이유는 다음과 같다. 뱃사공 손돌은 이조 인조 때 백성이었다. 해일을 예견해 사람들을 구하고, 이괄의 난 때 인조가 강화도로 피신하는 추운 날 손돌이 어용선을 젓게 되었다. 거센 여울 쪽으로 가자 인조는 밀통자로 오인해 죽였지만, 손돌이 남긴 바가지를 따라 무사히 대안에 도착했다.

18. 치악산과 꿩의 보은(강원도)

옛날 강원도 영동에 젊은 장사가 명궁이었다. 큰 뱀으로부터 도움 받은 꿩이 종을 쳐서 은혜를 갚는다는 이야기. 이때부터 적악산을 치악산이라 부르게 되었다고 한다.

19. 취적산과 계림사(경북 청도) – 비극적 사랑

3백년 전, 산지기 송 서방은 토벌하는 불한당 패거리에게 죽게 된다. 피리를 잘 부르는 아내는 이를 대신해 이듬해 괴수의 목을 베고 죽었다. 이후에 피리 소리가 들렸고, 도끼 소리가 나면 바위가 떨어졌다. 피리소리가 나서 취적산이라 하고, 부부영혼을 달래기 위해 계림사를 세웠다.

20. 령남루하의 아랑각(경남 밀양) – 정조

수 백 년 전, 밀양부사 김 모의 무남독녀 아랑은 한 통인에게 살해되고, 부사가 떠난 후 신임부사가 매번 죽어 나갔다. 붓장사가 부사가 되어 통인을 극형에 처해 아랑의 원한을 풀어주었다.

21. 호원 숲 속의 절터(신라전설) – 비극적 사랑

신라전설로 김현이 호랑이 화신과 연애하고 호랑이 처녀가 자결한 곳에 호원사를 세웠다.

22. 금광정의 남생이(신라전설)

황룡사의 젊은 중 묘정이 남생이한테 얻은 여의주로 총애를 받다가 당나라까지 가게 되고, 이를 황제에게 돌려주고 기념품을 하사받고 와서 원 상태로 돌아갔다는 이야기.

23. 무영탑과 영지(신라전설) – 비극적 사랑

아사달이란 당나라 명공을 초빙해 다보탑과 석가탑을 만들게 했다. 수년이 지나 처 아사녀가 경주에 왔지만, 만나지 못하고 기다림에 지쳐 못에 빠져 죽었다. 한편 아사달은 예술인가, 애정인가를 고민하다 탑을 완성하고 아사녀를 찾았지만, 처의 죽음을 알고 석가좌상을 다듬었다. 그 못을 영지라 하였다.

24. 서출지(신라전설)

신라 소지왕이 외출했을 때 까마귀, 쥐, 멧돼지의 계시와, 노인의 봉서를 통해 궁중의 분반승과 왕비의 계략에서 벗어나, 거문고 갑을 쏴서 중과 왕비를 죽였다는 이야기.

25. 도깨비 다리(신라전설)

신라 때 도화랑과 진지왕의 영혼 사이에서 태어난 비형은 귀신과 놀다가 도깨비 다리를 짓고, 길달을 처형해 비형의 문구를 써 붙이면 악귀가 도망간다는 금기가 생겼다는 이야기.

26. 홀어미 산성(전북 순창) – 열녀

옛날 순창에 재덕을 겸비한 신 씨 부인은 청상과부가 되자, 박 씨라는 홀아비가 청혼을 하였다. 결국 박 씨가 나막신을 신고 서울에 다녀오는 사이에 부인은 성을 먼저 쌓기 내기를 했다. 박 씨가 이기자 부인은 물속으로 몸을 던졌다. 이 산성을 홀어미 산성이라 하였다.

이상과 같이 봉건제도를 비판하는 이야기, 공동체 의식과 민족주의를 강조하는 이야기가 수록되는 한편으로, 효도, 충성, 열녀, 정조를 주제로 한 이야기가 수록되었다. 또한 사랑 이야기도 다수 수록되었는데 그 대부분이 비극으로 끝난다. 비극적이지만 등장인물들은 각자 맡은바 일을 소명의식을 가지고 살아가는 백성(천민)으로 형상화되어 여운을 남긴다.

4. 신라전설의 개작 양상

다음으로 〈박혁거세〉 등 신라신화 이외의, 전설을 중심으로 그 내용을 살펴보고자 한다. 〈표 4〉처럼 신래현은 남쪽 설화 중에서 신라전설을 다수 수록하였다. 전술한 바와 같이 신래현은 이홍기의 전설집에서 많은 소재를 취했지만, 신라전설은 박관수 전설집의 영향을 크게 받았다. 그러나 후술하듯이 박관수의 전설집을 상대화하면서 『삼국유사』, 『신증동국여지승람』, 이홍기의 전설집 등을 참고해 개작한 것으로 보인다.

〈표 4〉와 같이, 〈무영탑과 영지〉를 제외한 〈호원 숲 속의 절터〉, 〈금광정의 남생이〉, 〈서출지〉, 〈도깨비 다리〉는 『삼국유사』에도 수록된 것이다. 신래현의 텍스트를 확인해 보면 『삼국유사』를 직접 참고하기보다는 박관수의 전설집을 참고했음을 확인할 수 있다. 결과적으로 신래현의 작품은 박관수의 영향으로 신앙적, 민속적으로 끝맺어 전설의 완성도를 높였다.

신래현의 1957년판에는 총 5편의 신라전설이 수록되었는데, 그중에서 〈21. 호원 숲 속의 절터〉와 전술한 〈22. 금광정의 남생이〉는 1943년

〈표 4〉 박관수 전설집 등 신라전설의 영향 관계표

박관수 전설집, 1937	신래현, 1943	신래현, 1957
28. 맹호와 연애한 김현청년	×	21. 호원 숲 속의 절터
58. 사랑을 받은 여의주	×	22. 금광정의 남생이
31. 아사녀의 슬픔과 영지그늘	2. 무영탑(影なき塔)	23. 무영탑과 영지
26. 까마귀의 靈示와 사금갑의 靈書	13. 하나가 죽거나 둘이 죽는 서출지	24. 서출지
25. 桃花娘의 약혼과 비형랑의 귀신놀이	11. 귀신과 노는 비형랑	25. 도깨비 다리

판에서 수록되지 않고 새롭게 추가된 것이다. 이 두 편의 전설은 박관수의 전설집을 활용한 것으로 신래현은 1943년판에 이어, 1957년판에서도 박관수의 전설집을 활용했음을 확인할 수 있다. 또한 나머지 세 편 〈23. 무영탑과 영지〉, 〈24. 서출지〉, 〈25. 도깨비 다리〉는 1943년판에 이어서 1957년판에 재수록 되어, 그 변용 양상을 살펴볼 수 있다.

〈표 5〉와 같이 〈호원 숲 속의 절터〉(김현감호)는 김현이라는 청년이 호랑이 처녀와 사랑에 빠져 처녀가 자살 후 이를 애도하기 위해 호원사를 짓는다는 이야기다. 박관수와 이홍기가 일찍부터 수록했지만, 신래현은 1943년판에서는 수록하지 않았다. 신래현의 1957년판의 〈호원 숲 속의 절터〉는 박관수 전설집을 바탕으로 개작했지만, 이홍기 전설집의 '범망경梵網經' 등 일부를 참고한 것으로도 해석된다. 그러나 이 구절은 『삼국유사』의 내용과도 동일하기 때문에, 신래현이 『삼국유사』를 확인했을 가능성도 배제할 수는 없지만, 이전 전설집을 참고했을 가능성을 지적해 두고자 한다.

이홍기의 전설이 스토리에 중점을 두어 전개되는 데 비해, 박관수의 신라전설집은 고적 안내서로서의 기능을 수행하기 위해 위치 정보를

〈표 5〉 전설 〈호원 숲 속의 절터〉의 대응표

박관수, 맹호와 연애한 김현 청년, 1937, 64~67면	이홍기, 처녀虎의 화신과 호원사, 1944, 123~134면	신래현, 호원 숲 속의 절터, 1957, 213~225면
신라에는 2월 8일부터 15일까지 흥륜사 탑을 돌면 그해의 염원이 성취된다는 신앙이 있었다. 그래서 도하 사람들 특히 청년남녀들은 다투어 도는 풍습이 있었다. 38대 원성왕 때에 김현이라는 청년도 마음속으로 바라는 바가 있어 누구도 모르게 한밤중에 혼자서 그 탑을 돌고 있었다. 그런데 (…중략…) 꽃과 같은 한 처녀 역시 그 탑을 도는 것을 알아챘다. (…중략…) 자해하자 큰 호랑이가 되어 넘어졌다. (…중략…) 서천 쪽에 절을 지어 호원사라고 이름 짓고 일생동안 호랑이의 명복을 빌었다. (…중략…) 그 후 그 숲을 論虎숲이라고 불렀다. 북천을 건너 포항가도로 나오면 오른쪽 소금강 산록(山麓)에서 왼쪽 서천변(西川邊)으로 뻗은 긴 숲이 보인다. (…중략…) 독산 그 앞에 초석이 산재해 폐탑(廢塔)이 쓰러져 있는 것이 호원사 터다.	경주에 호원사(虎願寺)라는 절이 있는데 이 호원사가 세워진 데는 다음과 같은 전설이 숨여있다. 옛신라의 풍속에 매년 중춘(仲春)이면 초여드렛날부터 보름동안 도하남녀들이 흥륜사라는 절에 모여 탑을 돌면서 복을 비는 것이 년중행사의 하나로 돼여 있었다. 원성왕 시대의 어느해 봄 흥륜사에는 역시 이 행사가 시작되여 사대부 집 남녀들은 모두 성장을 하고나와 탑들을 돌고 있었다. 그중에 김현이라고 하는 젊은이가 역시 이 흥륜사의 탑을 돌러가서 혼자 밤늦도록 염불을 외이면서 돌고 있었다. 그런데 어떤 아름다운 처녀하나이 역시 염불을 외이면서 그이 뒤를 따라 (…중략…) 그 어여뿐 자태는 간곳 없고 호랑이 한 마리가 죽어넘어져 있었다. (…중략…) 김현은 죽은 호랑이의 유언을 생각해 서천 쪽에 절을 하나 짓고 호랑이가 소원해 세운 절이라는 뜻으로 이름을 호원사라고 짓고 범망경(梵網經)을 외워 그 호랑이의 명복을 빌었다. 이것이 호원사가 생긴 유래이다.	신라시대에, 매년 三월 초 여드렛날부터 보름동안 경주 성남(城南)에 있는 흥륜사에서는 청춘 남녀들이 모여 그 앞뜰에 있는 두 개의 튼 탑을 가운데에 두고 탑 돌기를 하는 풍습이 있었다. 이것이 어떤 소원을 가진 사람들이 밤중에 이 탑을 돌면서 기도를 드리면 반드시 소원을 성취할 수 있다는 데서 온 풍습이였다. 당시 김현이라는 한 젊은이가 있었는데 (…중략…) 원성왕 때의 어느 봄날이였다. 흥륜사에서는 례년과 같이 탑 돌기의 행사가 진행되였는데 거기에는 젊은 김현의 얼굴도 보이였다. (…중략…) 그의 뒤에는 어떤 아름다운 처녀 하나가 역시 사뿐사뿐 발길을 옮겨 놓으면서 돌고 있었다. 그는 달빛 아래에서도 완연하게 엿볼 수 있는 아름다운 녀인이였다. (…중략…) 사랑하던 처녀는 간 곳이 없고 호랑이 한 마리를 품에 안고 있었다. (…중략…) 그후 김현은 그 처녀 호랑이의 죽음을 항상 애석하게 생각하여 그의 소원대로 그가 자인(自刃)한 그 자리에 한 사찰을 지어 '호원사'라 칭하고 중들에게 조석으로 범망경(梵網經)을 외게 하여 그의 명복을 빌어 주었다고 한다. 경주의 북쪽으로 포항가도를 따라가면 옛날 알천이라고 부르던 북천에 다달은다. (…중략…) 論虎숲, 또는 호원숲이라고 부른다. (…중략…) 오늘 이 절의 모습은 찾아볼 길이 없고 다만 두 개의 탑만이 남아서 옛날의 절터이였음을 말하여 주고 있다.

* 이홍기 및 신래현 전설의 한글 원문은 가급적 그대로 표기했지만, 일부 띄어쓰기를 수정했다. 이하 동일하다.

〈표 6〉 전설 〈도깨비 다리〉의 대응표

박관수, 桃花娘의 約婚과 비형랑의 鬼神 놀이, 1937, 59~61면	신래현, 귀신과 노는 비형랑, 1943, 160~173면	신래현, 도깨비 다리, 1957, 256~268면
25대 진성왕은 사량부(沙梁部)에 사는 도화랑(桃花娘)의 용모가 매우 미려(美麗)하다고 듣고, 이를 궁중에 들여 총애하려 했는데 (…중략…) 그 후 곧 진성왕은 서거하시고, 2년 후에는 그녀의 남편도 죽었다. (…중략…) (진성왕이 청하자) 도화랑은 이를 부모에게 고했는데 (…중략…) 하는 수 없이 승낙해 주었다. 그래서 진성왕은 7일간 거기에 머물렀는데, 그동안 오색의 채운(彩雲)이 지붕을 덮고, 향기는 실내에 가득 했다. 그 후 그녀는 잉태하여 옥 같은 아들을 낳아 이름을 비형랑(鼻荊郎)이라고 지었다. 진평왕은 이 신기하게 난 비형랑을 궁중에 들여 키웠다. (…중략…) (비형은) 밤마다 먼 곳에 놀러 가는데 (…중략…) 서천(西川)에서 많은 귀신들과 놀고 (…중략…) 왕은 매우 기뻐하고 (…중략…) (길달을) 잡아서 사형에 처했다. 그 후 귀신들은 비형랑의 이름을 듣기만 해도 두려워 달아나 근접하지 않았다. 그 신원사는 오릉과 서천 사이에 있고 귀교(鬼橋)는 그 서천의 소천(小川)에 걸린 것이었다. 지금도 귀교 터에는 큰 돌이 5, 6개 묻혀 있다.	옛 신라의 서울, 사량부(沙梁部)라는 곳에 세상에도 드문 절세의 미인이 있었습니다. (…중략…) 진지왕은 매우 홍미를 느껴, 보지도 않은 그녀를 찬양하게 되었습니다. (…중략…) 정절이 어떤 것인가를 시험해 보기로 했습니다. (…중략…) 그해 병을 얻어 불귀의 객이 되었습니다. 그후 (…중략…) 어떤 인연인지 도화의 남편도 왕의 뒤를 따르듯이 죽었습니다. (…중략…) (진지왕이 청하자) 도화는 하는 수 없이 부모에게 그 사연을 고해 (…중략…) 승낙했습니다. 그때 왕과 도화의 방에 천래(天來)의 향기가 가득차 지붕에는 오색의 채운(彩雲)이 덮여 (…중략…) 그후 그녀는 잉태를 하여 십개월 만에 훌륭한 옥같은 아들을 낳았습니다. (…중략…) 이름을 비형(鼻荊)이라고 지었습니다. (…중략…) 그 다음 대의 진평왕은 그를 대궐에 들여 소중히 키웠습니다. (…중략…) 비형은 궁궐을 높이 날아서 저 먼 곳에 있는 천쪽으로 갔습니다. 그는 문천에서 많은 귀신들을 모아 (…중략…) 놀았습니다. (…중략…) 왕은 신하를 데리고 비형 안내로 문천에 갔습니다. 왕은 탄성을 발했습니다. (…중략…) 길달을 잡아와서 귀신 앞에서 목을 잘라 사형에 처했습니다. 귀신들은 비형의 이 처치에 놀라서 비형의 이름을 듣기만 해도 멀리 멀리 달아났습니다. (…중략…) 지금도 민속으로 악을 쫓는 금기로서 비형의 위력을 찬양한 문구를 써서 대문에 붙입니다. 이것은 악귀를 멀리 쫓는 의미라고 말해집니다.	옛 신라 서울의 사량부(沙梁部)[11]라는 곳에 도화랑(桃花娘)이라고 부르는 세상에 드문 아름다운 녀인이 있었다. (…중략…) 진지왕 — 제二五대 — 도 그 아름답고 품행이 단정하다는 도화랑을 극구 찬양하여 마지 아니하였다. (…중략…) 그 정절이란 어떤 것인가를 시험해 보려고 하였다. (…중략…) 그해 병을 얻어 세상을 떠나고 말았다. 그 후 이상하게도 도화랑의 남편도 진지왕의 뒤를 따르는듯이 이렇다는 큰 병도 없이 죽고 말았다. (…중략…) (진지왕이 청하자) 도화랑은 하는 수 없이 부모에게 그 사연을 상세히 고하니 (…중략…) 승낙을 하였다. 그때에 왕과 도화랑의 방에는 천상의 향기로 가득 찼고 지붕에는 五색의 채운이 덮여 있었다 한다. 그 후부터 도화랑은 잉태를 하여 십삭만에 옥 같은 아들 하나를 낳았다. 그는 아들의 이름을 비형(鼻荊)이라고 지어 정성을 다하여 길렀다. (…중략…) 그 다음 대의 진평왕은 그를 대궐에 들여다 기르게 하였다. (…중략…) 비형은 밤에 궁궐을 빠져 나와 궁성 서쪽에 있는 문천에로 달아가는 것이였다. 그는 거기에서 도깨비들을 모아 놓고 같이 밤새도록 놀다가 (…중략…) 오는 것이였다. (…중략…) 비형을 앞장세우고 문천에 나타난 왕은 문짝 같은 큰 돌을 수 많이 련이어 서 튼튼하게 걸어 놓은 돌다리를 바라보고 감탄하였다. (…중략…) 길달을 잡아 여러 도깨비들 앞에서 목을 잘라 본때를 보여 주었다. 이것을 본 다른 도깨비들은 벌벌 떨었

박관수, 桃花娘의 約婚과 비형랑의 鬼神 놀이, 1937, 59~61면	신래현, 귀신과 노는 비형랑, 1943, 160~173면	신래현, 도깨비 다리, 1957, 256~268면
	더불어 귀교(鬼橋)는 신라 서울의 신원사 북쪽 천에 귀신들이 만들었다는 다리 잔해(殘骸)가 남아 있습니다.	다. 그 후부터는 『비형』의 이름만 들어도 도깨비들은 멀리 도망질을 치는 것이였다. (…중략…) 우리나라 민속에 악귀를 쫓는 금기로서 대문간에 비형의 위력을 찬양한 문구를 써 붙이는 일이 생겼다. 이것은 악귀가 멀리 도망간다는 것을 의미하는 것이였다. 이 도깨비 다리는 신라 서울 경주, 신원사 절터의 서북쪽 문천에 걸려 있었다는데 오래인 세월이 흐르는 사이에 그 다리는 허물어져서 오늘은 여기저기에 커다란 돌쪼각들만이 굴러다니고 있다

후반부에 기술하였다. 이러한 박관수의 서술방식을 신래현도 그대로 따랐다. 전체적으로 이 설화를 포함해 신래현의 신라전설의 수록은 박관수 전설집의 영향을 지속적으로 받았음을 확인할 수 있다.[11]

〈표 5〉와 〈표 6〉에 제시한 〈호원 숲 속의 절터〉와 〈도깨비 다리〉는 기본적으로 『삼국유사』의 내용을 바탕으로 개작한 것이기 때문에 텍스트 간의 관련성이 깊은 것은 당연한 일이다. 그럼에도 불구하고, 신래현의 텍스트에서 이전 설화의 영향을 받아 개작했음을 엿볼 수 있다. 박관수의 책에는 진지왕眞智王이 진성왕眞聖王(진성여왕)으로 잘못 표기되었다. 박관수 책은 식민지시기에 대구에서 일본어로 출판된 것이기에 편집상의 오식이 확인된다. 박관수의 책 부록에는 25대왕이 '진지眞智'[12]라고 명기돼 있기 때문이다.

11 신라 경주 육부(六部) 중의 하나인 沙梁部는 '사량부'가 정확하지만 원문 그대로 표기했다.

12 朴寬洙, 『新羅古都 慶州の史蹟と傳說』, 博信堂書店, 1937, 부록편 58면.

한편, 박관수는 〈25. 도화랑桃花娘의 약혼과 비형랑의 귀신 놀이〉를 간략하게 서술하였다. 비형랑이 도깨비 다리(귀교)를 만들고 길달을 진평왕에게 천거했지만 달아나자 그를 처형하여, "귀신들은 비형랑의 이름을 듣기만 해도 두려워 달아나 근접하지 않았다"고 간략하게 서술했다. 이에 비해 신래현은 박관수 책의 오식을 바로잡고, 『삼국유사』를 참고하여 "지금도 민속으로 악을 쫓는 금기로서 비형의 위력을 찬양한 문구를 써서 대문에 붙입니다. 이것은 악귀를 멀리 쫓는 의미라고 말해집니다"를 추가하여 전설의 사실성을 높였다. 1957판에서도 기본적인 구도는 동일하다.

〈표 7〉의 〈서출지〉는 소지왕이 까마귀 등의 신이神異한 행동과 백발 노인의 계시를 통해 왕비와 분반승을 죽이고 목숨을 구했다는 이야기로 잘 알려져 있다. 서술방식과 용어들이 일치하는 것으로 보아 신래현은 박관수의 텍스트를 참고하여 윤색한 것으로 보인다. 1943년판에서는 신래현의 오기로 보이는 표기가 확인된다. 『삼국유사』에는 '청천정天泉亭'으로 표기되어 있고 박관수는 이를 그대로 표기했다. 신래현은 1943년판에 이어 1957년판에서도 '청천제天泉帝'라고 표기하였다.[13] 정亭과 제帝의 한자가 비슷해서 생긴 오식으로 보인다. 신래현은 해방 후에도 1943년판 또는 이를 메모한 노트를 지니고 있었고, 이를 참고로 1957년판을 작성했을 정황을 보여준다.

전체적으로 박관수가 간결하게 서술한데 비해, 신래현은 까마귀와 쥐, 멧돼지의 신이神異한 행동을 상세하게 서술하여 신비성을 더 했다.

13 『삼국유사』와 달리, 『신증동국여지승람』 권21 「경주부」 「고적조」에는 '청천제'로 표기되었기에 신래현은 이를 참조했을 가능성도 존재한다.

〈표 7〉 전설 〈서출지〉의 대응표

박관수, 까마귀의 靈示와 사금갑의 靈書, 1937, 61~62면	신래현, 하나가 죽거나 둘이 죽는 서출지, 1943, 190~204면	신래현, 서출지, 1957, 246~255면
제21대 소지왕 10년 정월에 천천정(天泉亭)에 친림(親臨) 때에 까마귀와 쥐가 울면서 "부디 임금님 이 까마귀 뒤를 따르세요" 하고 탄원했다. (…중략…) 노옹(老翁)이 나타나 한 통의 봉서를 주었다. (…중략…) 이를 열면 두 사람이 죽고, 이를 안 열면 한 사람이 죽는다. (…중략…) 거문고 갑(琴匣)을 쏘아라. (…중략…) 그 속에 왕비와 분반승(焚飯僧)이 있어 임금님을 해하려 밀계(密計)를 꾸미는 중이었다. (…중략…) 이로부터 이 못을 서출지(書出池)라고 부르고, 그 달은 마침 정월 상오일(上午日)임으로 매년 이 날을 오기월(烏忌月, 오기일의 오기－인용자)로 하여 까마귀를 공양하고, 외출 여행 등을 꺼리는 풍속이 생겼다. 이 서출지는 남산 동쪽 기슭 남산리(南山里)에서 멀지 않은 곳에 있다.	신라 제21대 소지왕은 (…중략…) 즉위 10년을 맞이해 (…중략…) 문무백관을 거느리고 왕거(王居)로부터 멀지 않은 천천제(天泉帝)에 거동하시게 되었습니다. (…중략…) 까마귀들은 이 왕의 행렬을 호위하는 상서로움으로 보이는 한편, 이 행렬을 조상(弔喪)하는 마지막 배웅으로도 보였습니다. (…중략…) 일관(日官)을 불러라, (…중략…) 저 우짖는 소리가 무슨 말인지 (…중략…) 백발의 노인이 나타나 (…중략…) 한 통의 흰 봉서를 내밀었습니다. (…중략…) 이를 열면 두 사람이 죽고, 이를 안 열면 한 사람이 죽소. (…중략…) 거문고 갑(琴匣)을 쏘아라. (…중략…) 왕비가 사랑하는 거문고가 들어 있는 갑이었습니다. (…중략…) 놀랍게도 그 속에서는 죽어가는 두 남녀 모습이 있었습니다. 한 사람은 왕비였습니다. 또 한 사람은 궁정의 분반승이었습니다. (…중략…) 이런 얘기가 전하는 유서가 있는 이 못은 그 이름을 서출지(書出池)라고 부르며, 경주 남산의 동쪽 기슭 남산리에서 멀지 않은 곳에 그 봉서(封書)의 노옹은 연못 안에 조용히 누어있다고 전해집니다. 더불어 이 날은 정월 정오에 해당되므로, 이 날은 모두 외출을 꺼리고 오기일(烏忌日)이라 부릅니다. 그리고 까마귀의 기특한 행위를 기리기 위해 까마귀 공양 등의 풍속이 지금도 전해진다고 사람들은 말합니다.	경주의 문천(蚊川)을 인왕리 부근에서 건너 남산의 동쪽 기슭을 따라 불곡, 탑곡, 미륵곡을 차례로 가로질러 헌강(憲康) 정강(定康)의 두 왕릉을 지나면 곧 남산의 서출지라는 못에 다달은다. (…중략…) 서출지에 관해서는 아래와 같은 이야기가 전해 내려오고 있다. 신라 제二一대 소지왕 (…중략…) 즉위 一〇년을 맞이하는 해에 (…중략…) 문무백관을 거느리고 월성으로부터 그다지 멀지 않은 천천제(天泉帝)라는 곳에 거동하기로 되였었다. (…중략…) 까마귀들은 왕의 행렬을 호위하는 것같이도 보이였고 또 어떻게 보면 조상(弔喪)하는 것 같기도 하였다. (…중략…) 일관(日官)을 불러라, 저 우짖는 소리들이 무슨 뜻인지 (…중략…) 로인은 아무 말없이 한 통의 흰 봉서를 내밀었다. (…중략…) 열어보면 두 사람이 죽고 안 열어보면 한 사람이 죽나니라. (…중략…)거문고 갑을 쏘아라!(射琴匣) (…중략…) 왕비가 항시 사랑하는 거문고가 들어 있는 커다란 금갑이였다. (…중략…) 그 속에서는 뜻밖에도 활에 맞아 죽어가는 한 사나이가 나왔다. 그 사나이는 궁중의 분반승(焚飯僧)이였다. (…중략…) 이런 일이 있은 뒤로 이상한 로옹이 봉서를 가지고 나온 못을 서출지(書出池)라고 불렀다. (…중략…) 민가들에서는 해마다 까마귀 밥으로서 찰밥을 지어 지붕에 올려놓는 풍습이 생겨났으며 또한 정월달에 첫 번째로 드는 해일(亥日)과 자일(子日)과 오일(午日)에는 백가지 일을 다 꺼려 사람들은 외출을 하지 않았다.

또한, 1943년판과 달리, 신래현은 1957년판에서는 전체적으로 독자의 이해를 돕기 위해, 서두에 관련 설화의 설명을 추가하여 사실성과 가독성을 높였다.

5. 결론

이 장에서는 새롭게 발굴된 북한 초기 대표적인 전설집인 신래현의 『향토전설집』의 내용을 분석하고 형성 과정 및, 이전 설화집과의 관련 양상을 고찰하였다. 신래현은 1943년에 『조선의 신화와 전설』을 간행했는데, 이 책은 박관수의 『신라고도 경주의 사적과 전설』의 영향을 받았다. 그리고 이번에 발굴한 1957년판은 박관수와 함께 이홍기 『조선전설집』의 영향을 받았음을 확인하였다.

이를 검증하기 위해서 해방 전에 간행된 주요 전설집을 확인하여 그 영향 관계를 명확히 하였다. 해방 전에는 신라전설을 중심으로 한 전설집이 다수 간행되었고, 이러한 영향하에서 박관수의 자료집이 간행되었다. 박관수는 일본인이 간행한 전설집을 참고했지만, 이를 비판적으로 수용하면서 신라전설집을 간행하였다. 이를 평가한 신래현은 박관수의 전설집을 참고해서 일부 오식을 바로잡고, 『삼국유사』 등을 참고하여 전설의 완성도를 높였다.

평양에서 발행된 1957년판에는 총 26편의 설화가 지역별로 수록되었는데, 그중 이홍기의 전설집과 공통되는 모티브를 지닌 자료는 총 20

편이다. 신래현은 이홍기의 전설집과 함께, 신라전설은 박관수의 자료를 활용하여 1957년판을 완성했음을 확인하였다.

북한설화에 대한 연구는 관련 자료의 접근이 용이하지 않아 어려움이 있다. 그럼에도 불구하고 일부 연구자에 의해 괄목할 만한 성과가 제출되고 있다. 신래현의 전설집은 이후의 북한설화집에도 일정한 영향을 미친 것으로 확인된다. 미와 다마키, 나카무라 료헤이, 오사카 긴타로 등의 식민지기 일본어설화집, 박관수, 이홍기, 고정옥 등의 설화집을 포함한 북한설화의 전체상을 구명하고, 남북한의 설화 채집 및 연구 성과의 의미와 과제, 활용에 대한 검토는 앞으로의 과제다.

참고문헌

한국어 단행본

강진호 · 허재영 편, 『조선어독본』(전5권), 제이앤씨, 2010.

과경일본어문학문화연구회 편, 『재조일본인 일본어문학사 서설』, 역락, 2017.

권혁래, 『일제강점기설화 · 동화집 연구』, 고려대 민족문화연구원, 2013.

김광식, 『식민지 조선과 근대설화 – 일본인의 구비문학 조사와 조선인의 대응』, 민속원, 2015.

______, 『근대 일본의 조선 구비문학 연구』, 보고사, 2018.

______, 『김상덕의 동화집 김소운의 민화집』, 보고사, 2018.

김광식 · 이시준, 『식민지시기 일본어 조선설화집 기초적 연구』, 제이앤씨, 2014.

김광식 · 이시준 외, 『식민지시기 일본어 조선설화집 기초적 연구』 2, 제이앤씨, 2016.

김일권 · 최석영 · 정숭교, 『한국 근현대 100년과 민속학자』, 한국학중앙연구원 출판부, 2014.

김영희, 『구전 이야기의 현장』, 이회문화사, 2006.

김화경, 『북한설화의 연구』, 영남대 출판부, 1998.

김효순, 송혜경 역, 『재조일본인이 본 조선인의 심상』 2, 역락, 2016.

나카무라 료헤이(中村亮平), 김영주 역, 『조선동화집』, 박문사, 2016.

남근우, 『'조선민속학'과 식민주의』, 동국대 출판부, 2008.

______, 『한국민속학 재고』, 민속원, 2014.

노성환, 『일본신화와 고대한국』, 민속원, 2010.

다카하시 도오루, 이시준 · 김광식 · 조은애 역, 『완역 조선이야기집과 속담』, 박문사, 2016.

다카하시 도오루, 편영우 역, 『조선의 모노가타리』, 역락, 2016.

박관수, 『신라고도 경주부근의 전설』, 경성청진서관, 1933.

손진태, 『조선 민족설화의 연구』, 을유문화사, 1947.

______, 『손진태 선생 전집』 6, 태학사, 1981.

______, 최인학 역, 『조선설화집』, 민속원, 2009.

신래현, 『향토전설집』, 국립출판사, 1957.

안용식 편, 『조선총독부하 일본인관료 연구』(전5권), 연세대 사회과학연구소, 2002.

와세다대학 동창회, 『1956년도 회원명부』, 와세다대학 동창회, 1956.

와세다대학 우리동창회, 『한국유학생운동사 – 早稲田대학 우리동창회70년사』, 1976.

이강언, 이주형 외편, 『현진건 문학전집』 3, 국학자료원, 2004.
이복규, 『이홍기의 『조선전설집』 연구』, 학고방, 2012.
이시이 마사미 편, 최인학 역, 『1923년 조선설화집』, 민속원, 2010.
이시이 마사미, 김광식 역, 『제국일본이 간행한 설화집과 교과서』, 민속원, 2019.
이시준 · 장경남 · 김광식 편, 조선총독부학무국, 『전설동화 조사사항』, 제이앤씨, 2012.
이홍기, 『조선전설집』, 조선출판사, 1944.
인나미 고이치, 김일권 · 이에나가 유코 역, 『조선연극사』, 민속원, 2016.
인나미 다카이치, 김보경 역, 『일본인 학자가 본 조선의 연극』, 역락, 2016.
장덕순, 『한국 설화문학 연구』, 서울대 출판부, 1970.
정명기, 『한국 재담자료집성』(전3권), 보고사, 2009.
정인섭, 최인학 · 강재철 역, 『한국의 설화』, 단국대 출판부, 2007.
조희웅, 『설화학 綱要』, 새문사, 1989.
______, 『이야기 문학 모꼬지』, 박이정, 1995.
최광식 편, 『우리나라 역사와 민속 – 남창 손진태 선생 유고집』, 지식산업사, 2012.
토머스 불핀치 외, 최준환 편역, 『그리스 · 로마신화』, 집문당, 1999.
한정미, 『북한의 문예정책과 구비문학의 활용』, 민속원, 2007.
황종연 편, 『신라의 발견』, 동국대 출판부, 2007.
________, 『고도의 근대』, 동국대 출판부, 2012.
사회과학원 주체문학연구소 문학사실, 『재미나는 옛이야기』 1~3, 근로단체출판사, 1986~1987.

일본어 단행본

『朝鮮及滿洲』, 日韓書房(朝鮮雜誌社, 朝鮮及滿洲社), 1912.1~1941.1.
『朝鮮總督府及所屬官署 職員錄』, 1910~1943(復刻版 全33巻, 2009年, ゆまに書房).
高橋亨, 『朝鮮の物語集附俚諺』, 日韓書房, 1910.
宮脇弘幸 外, 『日本植民地 · 占領地の教科書に關する總合的比較研究』, 東誠社, 2009.
金廣植, 『植民地期における日本語朝鮮說話集の研究 – 帝國日本の「學知」と朝鮮民俗學』, 勉誠出版, 2014.
金廣植, 『韓國 · 朝鮮說話學の形成と展開』, 勉誠出版, 2020.

大坂六村,『慶州の傳說』, 蘆田書店, 1927.

大村益夫 · 布袋敏博 編,『朝鮮文學關係日本語文獻目錄 1882.4~1945.8』, 早稻田大學 語學教育研究所 大村研究室, 1997.

大阪國際兒童文學館 編,『日本兒童文學大事典』(全3卷), 大日本圖書株式會社, 1993.

渡部學 · 阿部洋 編,『日本植民地教育政策史料集成』(朝鮮篇, 全69卷), 龍溪書舍, 1997~1991.

末松保和,『朝鮮研究文獻目錄 1868~1945 單行書編』(影印版 汲古書院, 1980, 초판 1972).

朴寬洙,『新羅古都 慶州の史蹟と傳說』, 博信堂書店, 1937.

薄田斬雲,『暗黑なる朝鮮』, 日韓書房, 1908.

山崎源太郎,『朝鮮の奇談と傳說』, ウツボヤ書籍店, 1920.

三輪環,『傳說の朝鮮』, 博文館, 1919.

笹原亮二 編,『口頭傳承と文字文化 - 文字の民俗學 聲の歷史學』, 思文閣出版, 2009.

石井正己,『植民地の昔話の採集と教育に關する基礎的研究』, 東京學藝大學, 2007.

________,『植民地統治下における昔話の採集と資料に關する基礎的研究』, 東京學藝大學, 2016.

石井正己 編,『韓國と日本を結ぶ昔話』, 東京學藝大學, 2009.

__________,『帝國日本の昔話 · 教育 · 教科書』, 東京學藝大學, 2013.

__________,『國際化時代を視野に入れた說話と教科書に關する歷史的研究』, 東京學藝大學, 2014.

__________,『博物館という裝置 - 帝國 · 植民地 · アイデンティティ』, 勉誠出版, 2016.

孫晉泰,『朝鮮民譚集』, 鄉土研究社, 1930.

申來鉉,『朝鮮の神話と傳說』, 一杉書店, 1943.

櫻井義之,『朝鮮研究文獻誌 - 明治 · 大正編』, 龍溪書舍, 1979.

染谷智幸 · 鄭炳說 編,『韓國の古典小說』, ぺりかん社, 2008.

李淑子,『教科書に描かれた朝鮮と日本 - 朝鮮における初等教科書の推移[1895~1979]』, ほるぷ出版, 1985.

印南高一,『支那の影繪芝居』, 大空社, 2000(1944년 玄光社 복각판).

________,『朝鮮の演劇』, 北光書房, 1944.

鄭寅燮,『溫突夜話』, 日本書院, 1927.

_______,『溫突夜話 - 韓國民話集』, 三弥井書店, 1983.

朝鮮總督府,『普通學校 國語讀本』(全8卷), 朝鮮總督府, 1923~1924.

__________,『朝鮮民俗資料 第二編 朝鮮童話集』, 朝鮮總督府, 1924.

朝鮮總督府學務局,『現行教科書編纂の方針』, 朝鮮總督府, 1921.

鳥越信 編,『日本兒童文學史年表』(講座日本兒童文學 別卷 1), 明治書院, 1975.

中村亮平,『朝鮮童話集』, 冨山房, 1926.

中村亮平 · 松村武雄,『支那 · 朝鮮 · 臺灣神話傳説集』, 近代社, 1929.

鐵甚平(金素雲),『三韓昔がたり』, 學習社, 1942.

崔仁鶴,『朝鮮昔話百選』, 日本放送出版協會, 1974.

______,『韓國昔話の研究－その理論とタイプインデックス』, 弘文堂, 1976.

崔仁鶴 · 石井正己 編,『國境を越える民俗學』, 三弥井書店, 2016.

한국어 논문

강석근,「무영탑 전설의 전승과 변이 과정에 대한 연구」,『新羅文化』 37, 동국대 신라문화연구소, 2011.

김광식,「조선총독부 편찬 일본어 교과서『국어독본』의 조선설화 수록 과정 고찰」,『연민학지』 18, 연민학회, 2012.

______,「조선총독부 학무국 '전설동화 조사' 보고서를 활용한『조선동화집』의 개작 양상 고찰」,『고전문학연구』 48, 한국고전문학회, 2015.

______,「한일설화 채집 · 분류 · 연구사로 본 손진태『조선민담집』의 의의」,『동방학지』 176, 연세대 국학연구원, 2016.

______,「신래현(申來鉉)과 '조선향토전설'」,『근대서지』 14, 근대서지학회, 2016.

______,「나카무라 료헤이(中村亮平) 조선전설집의 개작 양상 고찰」,『열상고전연구』 55, 열상고전연구회, 2017.

______,「태평양전쟁기의 조선동화 · 설화집」, 과경 일본어문학문화연구회 편,『재조일본인 일본어문학사 서설』, 역락, 2017.

______,「최상수의 한국전설집 재검토」,『열상고전연구』 64, 열상고전연구회, 2018.

______,「근대 일본의 조선설화 연구의 현황과 과제」,『열상고전연구』 66, 열상고전연구회, 2018.

______,「월북 작가 신래현의『향토전설집』(1957) 고찰」,『근대서지』 18, 근대서지학회, 2018.

______,「나카무라 료헤 신라신화·전설 수록 과정에 대한 연구」,『日本學研究』 58, 단국대 일본연구소, 2019.
______,「박관수의 신라전설집에 대한 고찰」,『연민학지』 33, 연민학회, 2020.
김광식·이복규,「해방 전후 시기 최상수 편 조선전설집의 변용양상 고찰」,『韓國民俗學』 56, 한국민속학회, 2012.
김영희,「'구비문학(口碑文學)'이라는 개념과 범주의 형성 과정 탐색」,『열상고전연구』 47, 열상고전연구회, 2015.
______,「북한에서의 구전설화 전승과 연구」,『한국문화연구』 5, 경희대 민속학연구소, 2002.
______,「1960대 초 북한잡지『인민창작』 연구」,『열상고전연구』 53, 열상고전연구회, 2016.
김종군,「북한의 구전설화에 대한 인식 고찰」,『국문학연구』 22, 국문학회, 2010.
김효순,「조선 전통문예 일본어번역의 정치성과 현진건의『무영탑』에 나타난 민족의식 고찰」,『일본언어문화』 32, 한국일본언어문화학회, 2015.
______,「'에밀레종' 전설의 일본어 번역과 식민지시기 희곡의 정치성 – 함세덕의 희곡 〈어밀레종〉을 중심으로」,『일본언어문화』 36, 한국일본언어문화학회, 2016.
노영희,「김소운의 아동문학 세계」,『동대논총』 23, 동덕여대, 1993.
류정월,「근대 설화집의 여성 형상화 연구 –『온돌야화』,『조선민담집』,『조선동화대집』의 여성 인물을 중심으로」,『한국고전여성문학연구』 32, 한국고전여성문학회, 2016.
신래현,「천리마에 대한 설화」,『문화유산』 6, 1958.
유재진,「김상덕의 일본어 동화「다로의 모험(太郎の冒険)」연구(1)」,『일본언어문화』 28, 한국일본언어문화학회, 2014.
이복규,「북한설화에 대하여」,『한국문화연구』 4, 경희대 민속학연구소, 2001.
______,「이홍기 편『조선전설집』(1944)에 대하여」,『온지논총』 30, 온지학회, 2012.
조은애·이시준,「미와 다마키(三輪環)『전설의 조선』의 수록설화에 대한 고찰」,『외국학연구』 30, 중앙대 외국학연구소, 2014.
__________,「미와 다마키『전설의 조선』의 일본 관련 설화에 대한 고찰」,『외국문학연구』 57, 한국외대 외국문학연구소, 2015.
조홍윤,「〈등나무〉전설에 형상화된 형제 갈등의 원형 연구」,『겨레어문학』 57, 겨레어문학회, 2016.
한상효,「북한의 설화자료집『조선민화집』의 수록 양상과 통일시대의 설화자료 통합방안 모색」, 『동방학지』 176, 국학연구원, 2016.

일본어 논문

金廣植, 「韓國初等國語教科書における傳來童話の收錄過程に關する考察」, 『淵民學志』 28, 淵民學會, 2017.

______, 「朝鮮民間說話の變容と壬辰倭乱(文禄·慶長の役)－論介說話を手掛かりにして」, 須川英徳 編, 『韓國·朝鮮史への新たな視座－歷史·社會·言說』, 勉誠出版, 2017.

梶井陟, 「朝鮮文學の翻譯足跡(三)－神話, 民話, 傳說など」, 『季刊三千里』 24, 三千里社, 1980.

印南高一, 「東洋演劇室」, 『季刊演劇博物館』 11, 國劇向上會, 1939.

黃鍾淵·白川豊 譯, 「儒教の鄕邑から東洋の古都へ－慶州空間の植民地的 再編に關して」, 『朝鮮學報』 214, 朝鮮學會, 2010.

朝日新聞, 「日朝の友を結んだ復刻版 平壤の申さん, 自著に出合いたより」, 『東京朝日新聞』, 1986.8.19.

영인

신래현, 『향토전설집』(1957)

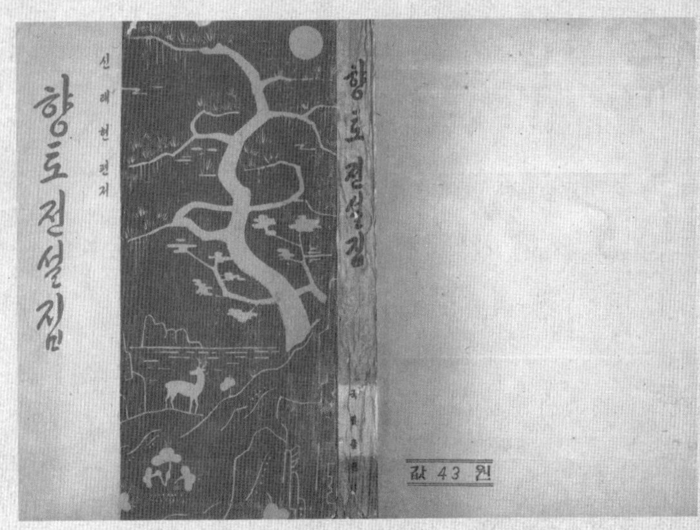

값 43 원

향토 전설집 편집 림 호권

1957년 6월 14일 인쇄회부
1957년 8월 30일 발 행

편 저 자 신 래 현

평 양 시

발 행 소 국 립 출 판 사
인 쇄 소 중 앙 인 쇄 공 장

ㄱ−60537 (값43원) 20,000부 발행

FK121

신 래현 편저

향토전설집

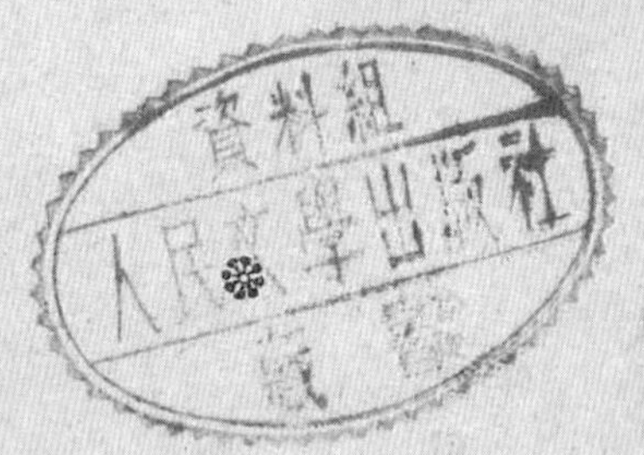

국립출판사

1957 • 평 양

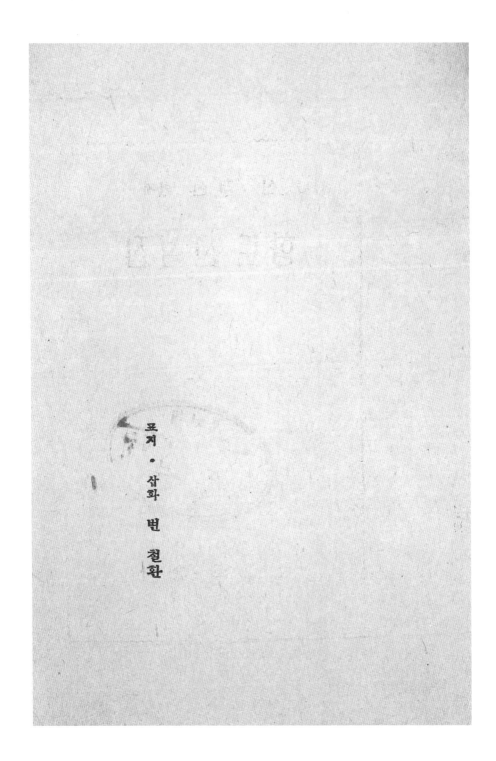
표지 • 삽화 변 철환

목 차

서 문

우리 조상들은 자기의 향토를 무한히 사랑하였으며 악을 미워하고 선을 권장하며 진실한 삶을 즐겨 왔다。 그들은 일찌기 찬란한 물질적 문화를 창조하였으며 심오하고도 섬세한 정신 문화의 재보를 지니였다。

우리들은 지난 소년 시절에 흔히 눈 내리는 겨울 밤이면 할아버지가 화롯불 곁에서 해 주시던 임진란의 이야기、할머니의 무릎 우에서 듣던 효자 효녀들의 이야기에 감격하던 기억을 가지고 있다。

이러한 이야기들은 어느 하나 끓어 넘치는 애국적 열정이 가득 차지 않은 것이 없고 고상한 도덕적 품성을 북돋아 주지 않는 것이 없으며 또한 인간의 고귀한 사랑을 찬양하지 않은 것이 없다。

자기의 향토를 사랑한다는 것은 곧 자기 조국을 사랑하는 길이 아니겠는가。

우리 선조들은 외적이 향토를 침입했을 때마다 용감히 그들을 물리쳤고 특히 임진 조국 전쟁 시기에 인민들은 전국적인 의병 투쟁을 전개하여 빛나는 승리를 거두었으며 또한 우리 세대에 와서 날강도 미제를 굴복시킨 것이 어찌 우연한 일이겠는가。 이것은 우리들의 몸에 이러한 선조들의 피가 맥맥히 흐르고 있으며 앞날의 행복에 대한 리상과 지향 속에 살아 왔지 때문이다。

오늘 우리 강토의 방방곡곡에 산재해 있는 한 개의 돌、한 그루의 나무라 할지라도 어느 하나 우리 조상들의 고귀한 정신이 깃들지 않은 것이 없다。

그러나 이러한 자랑스러운 전설들도 부단히 발굴되고 수집되며 또한 정리되여 엮어지지 않는다면 그것들이 지닌 본래의 진면모는 빛을 잃으며 혹은 망각되고 말 것이다。

필자는 一九五一년 六월 三○일 김 일성 동지가 중견 작가들과의 접견 석상에서 담화하신 민족 문화 계승 발전의 기본 로선에 립각하여 전설들을 가리고 모아 그것들이 가지는 빠포쓰를 훼손시키지 않을 정도로 윤색하여 형상화해 보았다。 만일 선조들이 물려 준 이러한 보옥들을 와륵으로 만들지 아니하였다면 다행으로 생각한다。

이 책자에는 조선 八도 (리조 시대의 행정 구획)에 걸쳐 전해지는 허다한 전설 중에서 각 도를 고루 망라하여 가장 민족적이며 인민적인 것 약 三○ 편을 우선 골라 대체로 북에서 남으로 내려 가며 도별 순으로 배렬 수록하였다。

一九五七、五

신 래 현

평양에서

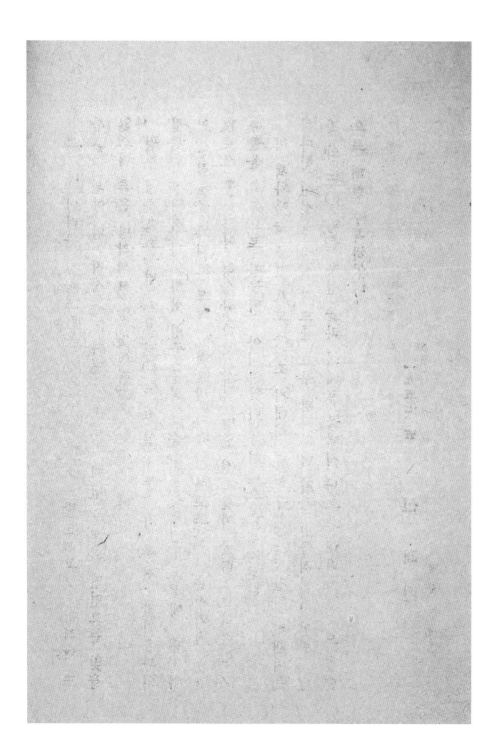

설암리와 잉어

옛날 평양 성 밖에 설(薛)씨라는 젊은 사나이가 살고 있었다。

그는 새끼를 꼬고 신도 삼고 해서 이것으로 근근 생계를 유지하여 나갔다。

어느 날이였다。그는 여늬 때와 같이 짚신과 새끼를 지고 성 안에 들어 가서 그것을 두 량에 팔아 가지고 집으로 돌아 오는 길이였다。이미 해는 서산에 기울어지고 성 안의 집집마다의 굴뚝에는 저녁 연기가 뿌옇게 오르고 있었다。

『벌써 해가 저물었구나。』

설 씨는 걸음을 빨리하여 대동강가에 이르렀다。거기에는 많은 사람들이 무엇인가를 둘러싸고 떠들썩하였다。

그는 호기심에 팔려 도대체 무슨 일이 생겼나 하고 가까이 다가 가서 사람들의 어깨 넘어로 넘겨다 보았다。

한 어부가 큰 물고기 한 마리를 한 가운데 놓고 흥정을 하고 있는 판이였다。

•10•

설씨는 그렇게 큰 물고기를 이때까지 본 적이 없었다.

『그게 무슨 고기요.』

『잉어요.』

『아니 세상에 저렇게 큰 잉어가 있단 말이요.』

거기에 모인 사람들은 모두들 혀를 회회 둘렀다.

그 잉어는 굉장하게 크고 탐스런 것이였다. 일으켜 세우면 길이는 사람 키만 할 것 같았고 큰 조개만한 비늘에서는 이상한 광채가 빛났으며 사발 만한 두 눈은 비상하게도 번쩍이고 있었다.

설씨는 그 잉어를 들여다 보았다.

잉어는 아직 살아 있었으나 아주 구슬프게 눈물을 머금고 구경꾼들을 바라다 보았다.

설씨는 잉어가 비록 말은 못하는 미물이지만 마치 살려 달라고 애원하는 것 같이 보여 측은한 마음이 들었다.

『그 잉어를 팔지 않겠소.』

『돈만 많이 주면 아무에게나 팔지요.』

『얼마나 받으랴오.』

『두 량만 주시오。』

『두 량!』

설 씨는 생각하였다。 자기에게는 오늘 짚신과 새끼 판 돈이 도합 두 량 밖에 없었다。

이 돈으로 잉어를 사면 당장에 쌀 살 돈이 없어 굶을 형편이였다。 그러나 그는 그 잉어가 가엾어서 주머니를 털어 주고 잉어를 사기로 하였다。

『자 돈을 받으오。』

설 씨는 자기의 옷소매가 찢는 것드 돌보지 않고 어부에게서 잉어를 두 팔로 받아 가슴에 안고는 강가로 내려 갔다。

그러하여 그 잉어를 강물에 집어 넣었다。 잉어는 강물 한복판에 들어 가서 꼬리를 치고 빙빙 돌다가 설 씨를 보고 고맙다는 인사를 하는 듯이 몇 번이나 머리를 쳐들군 하였다。

설씨는 그것을 보고 어쩐지 마음이 상쾌하여 콧노래를 웅얼거리면서 집으로 돌아 왔다。

그날 밤 설 씨는 꿈을 꾸었다。

화려한 옷을 입은 두 동자가 홀연 자기 앞에 나타나서 절을 나부지 하고는

공손히 말하였다

『우리들은 룡궁에서 온 사자올시다。 룡왕이 당신을 부르시와 우리들은 뫼시려 왔나이다。』

설 씨는 일찌기 룡궁이 있다는 말은 들었지만 자기를 부른다는 것은 알 수 없는 일인지라 그들에게 물었다。

『룡궁에서 왜 나를 찾나요。』

『룡궁에 가시면 자연 아시게 될 것이오니 지체 마시고 곧 떠나시기 바라나이다。』

그리하여 설 씨는 두 동자를 따라 수국에 들어 갔다。

문득 그의 앞에는 화려한 궁전이 나타났다。 그것은 인간 세상에서 볼 수 없는 주궁패궐(朱宮貝闕)로서 휘황 찬란하였다。

열 두 대문을 지나서 설 씨는 룡왕이 계시는 대궁전으로 안내되였다。 대궁전의 기둥은 산호(珊瑚)로 깎아 세웠고 바닥은 대모(玳瑁)를 깔았으며 천장은 진주(眞珠)로 문채를 놓았고 벽에는 자개를 뿌려 마치 요지경(瑤池境) 속에 들어 온 것 같았다。

대궁전의 중앙에는 룡왕이 위풍 당당히 룡상에 앉았고 고 좌우에는 많은 신

하늘과 꽃같은 궁녀들이 나란이 서서 설 씨를 맞이하였다。

설 씨는 룡왕 앞에 나아가 엎디여 절을 하니 룡왕은 일어나 친히 자리를 권하였다。

『원로에 이와 같이 와 주니 대단히 고마웁소。 그대를 청한 것은 다름이 아니라 그대에게 입은 큰 은혜를 갚으려 함이요。』

설 씨는 룡왕의 말뜻을 알아 듣지 못하여 의아해서 반문하였다。

『소인에게 은혜라니 그게 무슨 말씀이온지요。』

『다름 아니라 내 아들이 오늘 봄날이 화창하기에 소풍을 하러 나갔다가 그만 어부에게 잡혀서 죽게 된 것을 그대의 선행으로 말미암아 생명을 건졌으니 이보다 더 큰 은혜가 또 어디 있겠소。』

그제야 설 씨는 자기가 룡궁에로 오게 된 연유를 알게 되였다。

『그만 것이 무슨 큰 은혜로 되겠사오리까。』

그는 겸손하게 사양하였다。

룡왕은 시녀를 시켜 아들을 불렀다。

겨우하에 그의 아들이 들어와 부왕에게 알현하고 곧 설 씨에게 공손히 절을 하며 말하였다。

• 15 •

『나의 목숨을 구하여 주셨으니 어찌 그 은혜를 일시라도 잊으오리까。 그리하여 오늘은 은인을 일부러 청하였사오니 며칠이나마 유쾌히 쉬여 주시기 바랍니다。』

설씨는 그 왕자를 보니 모습이 바로 자기가 낮에 대동강에 놓아 준 잉어 임에 틀림이 없었다。 룡궁에는 일찌기 전례 없던 귀빈을 모시고 삼일 잔치가 베풀어졌다。

바다의 진미를 다 갖춘 진수성찬에 옥반 미주가 나오고 류량한 풍악소리 울리는 가운데 궁녀들은 너울너울 춤을 추었다。

설씨는 이렇게 갖은 환대를 받아 가면서 어언 사흘을 지냈다。 그러다가 문득 집안 일이 궁금한 생각이 들어서 왕에게 돌아 갈 뜻을 고하였다。

『정히 그렇다면 더 만류는 하지 않으려오。 그대는 수국의 왕자를 구해 준 은인이오니 이제 그 은혜의 만분지 일이라도 갚으랴 하오。 그대의 소원을 말해 보오。 무슨 소원이든지 한 가지만 들어 드리리다。』

『이토록 환대를 받고 또 무슨 소원이 있사오리까。』

설씨는 거듭 사양하였다。

그러나 룡왕은 굳이 몇 차례나 소원을 말하라 하였다。

『정히 그렇게 말씀하심을 너무 사양함도 례가 아니와 한 가지 청을 드리겠소이다。 그것은 다른 것이 아니오라 대동강이 매년 여름철이면 홍수의 범람으로 평양 사람들의 무고한 인명과 재산에 피해가 막대하오니 만일 이 대동강을 모란대 쪽으로 옮겨 주시면 천연의 제방이 되여 홍수를 면할 것이고 풍치도 아름다우며 수로의 리용도 편리하리라고 생각합니다。』

『참으로 기특한 생각이요。 자기 일신의 부귀 영달을 원하는 게 아니라 만백성을 위해 그토록 청을 하시니 내 기꺼이 들어 드리겠소。 그런데 대동강 물줄기를 돌리자면 래일부터 사흘 동안 큰 비를 내려야 하겠으니 평양 사람들에게 미리 알려 주어 피해가 없도록 하시오。』

이렇게 흔연히 승낙하였다。

설 씨는 곧 룡궁을 하직하고 집으로 돌아 왔다。

『참 이상한 꿈도 있구나。』

이튿날 아침 잠에서 깨여 난 설 씨는 지난밤 꿈을 생각하였다。 그러나 아무리 생각하여도 그것은 꿈 같지가 않았다。 그리하여 그는 아침을 한술 뜨고는 곧 평양 성안으로 들어 갔다。

『오늘부터 큰 비가 내리여 큰 물이 날 터이니 미리 단속들 하시오。』

• 17 •

이렇게 그는 웨치면서 이 골목에서 저 골목으로 돌아 다녔다。 그러나 누구하나 그의 말을 믿어 주는 사람은 없었다。

『미친 사람이군!』

『별 놈 다 보겠네。』

지나가던 사람들은 귀담아 들을 념도 안 하고 모두를 이렇게 일소에 붙였으나 온 성내를 그는 열심으로 웨치고 돌아 다녔다。 그러자 마침내 그 소문은 관가에까지 들어 가자 평양 관찰사는 〃류언비어를 류포하여 민심을 소란케 하는자라〃 해서 설 씨를 잡아 들이여 옥에다 가두었다。

설 씨가 막 옥에 갇히자 그때까지 청명하던 하늘은 순식간에 먹장 구름이 뒤덮이였다。 동시에 사나운 바람이 일고 우뢰 소리가 진동하더니 주먹 같은 빗방울이 떨어지기 시작하였다。

비는 사흘 동안 쉴 사이 없이 계속 퍼부었다。 그리하여 대동강 일대는 범람하여 어디가 강인지 어디가 륙지인지 분간할 수도 없이 상전벽해(桑田碧海)로 변하였다。

사흘째 되는 날이다。

모란대 부근에는 유난히 안개가 자욱히 끼고 폭포와 같은 빗줄기가 내렸다。

그때에 어디선지 큰 룡 한마리가 나타나 모란대 기슭에 앉았다가 잠시 후에 꼬리를 치고 하늘로 올라 갔다. 이 꼬리 치는 소리는 천지를 진동하였다. 물란리를 만나 언덕으로 피난 나온 사람들은 모두들 이 소리에 놀라 내려다 보니 룡이 앉았던 자리가 크게 패여지고 물은 일시에 그 곳으로 몰려 들었다. 그리하여 범람하던 물은 순식간에 다 빠지고 그 때에 지금과 같은 깎아 세운 듯한 청류벽이 생겼다. 그러자 비는 개이고 하늘도 맑아졌다.

그리하여 지금의 숭호리 쪽으로 흐르던 당시의 대동강이 오늘과 같이 주암산 기슭을 감돌아 청류벽을 스쳐서 양각도로 물줄기가 옮겨졌으니 그 후부터는 이 청류벽으로 인하여 아무리 큰 비가 내려도 평양은 수해를 입지 않게 되였다고 한다.

관가에서는 사태가 이렇게 되고 보니 설 씨의 말이 과연 옳았다는 것을 인정하지 않을 수 없었다.

설 씨에게서 그 잉어에 대한 사연을 자세히 듣고 비로소 관가에서도 설 씨의 백성을 위한 고귀한 마음씨를 높이 칭송하였다.

그 후 설 씨가 세상을 떠난 다음 평양 사람들은 그의 덕을 오래 기념하기 위하여 당을 세웠다. 그 당은 설암리에 있었는데 오랜 세월이 흐르는 동안에 허

물어지고 말았다 한다。 그러나 아직도 그의 성에서 따서 설암리(薛岩里)라고 지은 그 동리는 지금도 평양 시내에 있는데 최근에 와서는 설암리와 상수리(上需里)를 합하여 『설수리(薛需里)』라고 부르고 있다。

* *

설암리의 유래에 관해서 또한 이와는 약간 다른 이야기도 전해지고 있는데 대체로 잉어를 중심으로 하여 이야기가 전개되는 것은 동일하다。 그러나 이야기는 아주 대고 시대로 올라가 주암산도 모란대도 청류벽도 없었던 번번한 벌판이 무대로 되여 있다。

하루는 평양 태수(太守)의 외아들이 대동강변에 나왔다가 잉어 한 마리를 사서 강에다 놓아 주었더니 그날 밤 꿈에 룡왕이 나타나 오늘 자기 아들의 생명을 구해 준데 대하여 치사하고 무엇이나 소원을 한 가지 말하라고 하였다。 태수의 아들은 대동강이 해마다 범람하여 곤난하니 줄기를 다른 곳으로 돌리여 홍수를 막아 달라는 요청을 하였다。

룡왕은 그러한 큰 사업은 계획이 필요하니 사흘의 말미를 달라고 했다。 파연 사흘 후에 또 꿈에 룡왕이 찾아 와 그 공사는 가능하다고 하면서 한 가지 어려운 조건을 내놓았다。 물과 불은 서로 상극이니 평양에서는 一五일간 이 공

사가 끝날 때까지 불씨를 죽여야 한다는 것이였다。

대수의 아들은 자기 아버지의 령으로 보름 동안 불씨를 끄는 것은 가능할 것도 같에서 그리 하마고 말했더니 룡왕은 공사를 앞으로 사흘 후에 착수하기로 약속하고 돌아 갔다。 대수는 아들에게서 그 사연을 듣고 평양 사람들에게 앞으로 一五일 동안 일체 불씨를 끌 것과 그러기 위해서 미리 보름 동안 먹을 음식을 장만하여 둘 것을 명령하였다。

과연 사흘 후에는 날이 흐리고 구름이 모여 들더니 폭우가 쏟아지고 온 세상은 캄캄하여졌다。 사람들은 밖에 나가지도 못하고 다만 방에 들어 앉아 있었다。 하늘에서는 매일같이 바위와 돌과 모래가 날아 가는 소리와 그것들이 떨어지는 소리로 천지가 진동하였다。 이렇게 열 사흘이 지나갔다。

그런데 약속보다 하루 앞서 一四일만에 비는 개이여 사람들은 해를 보게 되였다。 모두들 이상히 여기며 밖으로 나와 보니 그 전에 없었던 주암산과 모란대와 청류벽이 생기고 그 밑으로 대동강이 흐르고 있었다。

바위와 돌과 모래가 날아 가는 소리는 이것들을 쌓기 위한 것이였음을 그제야 사람들은 알았다。

그날 밤 태수 아들의 꿈에 또 룡왕이 나타나 하는 말이 그의 처음 계획은 一

五일 동안에 지금의 주암산으로부터 양각도(羊角島)에 이르기까지 천연의 제방을 쌓을 설계였으나 지금의 대동문 근처에 사는 한 과부가 불을 켰기 때문에 유감하게도 중단하게 되였다는 것이다。

이튿날 태수의 아들은 이 사연을 자기 아버지에게 고하였다。 판가에서 그 과부를 찾아보니 사실과 부합되였다。

과부는 보름 동안 먹을 밥을 열 다섯 난 외아들이 자꾸만 졸라대는 바람에 열 사흘만에 다 먹어 버려서 새로 밥을 지었다는 것이다。 그리하여 화가 난 태수는 과부의 아들을 대동강 물에 집어넣게 하였다고 한다。

이 전설로 미루어 본다면 이런 사연들로 하여 대동강 연안은 오늘의 지형을 이루게 된 셈이다。

약산 동대의 거북 바위와 동자 바위

평북 녕변 찾어가자
약산동대 찾어가자
울긋 불긋 무르녹은
봉이마다 진달래요
오를사록 승지로다
약산동대 찾어가자
제일봉을 올라서니
학벼루가 기암이라

이것은 우리들의 귀에 익숙한 녕변(寧邊) 약산 동대(藥山東台)를 노래한 것이다。

봄에는 진달래요、가을에는 단풍으로 그 풍치를 자랑하는 약산 동대는 관서팔경(關西八景)의 하나로서 보는 사람으로 하여금 눈을 황홀케 한다。

이 경치 좋은 약산 동대 우에는 「거북 바위」라는 큰 바위가 있고 그 동대의 밑을 감돌아 흐르는 푸른 구룡강(九龍江)의 기슭에는 애기를 업은 형상을 한 「동자(童子)바위」가 서 있어 거북 바위는 동자 바위를 바라보고 동자 바위는 거북 바위를 쳐다 보고 있다。

이 거북 바위와 동자 바위에 대해서 이런 이야기가 얽히여 있다。

아득한 옛날이다。 이 약산 동대의 서남쪽 기슭을 씻어 내려 가는 구룡강의 푸르고 깊은 물 속에는 룡궁이 있었는데 그 궁중에는 탐스런 꽃송이에 비길 만한 아가씨 한 분이 있었으니 그가 바로 룡왕과 왕비가 애지중지하는 그들의 무남독녀 외딸이였다。

이 한 송이의 꽃은 인간 세계에서 볼 수 없는 아름다운 용모를 갖추었고 그의 마음씨는 비단결 같이 고와서 이 물 나라의 한 이채로 되여 있었다。

부모네들의 사랑은 물론이거니와 물 나라의 모든 수족(水族)들은 이 룡녀 아씨를 우러러 받들었다。

그러나 불행하게도 이 룡녀는 어느 날 뜻하지 않은 엄중한 죄과를 범하였다。

이 죄과는 도저히 수부(水府)에서는 용서할 수 없는 것이였기 때문에 룡왕은 눈물을 머금고 룡녀에게 인간 세계로 나가 一〇년간 속죄를 하고 돌아 오라는 엄명을 내렸다。 그래서 룡녀는 인간 세계에 나오게 되였는데 그는 수부에서 떠날 때 잠시 거북이 되여 헤염쳐 나왔던 것이다。

인간 세계에 나온 룡녀는 조선 팔도 강산을 골고루 편답하여 산수 맑고 풍치 좋은 곳을 찾아 다녔다。 그러나 두루 돌아 다녀도 이 약산동대만큼 더 훌륭한 곳은 없었다。 그래서 그는 이 곳을 림시 처소로 정하고 산에서 나물을 뜯고 약초도 캐여 가며 인간 세상의 갖은 풍상과 고초를 겪어 가면서 一〇년 오기를 기다리며 살았다。

그런데 어언간 세월은 흘러 九년이 지나고 一〇년째 되는 해가 왔다。 그 동안 룡녀에게는 낯 설던 땅도 정이 들고 인간 세상의 고락도 몸에 젖었다.

바로 그해 봄이였다。

약산 동대는 진달래가 만발하여 온 산을 붉게 물들이고 산새들은 봄을 노래하여 우짖었다。 룡녀는 춘흥에 못 이겨 노래를 부르면서 꽃을 따고 약초를 캐며 이산 저산을 마음껏 돌아 다녔다。

그리다가 하루는 우연히도 이 약산에서 채약하는 젊은 채약동을 만나게 되였

다。이 채약동은 천상 옥경(天上玉京)에 있던 선관(仙官)으로서 역시 그 곳에서 어떤 죄를 짓고 인간 세계로 내려 왔던 것이다。

하나는 옥골 선풍(玉骨仙風)의 천상 선인이요、하나는 물 속 깊은 룡궁 미인이라 서로 하늘과 물 속에서 쫓기여 땅을 밟게 된 같은 처지인지라 하루 만나고 이를 만나는 동안에 두 사람은 서로 사랑하는 사이가 되였다。

그리하여 약산동대에서 두 청춘은 봄을 노래하고 사랑을 속삭이였다。

그들은 자기들이 죄를 지어 속죄하러 인간 세계로 나온 것도 잊어 버리고 청춘을 구가하며 나날을 보냈다。그러나 이것은 그들에게 있어 인간 세계에 와서 또 하나의 죄를 범한 것으로 되였다。그렇지만 그들 사이의 사랑은 날로 두터워 갔고 마침내 룡녀는 옥동자를 낳게 되였다。

룡녀는 룡궁으로 돌아 갈 날이 점점 가까와 왔다。사랑하는 어린 것을 서로 붙안으며 두 젊은 부부는 석별의 정을 억제할 수 없어 눈물과 탄식으로 나날을 보냈다。

一〇년을 하루 같이 그리우던 룡궁이요、부모도 보고 싶은 마음이 간절하여 룡녀는 기한이 차는 마지막 날、드디여 룡궁으로 돌아 갈 것을 결심하였다。그리하여 채약동과는 후일에 다시 만나기로 굳게 언약하고 어린애는 아버지에게

말기고 그는 홀로 동대로 올라 갔다。

룡녀는 구룡강 맑은 물이 굽이굽이 흐르는 것을 안하에 바라보며 룡궁에서 어떤 소식이 있기를 기다렸다。 사랑하는 남편과 어린 것을 떼여 놓고 떠나는 룡녀의 가슴은 터지는 것 같았고 눈물은 앞을 가리였다。

채약동 역시 안타까운 석별의 정을 금하지 못하여 어린 것을 업고 구룡강 기슭에 나와、 멀리 동대 우에 룡궁으로부터 소식을 기다리고 섰는 안해를 바라보고 있었다。

그 때에 별안간 바람이 일고、 구름이 하늘을 덮더니 번개가 번쩍하고 뢰성이 천지를 진동하였다。 룡녀는 이제야 룡궁에서 소식이 있나보다 하고 마지막 리별을 하려고 남편이 서 있는 쪽을 바라보았다。

바로 그 때였다。

다시 번개가 번쩍하고 큰 뢰성과 함께 벼락이 동대를 내리쳤다。 그 순간 룡녀와 어린애를 업은 채약동은 일시에 바위르 변하고 말았다。

룡녀는 동대 우에서 큰 거북바위가 되였고 채약동은 구룡강 기슭에서 동자바위로 변하였다。

이리하여 그들은 떨어지기를 애석하게 여기던 바로 그 모습대로 바위로 변하

여 언제까지나 서로 마주 바라보고 있게 된 것이다。

이상이 약산 동대의 거북 바위와 동자 바위의 유래인데 그 후일담도 여기에 마저 쓰기로 하자。

리조 말에 어느 부사(府使)가 약산 동대에 유람을 왔었는데 그 때 부사를 따라온 수원 하나가 별다른 의사 없이 그 거북 바위의 목을 큰 돌로 부딪뜨려 부러뜨렸다。 그랬더니 그는 웬 일인지 당장에 즉사하고 말았다고 한다。 그리고 또 이 일이 있은 후 녕변에 사는 김 창애라는 로인이 그 거북 바위의 목이 떨어져 나간 것을 무한히 애석하게 여겨 자기 사재를 들여 그 거북의 목을 이전대로 이어 주고、그 옆에다가 새로 거북 하나를 만들어 세웠더니 七○ 당년에 딸 하나를 얻었는데 세상 사람들은 이것을 룡녀가 대여난 것이라고 한동안 화젯거리를 삼았다고 한다。

신검 박힌 불곡산의 석굴

평안남도 평원(平原) 고을에 불곡산이라는 높은 산이 있는데 이 산의 서남쪽 중턱 허리에 병풍을 세워 놓은듯한 백여 척의 낭떠러지 절벽이 있다.

이 절벽의 꼭대기에 사람이 들어 갈 만한 크기의 석굴 다섯개가 있는데 그 중간의 굴이 옛날 고구려 시대의 을지 문덕 장군이 소싯적에 문학과 무술을 닦고 있었던 곳이라 한다.

거기에는 지금도 을지 문덕 장군이 공부하던 한 모서리가 떨어져 나간 돌 책상이 있고 또 그가 베고 잤다는 돌 베개가 그대로 놓여 있다.

을지 문덕 장군은 젊었을 때에 이 석굴에 있는 돌 책상에 책을 펴 놓고 공부를 하였으며 산 마루에 올라 가서는 활 쏘기를 련마하였다. 그리고 장군이 칼을 휘둘러 검술을 익히던 곳은 바로 이 곳에서 약 二〇리 떨어진 곳에 있는 대원산(大圓山)이였다.

지금은 대원산이 번번한 산이지만 당시에는 송림이 울창하였었다고 한다。 그런데 그 후 이렇게 번번한 산으로 된 것은 장군이 그의 칼 쓰기를 공부하느라고 그 나무들을 다 찍어 넘어뜨렸으며 또한 어떻게 그 산을 올라 갔다 내려갔다 하며 뛰여 다녔던지 땅이 굳어져서 새로운 나무들이 싹터서 자라나지 못했다고 한다。

어느 날 을지 문덕 장군은 역시 이 대원산에 가서 검술을 련마하고 밤 늦게 불곡산의 석굴로 돌아 왔다。

그는 종일토록 과격한 훈련에 몸이 피곤하여 돌 책상 옆에서 돌 베개를 베고 어느새 잠이 깊이 들었다。 한동안 잠을 자다가 이상한 기척에 눈을 떠 보니 머리가 셋이 달린 뱀 한 마리가 석굴에 들어 와 책상 우로 기여 오고 있었다。 을지 장군은 몽롱한 잠결에 곧 옆에 놓인 칼을 빼들어 번개같이 내려쳤다。 그랬더니 뱀은 아무런 용도 쓰지 못하고 단번에 두 동강이로 나고 그 돌 책상도 한 모서리가 떨어져 나갔다。

을지 장군은 잠결에 뱀이 죽어 넘어진 것을 보고 그대로 눈을 감고 또 잠이 들었다。

그 이튿날 아침에 일어나 본즉 간밤에 죽어 넘어졌던 뱀은 간 곳이 없고 돌

책상 밑에 칼날이 조금 붙어 있는 칼 자루 하나가 이상한 광채를 내고 반짝이고 있었다。 그는 기이히 여겨 그 칼을 집어 보았다。 그 칼은 인간 세상에서는 볼 수 없는 신검(神劍)이였다。

『간밤에 뱀이라고 내려친 것이 바로 이것이였구나。』

을지 장군은 이렇게 말하면서 그 칼이 두 동강이로 난 것을 애석하게 여겼다。 그리하여 그는 나머지 한 동강이를 아무리 찾아 보아도 온데 간데 없었다。

『세상에는 이상한 일도 있다。 한 동강이가 여기에 있으니 나머지 한 토막도 분명히 이 부근에 있을 터인데。』 하고 그는 두루 살펴 보았으나 보이지 않았다。 여태까지 보이지 않던 구멍 하나가 돌 책상 근처 바닥에 뚫려져 있었다。

『별안간 보지 못하던 구멍이 웬 일일가?』

을지 장군은 그 구멍을 자세히 살펴 보았다。 그것은 칼이 들어 가 박힌 자국이 분명하였다。 그래서 장군은 지난 밤 꿈에 자기가 그 신검이 뱀으로 뵈여 칼로 치는 바람에 부러진 한 토막이 튀여 나가 바위 속으로 깊이 들어 가 박힌 것임을 알았다。 그리하여 장군은 그 칼 토막을 뽑으려고 아무리 애를 썼으나 워낙 깊이 들어가 박힌지라 보이지도 아니하였고 빼낼 길이 없었다。

을지 장군은 한참 묵묵히 구멍을 들여다 보다가

「참으로 애석한 일이로다。하늘에서 내려 주신 신검을 뱀으로 알고 내 손으로 두 동강이를 냈으니 나의 무예 수업이 아직도 미흡함을 말하는구나。」

장군은 다시 굳은 결심을 하고 더욱 일심 전력을 기울여 검술을 익혔다。

그리하여 뒷날 그는 고구려를 침범한 수(隋) 나라의 대군을 물리치고 자기 조국의 위력을 중원에 시위한 명장으로 된 것은 너무나 잘 아는 일이다。

지금 을지 문덕 장군이 기거하던 그 석굴 안에 들어 가 보면 한 모서리가 떨어져 나간 돌 책상이 있고 그 아랫바닥에는 구멍이 하나 뚫려 있는데 이것은 신검이 부러져 바위 속 깊이 들어 간 자리라고 한다。그런데 지금도 그 바닥을 발로 굴르면 쩌렁쩌렁 울리는 음향이 마치도 쇳소리 같다고 해서 후세 사람들은 그 칼 토막이 그 속에 들어 있기 때문이라고 말들을 한다。

도마봉의 운림지

우리 나라 국경인 자강도 중강진(中江鎭)으로부터 압록강 하류를 따라 六○리쯤 내려 가면 천고의 밀림이 우거진 드마봉(刀磨峯)이라는 높은 산이 있다。

이 도마봉의 꼭대기에 올라 가면 울창한 수림 속에 태곳적 푸른 물을 아직도 그대로 담고 고요하게 자리 잡은 조그마한 련못을 볼 수 있다。

이 련못을 그곳 사람들은 운림지(雲林池)라고 부른다。

지금으로부터 천년도 넘는 옛날이였다。

이 련못가에는 운림이라는 한 처사(處士)가 당시의 속세를 버리고 홀로 이곳에 와서 고독하게 살고 있었다。

그는 퉁소를 잘 불었다。 그리하여 꽃 피는 봄날、달 밝은 가을 밤에 련못가

바위 우에 홀로 앉아 자기의 심회를 이 룽소에 의탁하여 한 곡조 부는 것이 그의 유일한 락이였다。

은쟁반에 방울을 굴리는 듯、 잔잔한 계곡 물이 졸졸 흐르다가 바위에 부딪쳐져 쪼각쪼각 흩어지듯、 불우에 처한 대장부의 심정을 호소하는듯 그 룽소 소리는 고요한 이 련못가를 처량하게 울리였다。

못가의 수풀도 고개를 숙이고 풀잎의 벌레들도 잠시 울음을 멈추는 듯하였다。

산 밑에 있는 동리 사람들은 운림의 룽소 소리에 경탄하여 그를 『룽소 처사』라고도 불렀다。

어느 해 八월 한가위 날이였다。

운림은 휘양창 밝은 달밤에 끓어 오르는 심정을 누르지 못하여 또 련못가에 나와 룽소를 불었다。

추풍은 소슬하고 밤은 고요한데 중천에 뜬 밝은 달은 거울 같은 수면에 잠겨 있었다。 고요히 흘러 나오는 룽소 소리는 원망하는듯 하소하는듯 달도 걸음을 멈추고 잠자던 물 고기도 귀를 기울이였다。

운림 자신도 자기가 부는 룽소 소리에 도취하여 시간 가는 줄도 모르고 옆에 사람이 오는 기척도 몰랐다。

• 33 •

어디서인지 난데없는 한 녀인이 나타나、퉁소 소리를 듣고 있다가 한 곡조가 끝나자 운림 앞으로 다가 갔다。

운림은 놀랐다。 그의 앞에 선연히 서 있는 그 녀인은 하늘에서 내려 온 선녀와도 같았고 물 속에서 나온 룡녀와도 같았다。

달빛 아래서도 완연하게 보이는 그의 얼굴은 옥같이 맑았고 그의 부끄러워하는 자태는 이슬 머금은 한송이 꽃에 비길 수 있었다。

운림은 한동안 생시인가 꿈인가 분간을 못 하다가 이윽고 입을 열어

『게 누구시요。』

하고 물었다。 녀인은 수집어하면서

『놀라시게 하여 죄송합니다。 나는 퉁소 소리에 홀리여 한 발자국 두 발자국 온 것이 예까지 당도하였습니다。 바라옵건데 한곡조만 더 들려 주실 수는 없을가요。』 하고 청하는 것이였다。

운림은 녀인의 청을 쾌히 승낙하고 다시 퉁소를 한 곡조 불었다。

『대단히 고맙게 잘 들었습니다。』

정중히 아미를 숙이며 이렇게 녀인은 인사를 하는 것이였다。

운림은 이 난데 없는 녀인이 어떤 사람인지 의아해서 다시 물었다。

 영인 | 신래현, 『향토전설집』(1957)

『도대체 당신은 누구시요。』

『저는 집도 절도 없는 혈혈 단신으로 의탁할 곳 없이 떠 다니는 사람입니다。 오늘 우연히 이 곳을 지나다가 퉁소 소리를 듣고 마음이 산란하여 부끄러움을 무릅쓰고 이렇게 뵈옵게 되였습니다。』

ㅡ필시 하강한 선녀가 아닌가。……

운림은 속으로 의심함을 마지 아니하였으나 어쩐지 기분이 상쾌하였다。

『나도 자연을 좋아하고 풍악을 즐기는 사람이요。 오늘 바람도 맑고 달도 밝아 이 밤의 심회를 풀 길이 없이 이 곳에 왔던 것이요。 그러면 이한 때를 같이 즐깁시다。』

하고 운림은 다시 퉁소를 불었다。

두 사람은 언제까지나 밤이 깊어 가는 줄도 몰랐다。

『인제는 밤도 패 이슥했나 본데 그만 내려가 보는 것이 어떻겠소。』

이윽고 운림은 그 녀인에게 돌아 갈 것을 권하였다。 그러나 그는 떠나 갈 생각은 하지 않고 한동안 머뭇머뭇하였다。 그러다가 드디여 입을 열어

『저는 갈 곳이 없는 몸입니다。 이것도 무슨 연분으로 생각하시여 미워하

시지 말고 의탁하게 해 주신다면 일생을 받들어 뫼시겠습니다.』 라고 말하는 것이였다.

운림은 다시 한번 놀랐다. 그러나 그도 혼자 쓸쓸히 사는 처지라 그 말을 듣고 보니 그럴상도 싶고 또한 범상한 일이 아니라 어떤 인연 같이도 생각되여 그 뜻을 받아 들여 그 녀인을 데리고 집으로 돌아 왔다.

그날부터 그들은 부부가 되여 이때까지 쓸쓸하였던 운림의 집은 고목나무에 꽃이 핀 격이였다.

그들의 금슬은 비길 바 없이 날로 깊어 갔다.

산 아래 동리 사람들은 이것을 보고 모두 기뻐해 주었고 부러워하였다.

어느덧 그 해 겨울도 다 지나가고 만물이 생동하는 봄이 닥쳐 왔다.

마을 사람들은 논을 갈고 밭을 갈아 씨를 뿌려서 오곡은 무럭무럭 자라나기 시작하였다.

그러나 여름에 접어 들면서 가문 날이 계속되였다. 하늘온 말장게 개이고 태양은 쨍쨍 쬐였다. 한 달이 지나고 두 달이 되여도 비 한 방울 내리지 않았다. 산에 나무 잎은 말라 들어 가고 논 밭에 곡식은 누렇게 타기 시작하였다.

마을 사람들은 한결같이 비 오기를 기다려 날마다 하늘을 쳐다 보고

『오늘도 비 올 가망이 없네。 금년 농사는 다 틀렸네。』

『두 달이나 비 한 방울 내리지 않으니 이제는 다 죽게 생겼네。』

하고 탄식들을 하였다。

운림도 물론 가물을 괴탄하였으나 그의 안해의 근심은 보통이 아니였다。

그는 매일 하늘을 우러러 보고 탄식하였다。 날이 점점 가뭄에 따라 그의 얼굴에는 날로 핏기가 없어지고 창백해져서 한 때 그렇게도 어여뻐던 얼굴이 나무잎과 같이 시들어 갔다。 그리하여 지어는 음식도 잘 먹지 못하였다。

『여보 왜 그렇게 얼굴이 못 되여 가오。 날이 가문 것은 큰 걱정이기는 하지만 인력으로야 어찌할 수 있는 노릇이요。 그렇게까지 애를 태운들 무슨 소용이 있소?』

하고 운림은 그의 안해를 위로하였다。

그러나 그의 안해는 날이 가물어 갈수록 점점 더 초조해져 가며 나중에는 눈물을 흘려 울기까지 하였다。

이것을 본 운림은 누구보다도 더 비 오기를 기다렸다。

그러나 무심한 하늘은 구름 한점 없었고 태양은 불볕을 내려 쬐였으며 구름

을 실어 올 바람 한점 없었다。

그리하여 필경에는 아무리 가물어도 이때까지 말라 본 일이 없었던 이 련못물까지 거의 말라 붙게 되였다。

항간에는 인심이 소란해졌고 도처마다 물이 없어서 란리가 벌어졌다。

농민들은 몇 번이나 기우제를 지냈으나 아무런 소용이 없었다。

운림의 안해가 초조해 하는 태도는 차마 볼 수가 없을 지경이였다。 그는 밥도 먹지 않을 뿐더러 잠도 자지 않고 주야로 근심을 하였다。

어느 날 밤 운림은

『그렇게 초조하게 굴지 마오。 모든 것은 하느님의 뜻이오니 걱정한들 소용있소。 설마 하늘도 무심치 않으려니 이제 대일이라도 비를 주실지 누가 아오。』하고 안해를 간곡히 위로해 주었다。

그의 안해는 한동안 눈물을 머금고 잠자코 있더니 무엇인가 결심 한듯이 입을 열었다。

『저는 오늘까지 당신에게 분에 넘치는 사랑을 받아 왔습니다。 그러나 놀라지 마세요。 저는 본래 련못 속에서 살던 고기로 너무나 황홀한 퉁소 소리에 마음이 홀려 외람스럽게도 사람으로 화하여 당신과 백년 가약을 맺었던 것이오

나 제가 이렇게 못에서 나온 까닭으로 하여 세상은 가물고 또한 제몸 역시 초췌하게 되였습니다。 제가 물 속으로 돌아 가지 아니하면 세상의 모든 초목은 다 말라 붙게 되며 만 백성은 농사를 짓지 못하여 굶어 죽게 될 터이오니 당신과의 사랑도 귀중하지만 어찌 만 백성을 희생시키겠습니까。 그래서 저는 못 속으로 다시 돌아 가기로 결심하였사오니 섭섭히 생각 마시고 부디 저를 잊어 주세요。 그러나 달 밝은 저녁, 바람 자는 밤에는 퉁소 소리를 들려 주시고 새들이 지저귀며 꽃 피는 아침에는 임의 얼굴 연못 물에 비춰 주세요。」

하고 선뜻 일어서더니 걷잡을 사이도 없이 온데 간데 없이 사라졌다。

운림은 황망히 뒤를 좇아 못가로 나갔으나 어두운 밤에 산상을 스쳐가는 바람 소리 뿐 다른 아무 것도 찾아 볼 수 없었다。

그는 못가를 오르 내리면서 아무리 안해를 불러 보았으나 그의 소리는 허공에서 맴돌 뿐 누구 하나 대답해 주지 않았다。

운림은 장중보옥을 불시에 잃어 버린듯 애석한 느낌으로 힘없이 집으로 내려왔다。 그리하여 그는 다시 옛 운림 처사로 돌아 가고 말았다。

그날 새벽녘부터 검은 구름이 휩쓸려 들고 바람이 일더니 후두둑후두둑 빗방울이 떨어졌다。 비는 차차 줄기차게 쏟아져 밤 낮 사흘을 왔다。 부근

동리 사람들은 물론이거니와 온 백성들은 이 비를 일적천금으로 여기였다。그리하여 메마른 땅에는 흠빽 물이 잦아 고이였고 초목과 오곡은 다시 소생하였다。

그러나 운림처사는 잃어버린 안해를 잊지 못하여 아침에는 련못가에 가서 물을 들여다 보았고 저녁이면 바위 우에 앉아서 퉁소를 불었다。

그 퉁소 소리는 이전보다 더 애련하였고 구슬퍼졌으며 듣는 사람으로 하여금 간장을 끊게 하였다。

어느 날 밤 운림처사는 또 못가에 가서 퉁소를 불었다。그 날은 더욱 안해의 생각이 간절하여 퉁소의 일곡에 자기의 심정을 엮어서 하소하였다。

그 처량한 소리는 구천에 사무치는듯 산천 초목과 금수까지도 다 동정을 금하지 못하는 듯하였다。

돌연 운림의 귀에는 자기를 부르는 소리가 들려 왔다。그 목소리는 틀림없이 그의 안해의 아름다운 목소리였다。

그는 퉁소를 집어 던지고 그 소리 나는 곳을 향하여 뛰여 들어 갔다。그 곳은 바로 그 련못의 한 복판이였다。

그리하여 마침내 운림처사는 그 련못의 품안에 영원히 안기고 말았다。

그 이튿날부터 운림처사는 다시 보이지 않았으며 물론 련못가의 퉁소 소리도 다시는 들려 오지 않았다。

못가에는 운림처사가 내던진 퉁소 하나가 주인을 잃고 쓸쓸히 버려져 있었으며 주인을 잃은 그 퉁소는 다시는 그러한 우아한 소리를 내지 못하였다고 한다。

그 후부터 이곳 사람들은 이 련못을 운림지라고 불러 내려 온다고 한다。

사랑산과 절부암

함경남도 홍원읍을 벗어나서 一〇리쯤 북으로 내려가면 훌연 바닷가에 우뚝 솟은 산이 앞을 가로 막는다。 이 산의 동쪽은 깎아 세운듯한 절벽이 있는데 그 절벽 밑에는 동해의 푸른 바닷물이 출렁거리고 있다。 이곳 사람들은 이 산을 사랑산이라고 부르고 그 절벽의 바위를 절부암(節婦岩)이라고 일컬은다。

옛날에 이 사랑산 기슭에는 박 서방이라는 농부가 살고 있었는데 그에게는 아릿다운 젊은 안해와 어린 아들 하나가 있었다。

박 서방은 아침에는 먼 동이 트기 전에 들에 나가서 밭을 갈고 저녁에는 별을 이고 집으로 돌아 오는 것이였다。

이 젊은 부부는 비록 산 기슭의 외딴 오막살이에서 가난하게 살고 있었으나 부부간의 정의는 매우 두터웠고 또 그들은 어린 것을 옥이야 금이야 하고 애지

중지하였다。 그러하여 밤이 되면 이집 초가 삼간에서는 웃음 소리로 꽃이 피였다。

하루는 박 서방이 밤 늦게 돌아 왔는데 얼굴에는 술 기운이 돌고 있었다。 전날 같으면 벌써 돌아 왔을 터인데 하고 박 서방의 안해는 어린 것을 안고 눈이 까맣게 기다리던 참이였다。

안해는 남편을 반가이 맞이하면서 물었다。

『왜 오늘은 이렇게 늦이셨소?』

『송 씨가 중간에서 나를 잡고서 자기 집으로 가자기에 따라 갔다 오는 길이요。』

박 서방의 안해는 미간을 약간 찌프리며 또 소작논이나 떼우지 않았는가, 그렇지 아니하면 어떤 다른 구중이나 듣지 않았는가 하고 남편의 눈치를 살펴 보았다。 그것은 이때까지 지주인 송 씨에게 불려 가서 좋은 일이 있어 본 일이 없었다는 것을 박 서방의 안해는 잘 알고 있었기 때문이였다。

그러나 남편의 얼굴에는 그런 기색이 전혀 보이지 않아 그는 다소 마음을 놓았다。

『왜 갑자기 무슨 일로 오시라구 그래요。』

• 45 •

『참 기쁜 소식이 있어、송 씨가 날더러 제주도를 좀 다녀 오래。 그래 술도 한잔 받아 주지 않겠나。』

『그렇게 먼 곳은 왜요? 륙로로 갈 수는 없고 수로로 가야만 할 터인데。』

『그럼 제주도야 륙로로 갈 수 있나。 여기서 처음부터 배로 가야지。』

하면서 박 서방은 좋아하며 덤볐다。

『아니 거기에는 왜 갔다 오래요。』

『송 씨는 제주도에 땅이 있다오。 그런데 너무 멀고 해서 매해 도조 받기가 힘 들어 이번에는 처분해 버린다오。』

『그럼 왜 송 씨 자신이 가지 않고……』

『송 씨 말이 그새 자기는 바빠서 이 곳을 떠날 수 없고 또 다른 사람은 믿을 수 없어서 그래 나를 자기 대신 갔다 오라고 그런다오。 아마 송 씨가 나를 무던히 믿는 모양이야。 갔다 오면 돈량이나 톡톡히 줄 모양이고 또 그가 이 곳에서 땅을 더 사게 되면 소작을 좀 더 붙일 수도 있지 않겠소。』

앞으로 그는 지주의 덕택에 좀 잘 살 수 있는 장래를 그려 보는 것이였다。

박 서방의 안해도 남편이 지주의 신임을 받아 앞으로 집안 형편이 페일 것을 생각하니 기쁘기는 하였으나 남편을 수천 리 뱃길로 떠나 보낼 생각을 하니서

• 46 •

글프기 짝이 없었다。

『그럼 언제쯤 떠나시게 되나요。』

『음、곧 떠나야지。』

『그럼 언제쯤 돌아 오시나요。』

『명년 춘삼월 밭갈이 할 때까지는 돌아 오게 될 거요。그 동안 몇달 걸리겠지만 념려말고 아기나 잘 길러 주오。뒷일은 송 씨가 돌보아 준다니까 걱정할 것 없소。』

박 서방은 안해와 어린 것을 떼여 놓고 먼 길을 떠날 생각을 하니 석별의 정을 금할 수 없었으나 안해를 이렇게 위로하면서 떠날 차비를 하였다。

박 서방의 안해는 남편의 뜻을 받들어 웃는 낯으로 그를 보내는 것이 자기의 의무라는 것을 깨닫고 주인없는 동안에 집을 꾸려 나갈 결심을 마음 속으로 단단히 다지면서 그를 격려하였다。

『집안은 걱정마시고 일을 빨리 끝내시여 몸 성히 돌아 오시도록 하세요。』

드디여 박 서방이 제주로 떠날 날이 왔다。

박 서방은 홍원 앞 바다에서 배를 타게 되였다。안해는 어린 아이를 업고 남

편을 전송하려 따라 나왔다。

『부디 도중에서 몸 조심하세요。』

안해는 여러번 남편에게 당부하였다。

『내 걱정말고 아이 잘 기르고 기다리오、 쉬 갔다 오리다。』

어린 아이의 머리를 쓰다듬어 주는 박 서방이나 그의 안해의 눈에서는 눈물이 핑 돌았다。

이윽고 박 서방의 배는 닻을 감아 올렸고 망망한 동해 바다를 향해 배 그림자는 점점 아득해 갔다。 그 길로 그의 안해는 뒷산으로 올라 갔다。 남편의 탄 배가 멀리 수평선에 사라져 보이지 않을 때까지 발꿈치를 돋우며 손을 저었다。

박 서방의 안해가 집에 돌아 오니 지주 송씨가 와서 기다리고 있었다。

『박 서방이 내 일로 해서 제주로 떠났으니 당분간 좀 쓸쓸하겠지만、 쉬 돌아올 것이고 또 그동안 뒷일은 내가 돌보아 줄터이니 걱정말고 기다리시오。 그리고 군색한 일이 있거든 어려워 말고 무엇이나 청하시오。』

송씨는 전에 없이 친절하게 굴었다。

박 서방의 안해는 송씨가 친히 찾아 와서 과분하게 위로를 해주니 고맙기 짝이 없었고 마음 속으로 정말 세상에는 고마운 사람도 있구나 하는 생각이 들었다。

• 48 •

지주 송씨는 이 근방에 땅을 많이 가지고 있는 마음이 흉악한 위인이였다。 그는 이전부터 박 서방의 안해의 아릿다운 자태에 마음이 끌려서 항상 그의 야욕을 채울 기회를 엿보고 있었다。 그러나 돈과 권력으로 못할 것이 없는 그에게도 이것만은 어떻게 할 도리가 없었다。

그것은 비록 자기 앞에서 굽실대는 소작인이기는 하지만 남편을 가진 유부녀라 감이 손을 대지 못하였던 것이였다。 그리하여 그는 생각다 못해 한 가지 음흉한 계략을 꾸며 냈던 것이다。 박 서방을 제주도로 거짓 심부름을 보내고 사람을 시켜 도중에서 박 서방을 물 속에 집어 넣어 감쪽 같이 죽여 없애자는 것이였다。 그러면 박 서방의 안해는 청상 과부가 될 것이니 과부가 된 다음에야 돈과 감언 리설로 그를 꾀여서 자기의 첩으로 삼을 수 있다는 흉계이였다。

박 서방을 멀리 제주도로 보내는 리면에는 이런 흉계가 숨어 있다는 것을 당사자나 그의 안해는 꿈에도 생각지 못하였고 또 알아 차릴 수도 없는 일이였다。

이런 것을 모르는 박 서방은 선선히 배를 타고 제주도로 떠났고 그의 안해는 남편이 하루라도 속히 일을 마치고 돌아 오기를 손곱아 기다렸던 것이다。

박 서방이 제주로 떠난 후 송씨는 사흘도리로 박 서방의 집에 들렸다。

『량식이 떨어졌을가 하여 내 쌀말이나 가지고 왔소。』

그는 쌀자루를 손수 가지고 오기도 하고

『이것은 약소하나마 가용으로 보태 쓰시오。』

하며 돈량을 두고 가는 때도 있었다。

박 서방의 안해는 그 때마다 황송하게 생각하였고 또 남의 신세를 턱 없이 지는 것은 도리가 아니라고 생각하여 몇 번이고 거절도 하였다。 그러나 그때마다 송씨는

『박 서방이 내 일로 갔는데 내가 뒤를 돌봐 주는 것이 도리가 아니겠소。 념려 마시오。』

하고는 부득부득 두고 가는 것이였다。

박 서방의 안해는 고맙기도 하고 미안하기도 하여 이 은혜를 어떻게 보답할 것인가 하는 마음의 부담을 느꼈다。 그는 남편이 돌아 오면 이 사연을 다 이야기하고 남편으로 하여금 송씨 집에 가서 그 댓가만치 일을 더 해주도록 해야 겠다고 마음 속으로 다지기도 하였다。

남편이 없는 이 박 서방의 집에도 어느덧 세월은 흘러 겨울이 지나가고 봄이 왔다。

『춘삼월에 돌아 온다 하였으니 이제는 올 때가 되였는데。』

박 서방의 안해는 일일 천추로 남편을 기다렸다。 그리하여 그는 매일 산에 올라 가서 먼 바다를 바라보았다。 하늘에 닿은 바다 끝에서 간혹 돛을 단 배가 나타나기는 하였으나 그것은 모두 제 갈 데로 가고 마는 것이였다。 종시 박 서방을 태운 배는 나타나지 않았거니와 아무런 소식조차 전해 오지 않았다。

『아직까지 일이 끝나지 않을 리는 없는데 혹시 도중에서 무슨 변이나 생기지 않았을가、 불연이면 수천 리 타양에서 병이나 나지 않았을가。』

박 서방의 안해는 이런 언짢은 생각이 들기도 하여 송씨가 올 때마다 애타게 물었다。

『아직 볼일이 다 끝나지 않았을가요。 어째 그렇게 소식이 없어요。』

『그만하면 거의 올 때가 되였는데 오늘 래일 무슨 소식이 있겠지요。』

송씨는 이렇게 시치미를 떼였다。

다시 한 달이 지나가고 두 달이 지나 갔으나 기다리는 박 서방은 돌아 오지 아니 하였다。

『이것은 필시 무슨 변이 생긴게야。』

그의 안해는 남편의 생사에 대해서 애를 태웠으나 어떻게 할 도리가 없었

다。 다만 밥만 먹으면 산에 올라가 바다를 바라보고 넋 잃은 사람처럼 온종일 배를 기다리는 것이 일과로 되였다。

하루는 또 송씨가 찾아 왔다。 이번에는 종전에 없이 그의 얼굴에는 수심이 가득 찼었다。 박 서방의 안해는 그날도 반가이 맞이하면서 인사를 하였으나 그는 웬 일인지 제대로 잘 인사도 받지 않았다。

박 서방의 안해는 이것을 보자 어쩐지 가슴이 울렁거렸다。

『무슨 일이 생겼나요。 얼굴빛이 좋지 못 하시니……』

박 서방의 안해는 무엇인지 불안에 싸여 물었다。

그는 몹시 딱한 말이라도 꺼내려는 듯이 몇 번이나 머뭇거리다가

『박 서방의 소식을 듣긴 들었는데요……。』

하면서 뒷말을 선듯 잇지 못하였다。

박 서방의 안해는 순간 불길한 예감이 머리를 스쳐갔다。

『무슨 소식을 들었나요。 언제 오신대요。』

『글쎄 소식을 듣기는 하였는데 그 소식이 불길해서……。』

『불길하다니요 어떻게 되였단 말이예요。』

박 서방의 안해는 마음이 조급하였다。 그럴수록 일부러 송씨는 난처한 일이

라는 듯이 입을 떼려고 하지 않았다。

박 서방의 안해에게는 이제 그의 말한 마디가 모든 것을 결정하는 중대한 순간이였다。

한동안 송 씨는 입맛을 다시고 나서

『박 서방이 탄 배가 전복되였다오。』

그의 안해는 가슴이 덜컥 내려 앉았다。 그러나 설마 사람이야 살았겠지 하는 일루의 희망을 가지고 재처 물었다。

『그래서 어떻게 되였어요 네?』

『그래서…… 그만 박 서방이 물에 빠져 죽었다오。』

박 서방의 안해는 들어서는 안 될 말을 들은 것 같이 눈 앞이 아찔하였다。 행여나 하는 일루의 희망도 끊어지고 말았다。 그는 그만 그 자리에 주저 앉아 목을 놓고 통곡하였다。

송씨는 박 서방의 안해가 너무나 락심하여 몸부림을 치는 모양을 바라보고 한편 놀랐다。

『이게 다 사람의 팔자지요、 태여난 팔자 소관을 인력으로 어찌 막을 수 있소。 하늘에서 준 명이 그밖에 없는데…… 이러다간 생사람 상하겠소。 그만 진

정하시오。』

음흉하기 짝이 없는 송씨는 겉으로 박 서방의 안해를 위로하는 체하였다。

『이렇게 될 줄 알았다면 왜 내가 박 서방을 보냈겠소。 그러나 사태가 이리 되고 보니 내 책임이 아닐 수 없소。 뒷일은 내가 죄다 돌보아 줄터이니 너무 상심말고 일어 나시오。』

그는 속으로 만사는 계략대로 잘 진행되여 간다고 은근히 좋아하면서 집으로 돌아 갔다。

그날 저녁이였다。

송씨는 밤 늦게 술이 만취해서 박 서방의 집을 다시 찾아 왔다。 박 서방의 안해는 이제는 송씨를 보는 것조차 무서워졌다。 오늘 낮에 그가 갖다준 소식보다 더 불행한 소식은 없건만 이보다 더 불길한 소식을 그는 또 가지고 오지나 않았나 하는 생각이 들었기 때문이였다。

송씨는 방에 들어와 몇 마디 박 서방의 안해를 위로하던 끝에

『기왕 죽은 사람은 죽은 사람이고、 산 사람이야 살고 봐야 할 것이 아니겠소。 애기 어머니도 이제 다 팔자소관이라 생각하고 이제 앞으로 살아 나갈 도리를 해야 되잖겠소。 젊은 몸에 청상 과부로 늙어 죽을 수는 없는 게고……』

하면서 박 서방의 안해를 유심히 처다 보았다。

이 말을 들은 박 서방의 안해는 남편이 없으니 벌써 이렇게 멸시를 받는구나 하는 생각에 더욱 슬픔이 북받쳐 목이 메였다。

송씨는 박 서방의 안해의 앞길을 가장 걱정이나 하는 체하면서 횡설 수설하다가、

『내 이미 약속한 바도 있고 하여 뒷일은 내가 돌볼터이니 나에게 몸을 의탁하는 것이 어떻소。』

하면서 박 서방의 안해의 손목을 덥석 잡았다。

박 서방의 안해는 놀랬다。 그는 재빨리 그의 더러운 손을 뿌리치고 밖으로 뛰여 나가려고 몸부림을 쳤다。 그러나 연약한 박 서방의 안해는 힘센 사나이를 당해 낼 수는 없었다。 그는 절대 절명의 궁지에 빠졌다。 밤은 깊었고 거기에다 산기슭에 외따로 떨어져 있는 집이라 소리를 질러도 소용이 없었다。 꼼짝없이 욕을 당할 판이였다。

박 서방의 안해는 여하튼 이 고비만 면해 놓고 보자고 궁리하였다。 그리하여 그는 갑자기 태도를 고쳐 부드러운 목소리로

『아니 점잖은 량반이 이게 무슨 꼴이세요。 천한 계집 하나로 이렇게도 체

면을 잊어버린단 말이세요。 그렇게 조급히 굴지말고 서서히 하셔도 좋지 않아요。 더구나 오늘은 남편이 죽었다는 소식을 들은 날인데 그의 안해로서 오늘은 삼가는 것이 어찌 도리가 아니겠어요。 저도 인제는 의탁할 곳도 없는 몸인데 이때까지 저에게 베풀어 주신 그 은혜를 어찌 잊겠어요。 그러나 오늘만은 나를 그냥 내버려 두세요 네。』

박 서방의 안해는 교태를 지으면서 이렇게 좋은 말을 늘어 놓았다。

송씨는 량반의 체면을 도로 찾으려는지 혹은 박 서방 안해의 말에 귀가 솔깃했던지 입을 헤벌리고

『진작 그렇게 말할 것이지 내가 박 서방을 생각하더라도 뒷일을 끝가지 보살펴 주어야 하겠는데 참 맘을 잘 돌렸소。』

송씨는 박 서방의 안해가 마음을 돌린 것을 기뻐하면서 집으로 돌아 갔다。

박 서방의 안해는 막다른 골목에서 요행히 궁지를 면하게 되여 가슴을 쓰다듬었다。 그러나 그가 돌아간 후 홀로 앉아 곰곰이 생각하니 슬픔이 더욱 북받쳐 올라와 목을 놓고 그 밤을 울면서 새웠다。 날은 다시 밝았으나 마음은 어두웠다。 다만 이 세상에서 남편 하나만 믿고 살아 왔는데 이제는 믿고 살 사람도 없거니와 설사 그럭저럭 살아 나간다 하더라도 송 씨의 등살에 몸을 깨끗이 지

• 55 •

탱할 수는 없을 것이다。 만일 이렇게 된다면 후일 죽어서 남편을 무슨 면목으로 대하랴、 역시 나는 깨끗한 몸으로 그의 뒤를 따르는 것이 나의 갈 길이다。…………

그는 이렇게 결심하였다。 그래서 그는 시집 올 때와 같이 분단장을 곱게 하고 새옷을 갈아 입고는 어린 아이를 둘쳐 업고서 앞 산으로 올라 갔다。

그는 절벽 우에 올라 서서 남편을 삼켜 먹은 푸른 바다를 내려다 보았다。 절벽 밑에는 동해의 시퍼런 물결이 출렁거리고 있었다。

『나는 당신의 뒤를 따라 갑니다。』

동시에 박 서방의 안해는 눈을 감고 두 손을 모으고는 절벽을 뛰여 내렸다。 마치 꽃잎이 떨어지는 것처럼 그의 치마는 바람에 나부꼈다。

무심한 검푸른 바다는 파도 소리와 함께 이 가련한 모자를 집어 삼킨 후에도 아무런 일이 없었던 것처럼 여전히 출렁거리고 있었다。

절벽 우에 나란이 벗어 놓은 한켤레의 신발은 박 서방의 안해의 애달픈 죽음을 말하여 주였다。 린근동 사람들은 박 서방의 억울한 죽음과 그의 안해의 순절에 대하여 눈물을 머금었다。

이런 일이 있은 후로 이곳 사람들은 박 서방의 안해가 올라가 남편을 기다리

던 그 산을 사탕산이라고 부르고 또 그가 뛰여 내린 그 절벽을 절부암이라고 일컬어 온다。

마십굴

황해북도 수안군(遂安郡)에 도하리라는 자그마한 마을이 있다。 이 마을 뒷산에는 병풍과 같이 깎아 세운듯 한 절벽이 있고 그 절벽의 한 복판에 큰 석굴 하나가 있는데 이 근방 사람들은 석굴을 가리켜 마십굴(馬十窟)이라고 한다。

이 굴 초입은 사람이 서서 걸어 들어 갈 수 있고 몇 간 들어 가서는 허리를 굽혀야만 하며 좀 더 가서는 엎디여 기는 수 밖에 없다。 그렇기 매문에 아무도 이 굴의 끝까지 가 본 사람이 없으나 이 부근 사람들은 이 굴을 五〇 리 굴이라고 한다。

이 굴에 대해서 다음과 같은 전설이 전해 내려 오고 있다。

옛날 이 도하리에는 한 미천한 백성인 젊은 부부가 살고 있었다。 남편은 사람이 좋고 정직하며 소박하였다。 그러나 그 반면에 그는 좀 어리석은 데가 있었다。 그는 남에게 한 번도 성을 내 본 일이 없었으며 남을 해칠 줄은 꿈에도

생각 못하는 사람이였다。 때문에 남보기에는 바보와 같이 보이기도 하여 따라서 동리 사람들은 그를 「바보 마십」이라고 별명을 지어 부르기도 하였다。

그러나 마십은 한 번도 이에 대하여 성을 내 본 적이 없었고 또한 동리 사람들은 물론이거니와 린근동의 어른 아이 할 것없이 「바보 마십」을 모르는 사람이 없었다。

그는 사람이 좀 어리석은 탓으로 늦게까지 장가를 들지 못하였다。 그래서 동리의 뜻 있는 로인들은 그에게 동정도 하고 은근히 걱정도 하였다。

『마십에게 어떤 처녀가 시집을 오려고 할가?』

『그 자가 좀 바보라서 그렇지 마음씨야 그저 그만이 아닌가。 설마 배필이야 없겠나。』 하는 것이였다。

과연 마십이 어떤 처녀에게로 장가를 드는가 하는 문제는 자못 화제거리가 안 되는 것은 아니였다。

마십은 몸이 장대하고 힘이 세며 사내답게 생겨서 동리의 어느 총각에게도 외모가 빠지지 않았으며 또한 농사 일에 있어서는 그를 당해 낼 사람이 없었다。

그래서 마십의 소문은 전 골안에 들날리였다。 누구나 마십의 얼굴은 몰라도 「바보 마십」의 이름을 모르는 사람은 없었다。

이 화제는 린근동의 처녀들의 입에까지도 오르 나리게 되였다。 처녀들은 그런일 잘하는 바보가 도대체 어떤 총각인가를 궁금해하였다。

동리 아이들이 마집을 보고

『너는 어떤 처녀에게 장가 갈테냐?』하고 물으면

『세상에서 제일 예쁜 아가씨에게 간다。』하고 그는 천연스레 대답하는 것이였다。

『저런 바보같은 소리 좀 봐。 누가 너 같은 못난이에게 예쁜 처녀가 올거같으냐。』

아이들은 와! 하고 이렇게 놀려주군 하였다。

그러자 미구에 「바보 마집」이가 린근동으로 장가 간다는 소문이 파다하게 돌았다。 동리 사람들과 린근동 사람들에게는 마집에게르 시집 오는 색시는 과연 어떤 처녀인가가 궁금하였다。

『도대체 어떤 처녀일가?』

『빡빡 얽은 곰보이거나 그렇잖으면 한쪽 발이 길어서 길가에서 콩 심는 처녀이겠지!』하는 것이였다。

그러나 이와는 정 반대로 마집에게로 시집은 처녀는 이 산골에서는 보기 드문

미인일 뿐 아니라 한편 례의 범절도 출중한 처녀이였다。 눈같이 흰 피부와 박꽃같이 환한 얼굴은 비록 분단장을 하지 않았고 색다른 옷차림을 꾸미지 않았어도 그의 소박한 미는 한 떨기 심산에 피여난 백합같았다。

이 부부는 비록 나물 먹고 물마시는 구차한 살림살이였지만 그들의 금슬은 원앙과도 같았다。 남편은 안해를 지극히 사랑하였으며、 안해는 이 세상에 다시없는 사람으로서 남편을 존경하였다。

동리 사람들은 마십의 부부를 너무나 짝이 기운 부부라고 생각도 하였으나 한편으로는 그들의 정의를 보고 부러워하기도 하였다。

『저렇게 잘 난 녀인이 허구 많은 사나이들 중에서 하필 마십이와 같은 바보하고 살가?』

『글쎄 세상에는 모를 일도 많아。』

남의 말 좋아하는 사람들은 이렇게들 수군거렸다。

그러나 마십의 안해는 자기가 절색의 미인이라고 느껴 본 일도 없었으며 뎌구나 잘난체하는 일도 없었다。 오로지 그의 얼굴과 같이 그의 마음씨도 고왔다。

어느해 겨울 날이였다。

온 산은 눈에 덮였고 다만 양지 바른 쪽에만 눈이 녹아서 희끗희끗하게 보이였다。 햇살은 내려 쪼였으나 바람은 모질었다。 마십은 여느 날과 같이 마을 뒷산으로 나무를 하러 깊은 골자기를 찾아 들어 갔다。

그는 양지 바른 쪽을 찾아 묏등을 올라 가다가 무엇인가 이상한 것을 발견하고 발을 멈추었다。 자세히 살펴보니 분명히 사람이 쓰러져 있었다。

『이 산중에 사람이 쓰러져 있다니……。』 혼자서 이렇게 생각하고 그는 고함을 질렀다。

『거 누구요。』

아무런 대답이 없었다。 다만 먼 곳에서 메아리 소리만 울려 왔다。 마십은 혹 죽은 사람이나 아닌가 하고 그 앞으로 다가 갔다。

『여보시오。』

그 사람을 흔들었다。 그러나 그는 움직이지 않았다。 마십은 그의 가슴에 손을 넣어 보니 아직 체온이 남아 있었다。 차림차림으로 보아 사냥꾼 같기도 한 그 사람을 마십은 들러 업고 곧 집으로 돌아 왔다。

『웬 사람이요。』

그의 안해는 물었다。

『산 속에 쓰러져 있는 사람인데 아마 사냥꾼이겠지。 어서 더운 물 좀 가지고 오우、 그리고 미음을 쑤도록 하오。』

마십의 안해는 분주히 부엌으로 내려 갔다。

그 동안 마십은 그 사람을 더운 방에다 눕히고 사지를 주물러 주었다。 얼마 후에 그는 깨여났고 또한 미음을 먹더니 기운을 차려 일어났다。 그는 젊은 사나이였다。 얼굴을 보나 옷차림으로 보아 미천한 사람같지는 않았다。

그는 입을 열었다。

『누군지는 모르나 죽어 가는 사람을 이렇게 살려 주니 무엇으로 다 이 은혜를 갚어야 좋을지 모르겠소이다。 반드시 결초 보은 하오리다。』

『은혜라니요 천만에 무슨 은혜가 되겠소。 사람이 살면 다행이지요。 하마트면 큰일 날번하였소。』

마십은 진정으로 그렇게 생각하였다。

『어디 사시는 누구이신데 이 산골에 어떻게 오셨소。』

『나는 이 골 원의 아들이요。 오늘 여러 사람들과 함께 사냥을 나왔다가 혼자 떨어져 길을 잃고 또한 몹시 허기가 져서 그만 쓰러진 것 같소。』

『원의 아드님!』

하마트면 이 소리가 입 밖에 나올 번하였다。 마십과 그의 안해는 둥그런 눈을 서로 마주치며 다시 놀랐다。 그들 부부는 원의 아드님을 이렇게 가까이 맞이한 것이 무한히 황송하기도 하고 어쩐지 마음 한쪽 구석에서는 두렵기도 하였다。

마십은 이 골에 새로 부임해 왔다는 원님에 관한 이야기를 일찌기 동리 사람들에게서 들은 일이 있었다。

『승냥이를 피했더니 범이 나오는 격으로 이번 원님은 먼저 원보다 더 심하다네 그려, 이래 가지구야 백성이 살아 나갈 도리가 있나。』

『이번 원은 과부 떨기가 여반장이라데。』

하고 맞장구들을 치던 동리 사람들의 이야기가 생각났다。

새로 온 원은 탐욕스럽고 간악한 사람이라 부임하자마자 백성들의 재물을 긁어 가는데 아무런 체면도 껌치도 없었다。 특히 외로운 과부를 노리여 못 살게 굴었다。 그리하여 이 곳에 온지 얼마 되지 않아 그의 악명은 골안에 자자하게 되였다。

선량한 마십은 동리에서 들었던 여러 가지 이야기가 차례로 머리에 떠올랐으

나 막상 지금 그 원의 아들을 직접 대하고 보니 이 사람이 바로 그 나쁜 원의 아들이라고는 생각되지 않았으며 또한 그런 일은 자기네들과는 하등 인연이 없는 먼 딴 세상의 이야기같기도 하였다.

원의 아들이라는 것을 안 그들부부는 그 사나이를 자기 집의 귀중한 손님으로 생각하고 정성껏 간호하며 비록없는 살림살이나마 있는 것을 다하여 극진히 대접을 하였다. 더우기 마십의 안해는 일가의 주부로서 친절히 그를 간호하였고 신변을 보살펴 주었다.

그러는 동안 십 여일이 지나가고 원의 아들의 몸도 쾌히 회복되였다. 그의 회복을 당자보다도 오히려 순박한 그들부부가 더 기뻐하였다. 그러나 웬일인지 상당한 시일이 지나 갔음에도 불구하고 원의 아들은 자기 집으로 돌아 갈 념을 하지 않았다.

마십과 그의 안해는 의아하게 생각하였으나 가지 않는 사람을 내 집에서 쫓아낼 수는 없었다.

원의 아들은 이 곳에서 마십의 안해의 극진한 대접을 받을 때마다 그를 흠모하였다. 그는 이때까지 이와 같은 아릿다운 녀인으로부터 따뜻한 인정을 느껴본 일이 없었으며 또한 녀인의 아름다운 자태는 그의 눈을 황홀케 하였다.

그러나 안다까운 것은 마십의 안해가 조금도 자기의 마음을 알아 주는 기색이 보이지 않는 것이였다。 처음 원의 아들에게는 상대자가 은인이라는데서 고민의 며칠이 지나갔다。 그러나 마침내 이때까지 숨어 있었던 그의 방당의 본색이 머리를 들고 일어나기 시작하였다。 그는 무럭무럭 타오르는 야욕을 더는 억제할 수가 없었다。 자기를 구원해 준 은혜를 결초 보은하겠다던 맹세도 한낫 자기의 야욕 앞에서 헌신짝 같이 벗어 던지는 것이 그로서는 괴이한 일은 아니였다。 그는 제 애비의 권세를 기화로 한 번 결심한 일이면 이때까지 못해본 일이 없었다。

그는 마십의 안해를 채여 갈 것을 결심하였다。 그리고 그가 이 곳에 있는 동안 마십의 안해는 똑똑하고 례의 범절이 깍듯한 녀인이였으나 그 대신 마십은 어리석고 바보와 같다는 것을 알았다。

그러나 그는 마십의 안해에게는 금은 보화와 영화를 누리게 함으로써 유혹할 수 있다고 생각하였고 마십이와 같은 바보는 원의 아들이라는 권세를 빌리여 억누를 수 있다고 믿었다。

하루는 마십이 없는 짬을 타서 그는 마십의 안해를 유혹하려 하였다。

『당신과 같이 꽃 같은 분이 어째 이런 곳에서 구차하게 일생을 살 필요가 있다

말이요。그 동안 나는 당신을 사모하여 왔는데 나를 따라 가는 것이 어떻겠소。』

마섭의 안해에게는 천만 뜻밖의 일이였다。그는 이런 사람답지 못한 자를 몰라보고 지성껏 간호해 준 자기 자신의 불찰을 먼저 책하는 한편 그에게 대한 패씸한 감정과 격분이 북받쳐 올라 왔다。그러나 그는 조금도 그런 기색을 나타내지 않았다。

『예로부터 렬녀는 두 지아비를 모시지 않는다고 하였으니 지아비 있는 제가 어찌 다른 사나이를 섬길 수 있사오리까。』

이것이 마섭의 안해의 대답이였다。원의 아들은 처음 뜻하지 않은 대답에 적지 않게 당황했으나 글줄이나 읽은 계집들이 한 번 해 보는 소리거니 하고 이번에는 손을 바꾸어

『당신의 자태가 그렇게 아름답거늘 어찌 마음씨가 아름답지 않으리요。내 그러한 당신이 더욱 마음에 드오。』하고 추켜 세웠다。

『대장부가 어찌 감언리설로 남의 유부녀를 롱락하려 하시오。』

마섭의 안해의 말에는 찬 바람이 일었다。원의 아들은 또 다시 뜻하지 못하였던 대답에 갈피를 찾지 못하다가 무뚝 나오는 말로

『나를 따라 가면 금은 보화가 있고 권력이 있고 또 부귀와 영화를 누릴 수

있소。이것이 다 싫단 말이요。』하고 이번에는 자기의 권력과 재물을 재세하였다。

그러나 마십의 안해에게는 이러한 말이 오히려 아니꼽게 들렸을 뿐 아니라 이렇게 더러운 자와 두 번 다시 말도 하고 싶지 않았다。

『그런 말씀을 하시려거든 어서 댁으로 돌아 가 주시기 바랍니다。』

맺고 끊은 듯한 이러한 말에 그는 지금 같은 무안을 이때까지 당해 본 일이 없었다。

그리하여 그는 분에 못 이겨 문을 박차고 밖으로 뛰여 나가 후일 앙갚음할 것을 다지면서 꽁무니를 빼고 말았다。

그후 며칠이 지나갔다。

마십의 사는 집에서 큰 소동이 일어 났다。 난데없는 장정 십 여명이 밀려와서 다짜고짜로 마십을 밧줄로 묶어 놓고 그의 안해를 강제로 로략해 가려는 것이였다。

동리 사람들은 이 소동에 모두 모여 들었으나 그의 일당들의 기세가 너무나 등등하였기 때문에 후과가 두려워 아무도 감히 나서지 못하였다。

이 소동은 원의 아들이 집으로 돌아가 궁리한 나머지 급기야 은혜를 원쑤로 갚으려는 몰렴치한 행위였던 것이다。 이제 와서는 마십의 안해의 아릿다운 자태

보다도 바보 상놈의 계집으로부터 받은 무안을 량반의 체면에서 그냥 참을 수 없다는 것이였다。

마십은 별안간에 당하는 일이라 무슨 영문인지도 몰랐으며 항거할 사이도 없이 십 여명의 장정에게 결박되고 말았다。

그리하여 그 일당들은 연약한 마십의 안해를 준비해 온 보자기를 씌워 가지고 꼼짝달싹 못하게 한 후 억센 사나이가 업고 줄달음질을 치는 것이였다。

이미 면밀한 계획을 세웠는지라 그들의 행동에 조금도 빈 틈이 없었다。

그때 그들 총중에서 마십은 지난 날 자기가 생명을 구해 주었던 원의 아들의 뻔뻔한 얼굴을 보았다。 그제야 마십은 이 자가 자기의 안해를 뺏아 가려는 행패라는 것을 알아 차렸다。

『여보시오 세상에 이런 일이 또 어디 있단 말이요。 내가 무슨 죄를 졌다고 이러오。』

마십은 기가 막혔다。

『바보 상놈이 고운 색시를 가진다는 것은 죄가 된다。』

『얼토당토 않은 말씀마오。 죄가 있다면 내가 죽어 가는 당신을 살려 준 죄밖에 없소。 빨리 나의 안해를 돌려 주오。』

『너에게는 분에 과한 계집이란 말이다。』

마십은 너무나 억울하여 몸부림을 쳤다。

『여보시오。 나의 안해를 돌려 주시오。 나의 안해를 돌려 주시오。』 하면서 떼굴떼굴 구르며 목메인 소리로 원의 아들에게 애걸하였다。

『정녕 네가 네 계집을 찾고 싶거든 저 바위에다가 굴을 五○리만 뚫어라。 그러면 계집을 돌려 보내 주마。』

원의 아들은 할 말이 없어 입에서 나오는 대로 문득 아무렇게나 지껄이였다。 물론 그것은 불가능한 일이기 때문이다。

마십은 사랑하는 안해를 잃어버린 것을 생각하니 정신이 아찔하였다。 상대방은 다른 사람 아닌 바로 원의 아들이니 미천한 자기로서 아무리 항거하여 싸운들 그의 안해를 도로 찾는다는 것은 도저히 불가능한 것 같이 생각되였다。

『정말 五○리 굴을 파면 내 안해를 돌려 보내 주겠소?』

마십은 다짐하였다。

『대장부 사나이가 일구 이언을 할가。 한 번 약속하면 그만이지、 五○리 굴만 파면 돌려 주다 마다。』

이렇게 대답하는 원의 아들은 마음 속으로 〃그놈이 과연 바보로군。 제 생전에 저 바위에다 五○리 굴을 뚫겠다는 말인가〃 하고 코웃음을 쳤다。

원의 아들과 그의 일당은 바람과 같이 사라지고 말았다。

동리 사람들은 마십의 묶인 밧줄을 끌러 주면서

『이 사람아、사람이 너무 좋아도 탈이야。 세상에 선을 악으로 갚는 저런 놈을 왜 구해 주었나。 정말 하느님도 무심하지、저따위 놈에게 벼락을 때리지 않고。』 하면서 모두들 마십을 위로해 주었다。

마십은 그날부터 정과 마치를 가지고 바위를 쪼아 굴을 파기 시작하였다。 무력한 마십에게 오매에도 잊을 수 없는 사랑하는 안해를 찾기 위해서는 달리 별 도리가 없었다。 그는 원의 아들의 말을 정말 곧이 들었다。

『五○리 굴만 파면 안해를 만날 수 있다。』

그에게는 이 일념 이외에 아무 것도 없었다。

이 일념은 그로 하여금 이 엄청나고 거대한 사업을 착수하게 하였던 것이다。 그러나 있는 힘을 다하여 하루 종일 파도 한 자도 파기 힘들었다。 허지만 그는 락담하지 않았다。 매일같이 침식을 잃고 불철주야 굴을 파기에 열중하였다。

동리 사람들은 이 어리석은 마십의 행동을 바라보며

『이 사람아、생각 좀 해 보게。어느 천년에 五〇리 굴을 판단 말인가。』

모두들 이렇게 말하였으나 그는 조금도 이런 말에 귀를 기울이지 않았으며 굴 파는 정의 속도를 멈추지도 않았다。

안해를 찾는 길은 오로지 이 길 밖에 없다고 그는 굳게 믿었던 것이다。

『설마 끝나는 날이 있겠지。』

마십은 혼잣말로 이렇게 중얼거리면서 아무도 돌아보지 않고 한시가 바삐 정질을 하였다。

처음에는 비웃기도 하고 조롱도 하던 동리 사람들은 그의 굳은 신념에 감동하여 이제는 그를 고무 추동하는 말들로 바꾸었다。

『지성이면 감천이라 하였으니 하늘이 알아 보는 날도 있을 걸세。백 날만 파면 五〇리를 팔 걸세。』

한 사람이 이렇게 말하였다。

마십은 이 말에 귀가 번쩍 뜨이였다。

『정말 백 날만 파면 될가요。』

『되고 말고。』

『백 날!』

마십은 속으로 이 말을 되뇌이였다。

그날부터 그는 매일 바위에 하나씩 금을 그어 가면서 백 날이 오기만 고대하였다。

비 오는 날이 지나 가고 바람 부는 날이 저물어 갔다。 열흘이 지나고 스무날을 넘어서 쉰 날이 흘러 갔다。 굴은 날마다 깊어 갔으나 五○리를 파자면 까마득하였다。 기실 백 날은 커녕 一○년을 파고 二○년을 파고 일생을 두고 파도 도저히 다 팔 것 같지 않았다。

그러나 마십은 쉬지 않고 꾸준히 굴을 파 들어 갔다。

다시 날이 가고 달이 바뀌여 九九일이 지나갔다。

드디여 백 날이 차는 아침이 밝았다。

『오늘 하루만 파면 그만이다。』

마십은 류달리 오늘따라 선하게 눈 앞에 떠오르는 그의 안해의 자태를 몇변이나 옷소매로 지워가면서 쉬지 않고 정질을 하였다。

이번에는 눈 앞에 원의 아들의 그 뻰뻰한 얼굴이 어른거렸다。 마십은 별안간 안해를 빼앗아 간 원쑤에 대한 증오심이 머리끝까지 치올랐다。 그의 손은 부들

부들 떨리였다。

『이 놈이 내 안해를 뺏아 간 놈이다。』

마십은 소리를 치면서 있는 힘을 다하여 예리한 정날을 원의 아들의 가슴팍에 대고 찍였다。 정은 아무런 손에 맞히는 반응도 없이 풀쑥하고 쑥 들어 갔다。

그는 정말 원의 아들의 가슴팍에 정이 들어간 감각을 느꼈다。

『아차!』

정신을 차려 보니 바위에는 큰 구멍이 뚫려 있었다。

마십은 그 구멍을 허물어 뜨리고 그 안으로 들어 갔다。 그 쪽에는 큰 굴이 뚫려져 있었다。

이것은 이 바위 속에 자연적으로 생긴 큰 동굴(洞窟)이였던 것이다。 그 길이는 얼마나 되는지 마십에게는 측량할 도리가 없었다。 아마 五〇리도 더 넘을 듯하였다。

『이것은 하늘이 나를 도와 준 기적이로구나。 이제는 안해를 찾을 수 있겠지。』

마십은 너무나 좋아서 그 굴을 따라 걸어 들어 갔다。 그 동굴은 한 없이 길었

다。 그는 계속 발 걸음을 멈추지 않고 줄 달음질 치다 싶이 하였다。 이윽고 그 굴의 한쪽 끝에 도달하여 이제 더는 갈 수가 없었다。 마십은 또 다시 있는 힘을 다하여 그 가로 막힌 석벽을 밀어 붙였다。 그 벽은 힘 없이 무너져 나갔고 순간 휘황한 광명 천지가 나타났다。

그곳은 공교롭게도 이골 원의 집 후원이였다。 때는 봄인지라 백화는 만발하고 온갖 새들은 재재거리고 있었다。

때마침 원의 집에 감금되여 있었던 마십의 안해는 이 후원에 나와 하느님께 하루 속히 남편을 만나게 해 달라는 기도를 드리고 있는 참이였다。

바로 이때 마십은 굴 밖으로 나왔던 것이다。 그의 안해를 눈 앞에 본 마십은 어미지두에 달려가 안해를 포옹하였다。 안해는 남편의 가슴에 파묻혀 흐느껴 울었다。

「자 이젠 집으로 돌아 갑시다。」

마십은 안해의 손을 이끌고 굴 속으로 다시 들어 가면서

「이 천하에 몹쓸 불한당 놈들아、 네 놈의 약속대로 五○리 굴을 뚫어 놓았으니 이젠 나는 안해를 데리고 간다。」 하고 마십은 고함을 질렀다。

이 소리에 놀랜 원의 하인들은 우루루 모여 들어 굴 속으로 쫓아 들어 왔다。

바로 이 순간이였다。 동굴의 일각이 무너져서 따라 오던 하인들은 다 돌에 파묻혀 죽고 말았다。

일은 이것으로 끝나지 않았다。

이를 보자 원의 아들은 자기의 잘 못을 깨닫는 대신에 오히려 화가 잔뜩 나서 펄펄 뛰였다。

그는 곧 다른 하인들을 뒤따르게 하고 자기는 말을 달려 마십의 사는 동리에로 앞 질러 왔다。 그리하여 마십이 파놓은 굴 앞에서 그들 부부가 나오기를 기다렸다。

그러나 웬일인지 며칠을 기다려도 마십의 부부는 나오지 않았다。

원의 아들은 분을 참지 못하여

『이 굴에 불을 질러라。』 하고 하인들에게 령을 내렸다。

하인들은 산에서 생나무를 찍어다가 나무 더미를 굴 앞에 쌓놓고 불을 질렀다。 연기와 불꽃은 그 굴 안으로 기여 들어갔다。

그때였다。

그 굴 속으로부터 우루루하는 소리가 나자 마자 난데없는 시퍼런 물이 콸콸 쏟아져 나왔다。 그리하여 사나운 물살은 불붙는 나무더미를 골자기로 밀어 붙

였다。 물론 불은 꺼졌다。 그 뿐만 아니라 원의 아들과 하인들도 이 뜻아니 한 물결에 떠 내려가 죽고 말았다。

지금도 하동 앞에는 조그마한 시내가 흐르고 있는데 이 시내가 그때 물줄기가 흘러 내려 간 곳이라 하며 그 굴에는 불에 그슬린 자리가 시꺼멓게 남아 있으며 또 마십이 굴을 팔 때에 그어 놓은 금을 지금도 찾아 볼 수 있다고 전한다。

장연 만석동과 룡정

황해남도 장연읍에는 만석동(萬石洞)이라는 동리가 있고 그곳에서 약간 떨어진 이전의 룡연면에는 룡정(龍井)이라는 못이 있는데 이 만석동과 룡정에 대해서 다음과 같은 이야기가 전해지고 있다.

옛날 장연에 한 무인(武人)이 살고 있었는데 그의 이름은 김 무달이라고 하였다. 그는 일찌기 활 쏘기와 칼 쓰기를 배워 그 무예가 숙달하여 그의 명성이 사방에 널리 알려졌다. 그는 특히 활 쏘기에 명수로서 그 당시 그와 겨를 만한 사람은 없었다 한다.

어느 날 밤, 김 무달이 꿈을 꾸었는데, 그 꿈에 어떤 풍채가 좋고 신수가 훤한 백발 로인이 나타나서

『나는 이 근처 못에 살고 있는 청룡(青龍)이 올시다. 당신이 당대의 명궁(名弓)이라는 말을 듣고 한 가지 청이 있어 찾아 왔소. 다름 아니라, 요사이

어디선지 난데없는 황룡(黃龍)한 마리가 나타나 내 집을 빼앗고 나를 쫓아내려고 매일 도전을 하여와서 난처한 경우를 당하오。이 못은 내가 오랫동안 살던 집이요。만일 이것을 빼앗기면 나는 정처없이 떠나가야만 할 신세외다。이런 억울한 일이 어디 있사오리까。그래서 나는 매일 그와 싸우고 있는데 내가 기운이 부쳐서 그 황룡을 당할 수가 없으니 나를 좀 도와주면 결초보은 하오리다。』

하는 것이였다。

김 무달은 꿈 속에서도 강한 자가 약한 자를 축출하는 부당한 조치에 의분을 금할 수 없어 그 청을 들어주기로 하였다。

『말씀을 듣고 보니 딱한 사정이라、내 힘이 미치는한 도와드리겠습니다。어떻게 하면 도움이 될는지요。』

『감사하오。그러면 매일 내가 황룡과 하늘에서 싸울 터이니 그때 당신이 못가에 나와 섰다가 황룡의 꼬리가 번쩍보이거든 때를 놓치지 말고 활로 그놈을 쏘아 주시오。』

『그렇게 합시다。』

이렇게 그 백발 로인과 약속을 하고 꿈에서 깨여난 김 무달은

『정말 그런 일도 있을가 여하튼 래일 못가에 나가 보기로 하자。』

하고 그 이튿날 활을 메고 못가로 나갔다。

과연 얼마 있다가 갑자기 못 가운데서 검은 구름이 솟아 오르고 사방이 일시에 캄캄해지더니 그 구름 속에서 누런 룡의 꼬리가 번쩍 보였다。

이것을 본 무달은 처음 겪는 일이라 어느 것이 황룡인지 청룡인지 분간할 수도 없었고 또 두려운 생각이 들어서 멍하고 바라보고만 있었다。 그러다가 그만 기회를 놓치고 말았다。 그때 무엇인가 또 구름 속에서 번쩍하였다。

『옳다 아마 저놈이 황룡인게로구나。 이번에는 놓치지 말아야지。』

무달은 한 번 기회를 놓친 것을 분하게 생각하여 화살을 재고 다시금 그 황룡이 나타나기만 기다렸다。

그러는 동안 구름은 개이고 하늘은 맑게 가시여 룡은 다시 나타나지 않았다。

김 무달은 별 수 없이 집으로 돌아 오고 말았다。

그날 밤、 김 무달은 또 꿈을 꾸었다。 그 백발 로인이 어제와 같이 나타나더니 유감의 뜻을 표시하면서

『당신은 왜 오늘 나를 도와 주지 못했소。』

하며 원망하였다。

『처음 당하는 일이라 황룡이 꼬리치는 것을 볼라보고 그만 기회를 놓치고 말았습니다。』

무달은 진정으로 미안한 얼굴로 사과하였다。

『그러면 래일은 꼭 그 황룡을 쏘아주시오。』

그 로인은 또 한 번 간청하였다。

『이번은 어김없이 그렇게 하지요。 념려마십시오。』

무달의 대답을 듣더니 그 로인은 인사를 하고 돌아 갔다。

그 이틀날이였다。

무달은 아침부터 단단히 차비를 하고 못가로 나가 청룡 황룡이 싸우기만 기다렸다。

한낮이 되니 어제와 같이 역시 못 우에 검은 구름이 덮이고 그 구름 속에서 청룡 황룡이 서로 엉켜 꿈틀거리는 것이 뵈였고 룡들의 꼬리가 번갈아 구름 밖으로 번쩍번쩍 나타나군 하였다。 그것은 과연 장관이였다。

『옳다 누런 놈 저놈이로구나。』

무달은 황룡의 꼬리가 나타나자 시위를 번개 같이 힘차게 잡아당겼다。

화살은 『쉿』하고 하늘 높이 날아 올라갔다。 동시에 화살은 황룡의 몸에 명중하였다。

순간 구름 속에서 한 줄기의 피가 주루루 흘러 내려 못 우에 쏟아졌다。 못물은 삽시에 벌겋게 물이 들었다。

『맞히기는 했지만 과연 황룡이 죽었을가。』

무달은 궁금히 여기면서 집으로 돌아 갔다。

그날 밤이다。 백발 로인은 역시 무달의 꿈에 나타나서 이번에는 희색이 만면하여 웃는 얼굴로

『감사하오、그 고약한 황룡은 급기야 당신의 화살에 맞아 죽었소、이제 나는 마음 놓고 그 못에서 살게 되였으니 이 은혜를 어떻게 다 갚으리요。』

하고 치사를 하였다。

『은혜라니요、그만 일을 가지고 무슨 은혜라고 하시나요、하여튼 고약한 황룡이 죽였다니 저 역시 퍽 기쁘게 생각합니다。』

『아무튼 나는 당신에게 은혜를 보답해야만 되겠소。 무슨 소원이 있으면 들어 드리겠소이다。』

백발 로인은 재삼 무달의 소원을 물었다。

『천만에 말씀이외다。 나에게는 별 이렇다 할만한 소원도 없습니다。』

무달은 끝끝내 사양하였다。

『은혜를 입고 그대로 간다는 것은 도리가 아니오니 어서 말씀하시오。』

그 로인은 한사코 우기면서 대답을 재촉하였다。

무달은 한동안 생각하다가 입을 열었다。

『그렇게까지 말씀하심을 사양만 하는 것도 오히려 례의가 아닐가 하와 한 가지 청을 하겠습니다。 이 동리의 백성들은 모두 근면하오나 워낙 땅이 척박하고 논이 없어 소출이 얼마 되지 않아 궁핍하게 살아들 가는 처지옵니다。 이 근처의 황무지를 논으로 개간해 주시면 우리들은 다시 힘을 합하여 매해 비옥한 전장으로서 가꿀가 하나이다。』

『동리 사람들을 생각하여 그토록 마음을 쓰니 참으로 기특한 일이오。 그 소원을 내 꼭 이루도록 해 드리오리다。』

로인은 희색이 만면하여 흰 수염을 쓰다듬으면서 고개를 끄덕이더니 어디로인지 온데 간데 없이 사라졌다。

무달은 바람 소리와 뢰성 벼락에 놀라 잠을 깨였다。

문을 열고 내다보니 후둑후둑 주먹 같은 빗방울이 떨어졌다。 그리하여 그날 종일 비는 억수 같이 내리퍼부어 룡이 산다는 그 못도 물이 철철 넘쳐 흘러내렸다。 부근 일대는 물 바다로 화하더니 어느덧 차츰차츰 잦아들고 그 황무지는 지형조차 변해져서 훌륭한 논으로 되였다。

무달은 대단히 기뻐하며 마을 사람들에게 그 땅을 골고루 나누어 주었다。 사람들은 무달에게 감사하며 그 해부터 힘을 합하여 모를 심고 김을 매여 열심히 농사를 지었다。 그리하여 그 벌에서는 매년 만석의 벼를 거누어 동리에는 한 집도 가난한 사람이 없이 유족하게 잘 살았다고 한다。

이런 고사로부터 김 무달이 살던 그 마을을 만석동이라고 부르고 그 룡이 살고 있었다는 못을 룡정이라고 불렀다。

신천의 장사 못

황해남도 신천읍에서 서쪽으로 조금 떨어져 있는 산 기슭에 큰 동리 하나가 있는데 이것이 률곡 선생께서 그 이름을 지였다는 반정리(伴亭里)이다。이 반정리 앞에는 큰 벌이 펼쳐 있고 이 벌의 초입에 못이 하나 있는데 이 못에는 다음과 같은 전설이 전해지고 있다。

지금으로부터 一백 수십년전 리조 중엽의 일이였다。

그 당시 이 반정리에는 문벌이 높고 세력 있는 한 량반이 살고 있었는데 그에게는 아들 하나 딸 하나가 있었다。 더우기 딸은 인물이 뛰여나게 잘나고 또한 글을 잘하여 이른바 재색이 겸비한 숙녀로서 그 소문이 사방에 자자하였다。

나이 혼기에 이르러 그 부모는 이 딸의 배필이 될 사위감을 널리 구하였다。

그리하여 그집 문전에는 청혼자가 뒤를 이어 찾아 왔으나 주인의 마음에 드는 사

람은 하나도 만나볼 수 없었다。 그래서 주인 부부는 자나 깨나 어떻게 하면 가문 좋고 인물 잘난 집의 맏아들을 사위로 삼을가 하는 것이 한가지 큰 걱정거리였다。 그래서 이들 부부는 서울에 있는 어느 재상의 아들을 내심으로 정하고 있었다。 그러나 그 재상의 아들이 다른데는 흠 잡을데가 없었으나 좀 똑똑치 못한 반편이였다。 그래서 약간 마음에 꺼림직하기는 하였으나 일국의 재상이요、나는 새도 떨어뜨릴 권력 쓰는 명문가이라는 것에 마음이 홀렸던 것이였다。 그리하여 부인은 딸에게 그 이야기를 하고 딸의 의향을 타진해 보았다。

『권력과 재물은 사람에게 따르는 것이니 사람 하나를 택해야지요、반편 같은 것을 무엇에 쓰겠나요。』

딸은 단 마디로 거절하였다。

어느해 봄 밤이였다。 이 처녀는 후원 초당에서 홀로 글을 읽다가 달빛과 꽃향기에 마음이 끌려 뒤 울안 화원을 거닐었다。 때마침 춘풍은 솔솔 불어오고 달 그림자 꽃송이에 흔들리니 처녀는 불연듯 시흥을 일으켰다。 그래서 즉흥시 한 수를 지어 고운 목소리로 나직이 읊었다。

처녀의 시음(詩吟)이 끝나자 뜻밖에도 꽃밭 속에서 이를 화답하는 소리가 들려 왔다。

처녀는 꿈에도 이 곳에 사람이 있으리라고는 생각지 아니하고 마음 놓고 시를 읊었는지라 난데없는 사람 소리에 놀라기도 하였거니와 그보다도 부끄러움을 금할 수 없었다。 사방을 휘돌아 보았으나 아무도 보이지 않았다。 담은 높았고 돌아가면서 련못이라 누구든 첩첩 문을 열고 들어오지 않는한 이곳에 다른 사람이 있을리 만무하였던 것이다。

처녀는 한참만에야 가늘게 소리를 질러 보았다。

『그게 누구야?』

이 말이 끝나자마자 처녀의 앞으로 장대한 젊은 사나이의 그림자가 달 빛을 등지고 불쑥 다가 왔다。

『아이구머니!』

처녀는 비명을 올리자 치마자락을 걷어 쥐고 황급히 뒤돌아서 발길을 옮겼다。

『아가씨、저 올시다。 놀라지 마십시오。』

그 사나이의 목소리는 어딘가 귀에 익은 음성이였다。

『저라니、누구냐?』

처녀의 말은 날카로왔다。

『저、룡길이 올시다。』

그 젊은이의 억세고 투박한 손은 도망가려는 그 처녀의 비단결 같은 부드러운 손목을 꽉 잡았다。

『뭐 통길이、통길이가 무슨 일로……?』

통길이란 말에 마음은 다소 놓이였으나 그는 본능적으로 쌀쌀히 그의 손을 뿌리쳤다。

통길이는 자기 집 종의 아들이였다。

통길은 천한 몸에 태여났으나 기골이 장대하고 사람됨이 고지식하여 누구에게나 칭송을 받는 젊은 사나이였다。

처녀는 통길에 관해서 잘 알고 있었다。 통길에게는 지난날 이런 일들이 있었다。

그의 집의 사나운 말이 굴레를 벗고 도망하였을 때 아무도 그 앞에 얼씬하지 못하였는데 달아나는 말을 따라가 말갈기를 잡고 비호와 같이 말등에 뛰여 올라 그를 제어한 것도 통길이였고 또 그의 아버지가 서울 어느 재상댁에 급한 볼일이 있어서 심부름을 보냈는데 四백리 길을 아침에 떠나서 결두리 때에 돌아온 것도 통길이였다。

그리고 통길이는 겨드랑 밑에 날개가 달려 있다는 장사로서 그의 소문이 널리

난 것도 처녀는 잘 알고 있었다。 또한 그의 아버지는 종종『룡길이란 놈이 량반의 집에 태여나기만 했더라면 훈련 대장감인데 아깝게도 상놈이라……』하시면서 애석히 여기던 일도 보아 왔다。

그래서 처녀는 그가 비록 미천한 종의 자식이라 하지만 비상한 인물이라는 것을 알고 있었다。

그렇다고는 하지만 종의 신분으로서 무모하게도 밤중에 다만 처녀 혼자 있는 후원에 나타나 더우기 자기의 상전의 딸의 손목을 잡는다는 것은 망발된 일이 아닐 수 없었다。

『룡길아、너 이게 무슨 무례한 짓이냐。』

비로소 자기 자신으로 돌아 온 처녀는 위엄 있는 어조로 꾸짖었다。

『아가씨! 그것은 제 모르는바 아닙니다。 용서하십시오。 그러나 참을 수 없는 이 가슴이……』

하소하는 룡길의 목소리는 떨리였으나 우렁찼다。

『아가씨、저는 오래전부터 아가씨를 사모하여 왔습니다。 사랑에 어찌 귀천이 있고 빈부의 차이가 있으리요。 아가씨는 신분이 다르다 하여 저의 행동을 망녕되이 생각하시겠지요。 그러나 예로부터 왕후 장상이 씨가 따로 있는 것이

아니라 하였으니、오늘의 초부가 래일에 장상이 될 수 없다고 그 누가 단언하겠습니까。룡길인들 후일 현달하지 말라는 법이 어디 있겠습니까。』

그의 말에는 빈 틈이 없었고 그의 불타는 정열은 흘러 넘쳤다。점잖고도 우렁찬 말소리는 듣는 사람으로 하여금 위압을 느끼게 하였으며 뜨거운 사랑의 고백은 처녀의 가슴에 불을 지르게 하였다。

룡길이는 처녀의 손목을 다시 잡아 쥐였고 두 청춘의 사이에는 침묵의 시간이 한동안 흘러갔다。

이런 일이 있은 후、인적이 고요한 달빛 아래서 때로는 후원 초당 안에서 계급을 초월한 사랑의 속삭임을 들을 수 있었다。

그리하여 두 사람은 마침내 자기들끼리 백년 가약을 맺었다。그러나 만일 처녀의 부모들이 이것을 아는 날이면 룡길의 목숨은 부지할 수 없는 일이였다。허지만 그들에게는 이제 와서 사랑이 목숨보다도 더 귀중한 것으로 되였다。

호사 다마라、이런 일의 비밀이 오래 갈 수는 없었다。마침내 이 말은 처녀의 어머니 귀에까지 들어갔다。

어머니는 처음 놀랐다。그리고 그 말을 곧이 듣지 않았다。

『설마、내 딸이 종놈하고 그럴 리가 있으랴。』

이렇게 의심한 어머니는 직접 자기 눈으로 확인할 기회를 엿보기로 하였다。

어느 날 밤이였다。 그 부인은 남에게 이야기 못할 번뇌를 지니고 잠을 이루지 못하다가 후원으로 발길을 옮겼다。 만물은 괴괴히 잠들고 후원의 련못 속에는 조각 달이 잠겨 있었다。 그는 딸이 거처하는 초당 앞에 이르러 기침을 한 번하고 문 고리를 잡았다。

『애야 벌써 자느냐。』

그때 별안간 초당의 뒷문을 열어 젖히고 후다닥 뛰쳐나가는 젊은 사나이의 뒷모습을 몽롱한 달빛에서도 그는 완연이 볼 수가 있었다。 그것은 틀림없는 자기집 종의 아들 룡길이가 분명하였다。

『저놈 잡아라!』

부인은 고함을 질렀다。 자는 체하고 있었던 처녀는 비로소 자리에서 일어나며

『어머니 밤중에 웬 일이세요。』하고 시침을 뚝 떼였다。

『웬 일이 다 뭐냐 이년、 죽일년 같으니、 네가 누구집 패가 망신하는 꼴을 보려고 하느냐!』

어머니는 노기가 등등하여 예리한 눈초리로 딸의 동정을 살피면서 꾸짖었다。

『그래 너는 룡길이란 놈이 뛰여 나간 것을 모른단 말이냐。』

처녀는 한동안 대답이 없었다。 그러다가 이제는 별 도리가 없다고 단념하였다。 차라리 모든 것을 실토하고 부모의 승낙을 얻어 하루 속히 룡길이를 어엿한 남편으로 섬길 것을 결심하였다。

『어머니 부모를 속여 그 죄 천 번 죽어 마땅합니다。 그러나 룡길이와의 사이는 이미 끊을 수 없게 되였사오니 륙례를 갖추게 하여 주세요。』

한 번 각오를 하자 처녀는 대담하였다。

『아이구 기막혀라……나는 네게 그런 행실을 가르치지 않았다。 종놈의 아들하고 그것이 될 번이나 한 말이냐。』

『어머니、종의 아들이 무슨 상판이 있어요。 량반과 상놈의 씨가 따로 있을 리 없으니 량반의 딸이 종의 아들을 섬긴다 해서 나쁘달 까닭이 어디 있습니까。 허울 좋은 재상 아들의 거짓 사랑보다 진실한 사람의 참된 사랑이 얼마나 고귀한 것이 아니오니까。 나는 룡길의 위인을 따라 그를 택했습니다。』

처녀의 결심은 단호하였다。

『패가 망신도 분수가 있지……그만 두어라!』

부인은 딸의 말에 하도 어이가 없어 벌벌 떨며 말을 잇지 못하고 부리나케

안채로 들어가 버렸다。 부인은 과연 들은 말이 헛소문이 아니라는 것을 알았다。 그러나 이것이 사실대로 세상에 알려진다면 큰일 날 일이였다。 패가 망신은 고사하고 딸은 시집도 못갈 것이 명약 관화한 일이라 부인은 사실을 은폐해서 체면을 유지해 보려고 곰곰히 생각하였다。

그 이튿날 아침이였다。

그는 남편과 아들 앞에서 흉계를 꾸몄다。

내가 어젯밤 초당에를 갔더니 어떤 놈이 그애에게 무슨 음해를 입히려고 한 짓인지는 모르나 방문을 열려다가 나에게 들켜서 도망을 쳤는데 그놈이 바로 룡길이 녀석임에 틀림 없습니다。』

주인과 아들은 이 말을 듣고 펄쩍 뛰였다。

『그놈을 그냥 두다니、당장에 가서 족쳐야지。』

아들은 자리를 걷어차고 벌떡 일어났다。 그러나 주인은 룡길이가 비범한 인물임을 잘 알고 있기 때문에 아들을 진정시켰다。

『룡길이란 놈은 겨드랑 밑에 날개가 돋친 비상한 장사다。 함부로 다처다가는 도리여 해를 볼지 모르니 삼가야 한다。』

그의 아들도 룡길이가 장사라는 것이 생각나서 그대로 자리에 주저 앉으며

『겨드랑 밑에 날개 있는 장사는 날개만 없게 되면 힘을 못 쓴다니 우선 그놈의 날개를 잘라 버리는 것이 어떨가요。』하며 제의하였다。

그래서 세 사람은 통길의 겨드랑 밑에 있다는 날개를 잘라 버리는데 공론이 일치되였다。

이튿날 주인 부자는 비밀리에 몇몇 하인들을 불러 앉히고 거짓 통길의 비행을 늘어 놓며 그의 겨드랑 밑에 있다는 날개를 잘라버리는 자에게는 많은 상금을 주겠노라고 약속하였다。

하인들은 평소에 통길에게 대하여 시기하여 오던 중이라 서로 다투어 공을 세우려고 하였다。

그런데 통길에게는 한번 잠만 들면 스스로 깨날 때까지는 여간한 일이 있어가지고는 좀처럼 깨여나지 못하는 버릇이 있었다。 하인들은 이것을 기화로 하여 그가 깊이 잠드는 기회만 노리고 있었다。

한편 통길은 그날밤 초당을 뛰여 나와 몸을 피하였으나、그후 필연코 초당에서는 필유 곡절이 있었음즉한데 알길이 없어 번민하였다。

그는 초조한 나머지 뜬눈으로 그 밤을 새우고 이튿날 밤들기를 기다려 그날드역시 이목을 숨겨 초당을 찾았다。 그러나 이미 초당은 텅 비였고 주인 없는

빈방에는 찬 바람만 일었다。

「아가씨가 혼자 봉변을 당하는구나。」

룡길은 이렇게 생각하니 가만히 있을 수가 없었다。 그는 슬그머니 자기의 어머니에게 아가씨의 일을 물어 보았다。 그의 어머니 대답이 웬일인지 어제부터 아가씨 처소를 안방으로 옮겼는데 그의 얼굴은 수심이 가득 찼고 끼니도 잘 들지 않는다는 것이였다。

룡길은 안타까왔다。 그러나 아무리 궁리한들 별도리가 없었다。 그는 대문밖에서 한동안 서성거리다가 시름없이 련못가에 있는 큰 들메나무 밑까지 가서 누워버렸다。 멍하니 구름 한점없는 맑은 하늘을 쳐다보더니 그는 그간 어느덧 잠이 들고 말았다。

하인들은 늘 룡길의 동정을 살펴오다가 그가 잠든 것을 보고 여러놈이 달려들어 그를 굵은 밧줄로 칭칭 감아 묶었다。 그리고 나서 그의 겨드랑 밑에 있는 날개를 잘라냈다。

룡길은 그만 날개를 잘린 다음부터는 풀이 죽고 기운도 쓰지 못하였다。 하인들은 다시 주인의 령을 받아 룡길을 동리 앞에 있는 깊은 못가로 끌고 가서 그의 몸에다 큰 돌을 매여 달고 물속에 집어 넣으려 하였다。 바로 그때 룡길은

주인 아들을 바라보고 최후의 말을 던졌다。

『량반이라 하여 죄 없는 사람을 함부로 죽이니 그 벌은 반드시 네집 문중으로 돌아갈 줄 알아라。 지금 억울하게 죽기는 한다만 내가 죽은 후엔 아마 너의 누이도 나의 뒤를 따를 것이니 역시 그 시체도 이 못에다 던져다오。 만일 내 말을 듣지 않으면 반드시 화를 면치 못할 것이다。』

통길이가 못에 빠져 죽자마자 그 물 속에서는 큰 왕벌 한 마리가 "왕" 하고 날아 나와 하늘 높이 사라졌다 한다。

이렇게 불우한 장사는 처참하게 그의 최후를 마치고 말았다。

그 이튿날 처녀의 어머니는 후원 느티나무 가지에다 목을 매달아 통길의 뒤를 따라간 딸의 시체를 발견하였다。

처녀의 책상 우에는 한 장의 유서가 놓여 있었다。

『어머니, 저의 시체를 통길이가 죽어간 못에 던져 주세요。』

그러나 량반의 체면과 위신만을 찾으려는 몰인정한 처녀의 부모는 애달프게 죽은 딸의 유언조차 들어 주지 아니하였다。

『량반의 집 규수의 시체를 상놈의 시체와 함께 있게 하다니 천부당 만부당한 일이다。』라고……

・98・

이런 일이 있은 후 이 량반의 가문에서는 녀아를 낳아 나이 열 다섯살만 되면 죽고 죽고하였다 한다。

그리고 불우한 장사、통길이가 빠져 죽은 그 못을 후세 사람들은『장사 못』이라고 일러온다。

우산리와 모기

지금부터 몇 백년 전 황해남도 신천 어느 동리에 한 과부가 아들 하나를 데리고 살고 있었다。 그는 일찌기 시집을 와서 그 아들 하나를 낳았는데 그 이듬해 남편은 뜻하지 않은 병으로 하여 세상을 떠났다。

원래 넉넉치 못한 살림살이에 하늘같이 믿고 살던 남편을 잃고 보니 그는 앞으로 살아 나갈 길이 막연하였다。

『여보게、 어린 것을 데리고 혼자 어떻게 살아 나가나? 앞날이 창창한데 팔자를 고쳐야지。』

그가 아직 젊었을 때에 동리 로파들은 이렇게 그에게 개가할 것을 은근히 권하기도 하였다。

그러나 그는 이런 말을 귀에 담지 아니 하였다。 지어는 린근동 홀애비들이

매파로서는 그의 마음을 움직일 수 없다는 것을 깨닫고 야밤에 몇 번이나 그를 업어 가려고 온 일까지도 있었다。 그러나 그는 죽기로써 항거하여 한 번도 업혀 가지 아니하였다。 그리고 오직 하나인 아들의 장래를 위하여 자기의 모든 것을 희생하여 왔던 것이다。

『내가 만일 개가를 하면 저 어린 것은 어떻게 하구……』

그는 류달리 아들에 대한 사랑이 극진하였다。 남편을 대신하여 품팔이를 하며 봄에는 산에 가서 나물을 캐여다 그날그날을 연명하면서도 오로지 아들의 장성에만 희망을 걸고 세월을 보냈다。

『이 자식이 커서 정승이 되려나、 갑부가 되려나?』

그는 때로 잠자는 아들을 들여다 보고 자기도 남과 같이 영화를 누리고 한번 살아 볼 것을 머리 속에서 그려 보군 하였다。

그러저력 一〇여 년이 지나 아들도 한몫 일할 수 있는 나이가 되였다。

어머니가 아버지를 대신한 것처럼 이제는 아들이 그의 어머니를 대신하여 품팔이도 하고 남의 집 머슴살이도 하였으나 그들의 살림살이 형편은 조금도 페이지 않았다。 그네들의 살림은 一〇년 전이나 오늘이나 항상 구차하기는 매한가지였다。

어머니의 기대는 완전히 어그러졌다。

『왜 우리는 남과 같이 살지 못할가。』

량반과 지주 등쌀에 미천한 사람들은 죽을 때까지 셈평이 필 수 없다는 당시 그 제도의 모순을 어머니의 머리로써는 리해하지 못하였다。

어느 해 여름이였다。

이 동리 앞에는 자그마한 개울이 흘러 내리고 그 개울 건너 습지(濕地)에는 풀밭이 우거져 있어 매년 여름이 되면 모기 소리에 부근 집들이 떠나 갈 지경이였다。

어느 날, 동리 사람들이 모인 자리에서 모기 성화에 못살겠다는 이야기가 또 화제에 올랐다。

『저 풀밭 속에서는 어떤 장사라도 잠시 동안을 겪어 내지 못할 거야。』

『그렇지만 설마 모기한테 물려 죽지는 않겠지!』

별별 사람들이 모이다 나니까 그날은 이런 잡담까지 나오게 되였다。

이 동리에 사는 심술 궂은 지주 하나가 공교롭게 이 말을 옆에서 듣고 있다가 벌거벗은 사람이 모기한테 뜯기여 날뛰는 광경을 보는 것도 미상불 재미 없는 일은 아니라고 생각하였다。

『누구든지 발가벗고 저 풀발 속에서 하룻밤만 새우면 내 소 한 마리를 주리라. 어디 한 번 견뎌 볼 사람은 없는가?』

그 지주는 동리 사람들을 돌아 보면서 너털 웃음을 웃는 것이였다. 모인 사람들은 소 한 마리라는 말에 모두 침을 흘렸으나 아무도 선뜻 자진하여 나서는 사람은 없었다.

이 소문은 퍼져서 마침내 그 과부의 집에까지 들리여 왔다. 어머니에게서 배꼽이 떨어진 이후 이날 이때까지 가난으로 쪼들려 온 그 아들은 "소 한 마리"라는 말에 귀가 번쩍 띄였다.

『어머니, 밤낮 손발이 닳도록 아무리 일을 해도 우리는 그놈의 가난을 면치 못하겠는데 하룻밤만 모기에 뜯긴다면 당장에 소 한 마리가 생겨 부자가 되겠는데 어디 내가 하룻저녁 견디여 보겠에요.』

어머니는 한참 동안 말이 없었다. 그러나 자기 아들이 여북 가난이 뼈에 사무쳐야 이토록까지 말하랴 하고 그는 눈물이 글썽거렸다.

『안 된다, 아무리 굶어 죽는 한이 있더라도 그건 안 될 일이다.』

『아니예요, 그까짓거 하룻밤만 꾹 참으면 될텐데요.』

그러나 어머니는 하룻밤이 아니라 한 시간이라도 아들이 괴로울 것을 생각하

나 도저히 승낙할 수 없었다.

어머니의 심정을 알아 차린 아들은 어머니 몰래 결행하리라고 마음 먹고는

『어머니, 그럼 그만 두겠에요.』

하고 어머니를 안심시켰다.

며칠이 지났다. 저녁을 먹고 마을로 놀러 간다고 어머니를 속이고 나온 아들은 그 길로 동리 지주 집을 찾아 가 자기가 하룻밤을 풀밭에서 새울 것을 자원하였다. 그리하여 그는 초저녁부터 벌거벗고 모기 숲이라고도 할 수 있는 그 풀밭에 들어 섰다.

마치도 흡혈귀의 화신인 듯이 모기 떼들은 날이 아주 어둡자 왱왱거리면서 일제히 그 아들의 몸뚱이를 습격하였다. 그는 손을 내젓고 발을 구르면서 모기 떼를 쫓았다. 그러나 밤이 이슥해 가고 새벽녘이 가까와 옴에 따라 모기 떼는 그야말로 백만 대군 같이 엄습해 달려 들어 왔다. 그러나 그는 〃참자, 어머니의 여생을 잠시나마 편안하게 해 드리기 위해 참아야 한다〃 하고 이를 악물며 끝까지 견디여 내려 하였다.

한동안 시간이 흘렀다. 어제는 그 이상 더는 지탱할 수 없게 되였고 필경은 기진맥진하고 말았다.

한편 어머니는 재벽녘이 되도록 아들이 돌아 오지 않는 것을 궁금히 여기다가 문득 아들이 소를 탐내던 일이 생각났다。 그리하여 그는 불안한 감에 사로잡혀 허겁지겁 집을 나와 언덕을 내려 개울을 건너서 풀밭으로 뛰여 갔다。거기에는 자기의 아들이 기절해 쓰러져 있었는데 그때까지도 모기떼는 재까맣게 그의 몸에 붙어 있었다。

어머니는 아들의 이름을 부르면서 울음섞인 목소리로 사람을 살리라고 웨쳤다。 이 소리를 들은 동리 사람들이 뛰여 왔다。

과부의 아들은 집으로 업혀 온지 한나절만에 눈을 뜨더니 어머니를 찾았다。

『어머니、이제는 소를 달래 오세요。』

『이 몹쓸놈아、어쩌자고 너는 이 에미 말을 듣지 않고 그예……』

어머니는 아들을 끼여안고 통곡하였다。

별별 약을 구해다가 극진히 간호하였으나 마침내 사흘째 되는 아침에 아들은 숨을 거두고 말았다。

심술궂은 지주는 마음만 고약할 뿐 아니라 원래가 린색하기 짝이 없는 자라 본인이 사흘만이라 하지만 결국 죽었다는 구실을 붙여 가지고 약속을 지키지 않았다。 결국 가난으로 하여 아들은 효도도 해보지 못하고 자기의 목숨만 잃고

말았던 것이다。

동리 사람들은 남의 아들만 죽여 놓고 소까지 주지 않는 부자놈의 소행을 격분하는 한편 그의 허튼 수작으로 비명횡사한 과부 아들의 죽음을 애석하게 여기여 그를 정중히 앞산에 묻어 주었다。 그리고 그가 묻힌 산을 소가 그리운 나머지 죽었다 하여 우산(牛山)이라 불러 그의 령을 위로해 주었고 그 마을도 그 후부터 소메마을(牛山里)이라고 부르게 되었다。

해주 부용당의 개구리

황해남도 해주에 부용루라는 루각이 있고 그 아래에 부용당(芙蓉塘)이라는 련못이 있다.

어느 곳 어느 시대를 막론하고 련못 있는 데 개구리 없는 곳이 없으며 또한 여름철에 개구리 있는 못이면 개구리 울음소리 들리지 않는 곳이란 없는데 이상하게도 이 부용당의 개구리는 울지 않는다고 전해온다.

이 련못의 개구리가 울지 않는 연유는 지금으로부터 약 二백 수십년 전에 다음과 같은 일이 있었기 때문이라고 한다.

어느 해에 이 부용당 련못에는 유별나게 개구리 우는 소리가 천지를 진동하였다. 이곳 사람들은 이때까지 이렇게 유난하게 소란한 개구리 소리를 들어 본일이 없었다. 이른바 개구리가 겨울 잠에서 깨여나 아래턱이 움직여서 농부들에

논갈이와 밭갈이를 재촉하면 사람들은 이 울음소리를 듣고 철을 맞추어 춘경을 시작하는 것이다。이렇듯 개구리는 인민들에게 친근한 감을 주는 동물이다。그렇기 때문에 개구리가 운다고 하여 소동이 일어 날 리유는 하나도 없는데 그해 따라 부용당의 개구리 울음소리는 이만저만한 것이 아니였다。

그래서 이곳 사람들은 이상하게 생각도 하였지만 그것보다도 밤이 되면 개구리 소리가 더욱 심해져서 도저히 잠을 잘 수가 없었다。

『간 밤엔 한잠 이루지 못했네。』

『도대체 어찌면 저렇게 개구리가 극성일가。』

처음에 이곳 사람들이 이렇게들 말하던 것이 한달 가고 두달 지나니 이곳 사람들 뿐만 아니라 다른 지방 사람들까지 모여 앉으면 개구리 이야기가 벌어져서 자못 민심의 동요가 컸었다。

『이것은 무슨 변괴가 있을 징조야。』

『아마 란리가 일어나든지 그렇지 않으면 흉년이 들든지 무슨 변이 나고야 말거야。』

이러한 랑설이 민심을 더욱 소란케 하였다。

그리하여 이 소문은 널리 퍼져서 결국에는 감영(監營)에까지 들어 가게 되

였다。

이 말을 들은 감사는

『세상에 개구리가 울지 않는 법도 있나、개구리가 울기로서니 무엇이 변괴란 말이냐。』

하고 일소에 붙였다。

그러나 풍설은 풍설을 낳고 소문은 꼬리를 물고 련이어 퍼져 민심은 개구리 소리에 벌컥 뒤끓었다。

『도대체 개구리 소리가 얼마나 심하여 이런 소동이란 말인가。』

감사는 친히 자기 귀로 들어 보려고 어느 날 밤 부용당을 찾았다。

그날도 련못가에는 사람들이 모여서 불안한 얼굴로 공론들을 하고 있었다。

련못 가까이에 다달으니 과연 개구리 소리는 천지가 떠나 갈듯이 소란하였다。

『과연 대단하구나。』

감사는 이렇게 혼잣말을 하고는 련못 속을 들여다 보았다。

그때 이곳에 모인 사람들이

『차라리 이 련못을 메여 버리면 어떨가。』

『그것도 참 좋은 생각이야 그렇지만 무슨 힘으로 이 못을 다 메군단 말인가。』

하면서 제가끔 떠드는 소리가 감사의 귀에도 들려 왔다。 개구리 우는 것이 큰 변괴라고 소동할 것은 없다。 하더라도 민심의 소란이 이렇게 심한 것을 소위 백성을 다스린다는 감사의 자리에 앉아서 수수 방관할 수가 없었다。 그러나 이것은 오랑캐를 물리치는 일보다도、 어려운 민간의 송사보다도 더 난처한 일이였다。 개구리를 한 마리 한 마리 잡아 낼 수도 없는 일이고 그 넓은 못을 메꾸어 버릴 수도 없는 노릇이였다。

감사는 한참 궁리한 나머지 하리(下吏)를 불렀다。

『개구리가 우는 것은 동물의 습성이니 쓸데없는 요언을 조작하여 민심을 소란케 하는 자는 죄로써 다스릴 것이다。 그리고 백성들이 잠을 자지 못하는 데 대하여는 며칠만 참으면 개구리의 울음을 제어할 터이니 그렇게 전달하고 모두 념려말고 돌아들 가서 자기들의 생업에 힘쓰라고 하여라。』

그래서 그 하리는 곧 군중들에게 이러한 감사의 뜻을 전달하였다。

『감사께서 개구리 울음을 없애 주신다네。 다들 돌아 가게。』

사람들은 속으로 "과연 그렇게 될 수 있을가" 저마다 의심을 품고 헤여져 갔다。

감사는 감영으로 돌아 왔으나 개구리 소리를 없앨 생각을 하니 잠이 오지 아

니하였다。 백성들에게 한 번 언약을 한 노릇이니 어떻게 하든지간에 이 개구리 소리를 없애야만 하였다。 그래서 감사는 이것을 해결하기에 골머리를 앓게 되였다。

며칠이 지났다。 련일 개구리 소리는 그치지 않았다。

『오늘도 개구리 울음은 그치지 않는구나。』

『글쎄 감사인들 개구리 울음을 어떻게 제어한단 말인가。 괜히 민심이 소란하니까 거저 해본 말이지。』

『그러나 저러나 이대로 가다가는 정말 야단났네。 사람이 잠을 자야 살지。』

백성들은 끼리끼리 모여서 수군수군하였다。

한편 감사는 그날의 자기 발언으로 하여 번민하게 되였다。 그는 매일 밤、로심초사 끝에 하루는 마침내 시 한 수를 지었으니 그 시의 허두에는 다음과 같이 씌여 있었다。

『너희들은 한낱 미물에 불과하며 성화같이 울어 예여 농번기 한창 바쁜 이때에 농민들의 피곤한 잠을 흩으려치니 이 아니 죄된 일이 아니냐……』

내용은 개구리들에게 울음을 그치라고 타이르는 뜻이였다。

그는 이 시를 쓴 종이를 가지고 부용당으로 내려 왔다。 개구리의 울음 소리

는 여전히 온 산천을 찢는듯 요란하였다。

감사는 이욱히 물 속을 들여다 보다가

『너희들은 비록 미물이지만 내 이 땅을 다스리는 자이니 나의 명을 거역하면 죄로 다스릴 줄 알지어다。』

하고 그 종이를 련못에 내던졌다。

그때이다。 그 종이가 물에 막 떨어지자마자 그렇게 요란하던 개구리 소리는 갑자기 뚝 멈추어지고 온 산천이 고요해졌다。

감사는 자기의 귀를 의심하지 않을 수 없었다。 어쩌면 이렇게 고요할 수가 있겠는가! 그는 너무나 희한하여 얼마간 그 자리에 한참 서서 귀를 기울이고 있었으나 다시는 아무 소리도 들을 수 없었다。 그는 스스로 신기하게 여김을 마지 아니하였고 백청들에 대한 언약도 수행하였음을 기뻐하며 감영으로 돌아왔다。

그 후부터는 부용당의 련못에서 다시는 개구리 우는 소리가 나지 아니하였다고 한다。

태백산성의 상충사

하늘 맑은 늦은 가을 어느 날이였다。

황해도 땅 삼탄(三灘)의 한 구릉 우에서 수 십명의 젊은 무사 사냥군들이 모여 앉아 점심을 서로 나누며 한 동안 이야기가 벌어져 떠들썩하였다。

고려 태조、왕건이 아직 태봉국 궁예(弓裔)의 한 신하로 있을 때이였다。

그는 큰 뜻을 품고 있는지라 이날도 여러 다른 용사들의 무예를 시험해 볼 겸 출중한 인물들을 고르기 위하여 이 곳에 사냥을 나온 것이였다。

그 젊은이들이 한창 제 각기 자기의 무예담을 늘어 놓고 있을 때에 하늘 높이 새 마리의 기러기가 그들의 머리 우를 날아 가고 있었다。 그 때에 갑자기 우렁찬 목소리가 들려 왔다。

『이 중에 누가 저 기러기를 쏘아 맞힐 사람이 없을가?』

왕건은 하늘을 가리키고 젊은이들의 얼굴을 둘러 보았다。 좌석은 갑자기 ,

긴장하였다。 모두 하늘을 날으는 기러기를 쳐다보고 또 왕 건의 얼굴을 번갈아 바라보았다。 기러기는 맑은 하늘 높이 떠서 세 마리가 나란이 북을 향하여 빠르게 날아 가고 있었다。

누구 하나 〃내가〃 하고 자신 있게 선뜻 나서는 사람이 없었다。

『아무도 저것을 맞힐 사람이 없단 말이냐。』

왕 건은 다시 한 번 좌석을 둘러 보았다。

『소인아 쏘아 보지요。』

사람들의 시선은 일시에 그 소래 나는 곳으로 집중되였다。 사람들을 헤치고 나오는 사람은 새파란 홍안의 미소년이였다。

『응 그대가?』

왕 건은 그 소년을 바라보고 기특하기도 하고 신통하기도 하여 미소를 띄였다。

『그럼 어디 한 번 쏘아 보게。』

그는 선뜻 자기의 활과 화살을, 그리고 그의 안마(鞍馬)를 소년에게 내여 주었다。

재빠르게 활을 메고 안장에 올라 앉은 사수(射手)는 하늘을 쳐다 보았다。

『세 마리 중 어느 것을 쏠가요。』

소년은 이렇게 물었다。

왕 건은 웃으면서 일부러 어려운 목표를 제시하였다。

『세째 번 왼쪽 날개를。』

소년은 박차를 가하여 한동안 기러기 날으는 쪽으로 달렸다。 사수는 기러기를 향해 시위를 잡아 당겼다。 화살은 하늘 높이 날았다。 사람들의 모든 눈은 하늘로 집중되였다。

『야 맞혔다、 맞혔어!』

군중 속에서는 환성이 일어 났다。

과연 세 번째로 날으던 기러기는 화살을 맞고 대렬로부터 땅으로 떨어졌다。 마상의 사수는 그 기러기 떨어지는 곳으로 달아 갔고 이것을 보고 있던 사람들도 그의 뒤를 따랐다。

그 기러기는 쏜 곳에서 멀리 一五리나 되는 곳에 떨어져 있었다。 그는 그것을 주어다가 왕 건에게 갖다 바쳤다。 왕 건은 기러기를 살펴 보고

『과연 명궁이로군。 왼쪽 날개가 맞었구나。』

하며 이 젊은 소년을 칭찬하여 마지 않았다。

그 어린 명궁은 평산(平山)에 사는 신 능산(申能山)이라는 一八세 나는 소년이였다。(후일에 이 기러기 쏜 장소를 궁위「弓位」라는 이름으로 불렀다。)

그 후 왕 건은 능산을 높이 기용하여 자기의 포부를 이야기하고 동심 합력할 것을 청하였다。 능산은 쾌히 응낙하고 그를 따라 순종하였다。 그들은 뜻을 이루기 위하여 다른 두 사람과 함께 의형제를 맺었는데 첫째는 왕 건、둘째는 신 능산、세째는 배 현경(裵玄慶)、네째는 복 지겸(卜智謙)、이렇게 四형제어였다。 신、배、복의 세 사람은 맏형 왕 건을 도와 마음을 같이 하고 힘을 합하여 나중에 고려를 개국하는데 큰 공을 세웠다。 (이로 인하여 그 후 신、배、복의 삼성「三姓」은 서로 한집안과 같이 여기며 호상 결혼을 하지 않는 풍습이 생겼다。)

그 후 왕 건이 등극하여 송악(松嶽)에 도읍하고 국호를 고려라 칭하여 문무제도를 개혁하며 널리 인재를 기용하고 대사(大赦)를 베풀고 백성들에게 三년의 조세를 면제하여 민심을 수습하였으니 사방의 거사(渠師)들의 귀의(歸依)하는 수가 날로 늘어 갔다。

당시는 후백제、신라와 더불어 삼국이 정립(鼎立)하여 호상 다투기를 마지아니하였다。

고려 왕、태조는 삼한을 통일할 큰 뜻을 항상 품고 있었는데 고려 태조 一八년에 신라는 항복하여 왔으므로 태조는 그 이듬해 후백제를 쳐들어 가기로 하였다。이 때에 신 능산 장군은 자기가 출정할 것을 자원하여 나섰다。

그 때 왕은 신 장군을 선봉으로 하고 친히 군사를 거느리고 출정하여 전라도 금산(錦山)까지 이르렀다。

당시 후백제 왕、진헌(甄萱)은 대군을 집중하여 고려군을 포위하고 량도(糧道)를 차단하였다。 고려의 군사들은 용맹하기는 하였으나 장거리에 걸쳐 겪은 격전으로 하여 피로하였으며 숫적으로 렬등하였다。 게다가 군량이 떨어진 채 십 여일이 경과하였다。

파죽지세로 소향 무적(所向無敵)이였던 고려군도 이제는 항복을 하는 수 밖에 별 도리가 없었다。

왕 건은 하늘을 우러러 보고 전운(戰運)의 불리함을 탄식하여 마지 않았다。 드디여 그는 항복할 것을 결심하고 신 장군을 불러 자기의 의중을 말하니 신 능산은 최후로 한 계교가 있오니 그럴 필요까지는 없다고 그를 무마하였다。

『소인이 적군에게 항복을 하여 나갈 테니 대왕께서는 그 틈을 타서 피신하여 다시 거사하시기 바랍니다。』

신 장군은 옛날 한(漢) 나라의 기신(紀信)의 본을 받아 자기가 왕을 대신하여 적에게 항복하고 왕을 피신케 하여 삼한 통일의 위업을 성취하도록 하자는 것이였다。

태조는 고개를 가로 흔들었다。

『다른 사람 아닌 그대를 적에게 내여 주고 어찌 내 일신을 위하여 도망하리요。 될 말이 아니웨다。』

태조는 굳이 거절하였다。

그러나 사태는 이렇게 수습하는 수 밖에 딴 도리가 없었으며 앞날의 대업을 위하여서도 신 장군의 계교를 따르지 않을 수 없어 그것을 청납하기로 하였다。

신 장군은 왕대조 옷을 바꾸어 입고 외모를 왕과 같이 차리고는 그를 대신하여 진문을 열어 놓고서 적군에게 고려 태조 왕이 항복하려 간다는 통문을 띠웠다。

진헌은 고려 왕이 항복한다는 통고를 받고 크게 기뻐하여 군사를 남문으로 모으고 위의를 갖추어 장대(將台) 우에서 왕 건을 맞이하였다。

드디여 가짜 왕이 나타났다。 가왕은 몇 명의 수하 장수들을 데리고 초초히

진헌의 진중으로 몰어 가는 것이였다。 이윽고 가왕은 후백제 왕의 앞에 이르렀다。 의례히 항복하는 왕일진댄 무릎을 꿇고 적장 앞에서 례를 다하여 알현해야 할 것인데 조금도 그런 기색이 없는 정정 당당한 태도이였다。

진헌은 속으로 괘씸하게 여기였다。

『왕 건의 무릎을 꿇게 하여라。』

그는 좌우를 돌아 보고 호령하였다。 그의 신하들은 고려 왕을 꿇게 하려고 달려 들었으나 그는 그들을 뿌리치고 눈을 부릅뜨며 호령하였다。

『나는 고려의 장군 신 능산이다。 내 왕을 대신하여 이 곳에 왔노라。 허지만 어찌 너희들 앞에 무릎이야 꿇랴。』

그의 목소리는 우렁차서 장대를 흔들었다。 진헌은 아연하여 한동안 벌어진 입을 다물지 못하였고 그의 신하들도 안색이 없었다。

『저놈을 잡아 내리라!』

후백제 왕은 노기가 등등하여 고함을 질렀다。 수 많은 졸개들은 그를 장대로부터 끌어 내렸다。 그러나 신 장군은 조금도 굴하는 가색이 없었으며 그의 대도는 대연 자약하였다。 진헌은 분노를 금치 못하여 달려 가서 손수 신 장군의 목을 베였다。 후백제 왕은 곧 군사를 몰아 고려군을 쳐 들어가 왕 건을 잡으려

하였으나 때는 이미 늦었었다。

고려 왕은 이 틈을 타서 뒤로 빠져 나와 일로 송도로 도망하였고 그의 군사도 철수할 수 있었다。

고려 태조는 나라를 위해 자기를 대신하여 목숨을 바친 신 능산의 죽음을 항상 슬프게 생각하고 그의 죽음을 헛되이 돌아 가지 않게 하기 위하여 예의 무장을 갖추고 양병에 열중하였다。

이미 신라는 항복하여 왔으므로 그는 그 이듬해에 후백제를 다시 쳐들어 가서 마침내 그를 멸망시키고 숙원인 삼국 통일의 위업을 이루게 되였다。

왕 견이 송도로 도망할 무렵에 고려군은 란군 중에서 신 장군의 시체를 발견하여 가지고 왔으나 그의 머리는 종내 찾지 못하였었다。

태조는 그의 충성을 높이 찬양하고 금으로 신 장군의 머리를 만들어 강원도 춘천에서 장사를 지내게 하였는데 그 금덩어리 머리를 도굴 당할 것을 우려하여 뫼를 세 개로 쓰고 그 중 한 곳에 금수(金首)와 시체를 묻었다 한다。 그래서 지금까지도 어느 묘에 금머리가 들었는지 모른다 한다。

태조는 능산의 공을 생각할 때 그래도 만족치 못하여 그의 상(像)을 만들어 배향(配享)시키고저 하였으나 그 모양이 도무지 그에 닮지 않았으므로 몇 번이

나 고치게 하였다。 그러나 역시 장군과는 닮지 않아서 태조는 몹시 걱정을 하였다。 이것을 본 신하 하나가 진언하기를 신 장군의 이름을 종이에 써서 날려가지고 그것이 떨어지는 곳에서 주상(鑄像)하면 될 것이라고 하였다。

왕은 그 말을 듣고 그대로 시행하였더니 그 이름이 씌여 있는 종이는 날아 신 장군이 평소에 무예를 닦던 곳이며 또 그의 고향인 평산에 가서 떨어졌다。 그래서 태조는 그 곳에 가서 신 장군의 상을 만들게 하니 그제서야 그 용모가 아주 비슷하게 닮아졌다 한다。

태조는 신 장군을 위하여 태백산성(太白山城)에 서원(書院) 하나를 지어 신 능산의 상을 안치하고 또 삼한 통일에 공을 이룬 복 지겸、유 금필(庾黔弼)의 두 장군의 상도 이에 배향케 하였으며 이 서원을 상충사(尙忠祠)라고 이름을 붙였다。

태백산성의 서문 앞은 경의 가도(京義街道)로 되여 있는데 그 곳에 하마비(下馬碑)를 세워 누구나 이를 통과할 때에는 말을 내려 가게 하였다。 그 후 리조 말엽에 와서 명 나라 사신 하나가 조선에 나와 이 곳을 통과하게 되였는데 마부가 그 사연을 말하고 하마케 하였다。 그러나 명 나라 사신은、

『나도 영웅 그도 영웅、산 영웅이 죽은 영웅을 두려워하랴。』

• 121 •

하고 이를 거역하여 기여코 하마하지 않고 말을 몰게 하였다。 그랬더니 이상하게도 수 보도 못 가서 말굽이 붙어 떨어지지 않았다。 그는 격분하여 말 다리를 칼로 찍어 버리고 할 수 없이 걸어 갔다 한다。 지금도 태백산성 서문 밖에는 하마비가 옛날 그대로 서 있는데 그 후 서원만은 이 성의 동문 안으로 옮겨졌다고 한다。

흘령산 백운암

강원도 세포(洗浦)에서 서북쪽으로 백 여리를 들어 가면 구름 우에 우뚝 솟은 높은 산이 있는데 이 산이 흘령산(屹靈山)이고 이 흘령산의 산중에는 백운암(白雲庵)이라는 암자 하나가 있다.

옛날 이 암자에는 나라의 벼슬을 그만 두고 속제를 떠나 도를 닦으면서 살고 있는 한 로인이 있었다고 한다.

그는 도가 높을 뿐만 아니라 앞 일을 능히 내다 보고 만사를 처리하는 도술까지 터득하고 있어 세상 사람들의 존경을 받았다.

그런데 그가 사는 백운암은 풍우에 훼손되여 중수를 하지 않으면 안 될 정도로 되였다. 그래서 흘령 도인은 그 암자를 중수하기로 결정하였으나 물자를 깊은 산중까지 운반하자면 소가 필요하였다. 그래서 불가불 그 산 밑에 사는 동리 사람들의 소를 빌리지 않으면 안 되였다.

어느날 이 도사는 산 아래 동리에 내려와 백운암이 퇴락하여 중수를 해야겠는데 물자를 실어 나를 소가 없어서 곤난하니 소를 하루씩만 빌려 달라고 청을 하면서 돌아 다녔다。 동리 사람들은 항상 그 도사를 존경하고 있는 터이라 두말 하지 않고 모두 빌려 주기를 쾌히 승낙하였다。

도인은 기꺼워하면서

『그럼 래일 아침 소를 몰러 올터이니 좀 일찌기 소에게 배 부르게 여물을 먹여 길마를 지운 후 바깥 마당에 내다 매여 주시오。』

하고 돌아 갔다。

그 이튿날 아침 소를 빌려 주기로 약속한 집의 주인은 도사의 당부대로 일찌기 소를 배 부르게 먹이고 길마를 지워 바깥 마당에 매여 놓고 이제나 저제나 기다리고 있었다。

그러나 한 나절이 지나고 저녁 때가 되여도 소를 몰러 오는 사람은 없었다。

『이상한 일이다。 도사가 꼭 소를 빌리러 온다고 하였는데 웬일일가?』

소 임자는 이렇게 혼자 말하면서 소를 외양간에 갖다 매려고 고삐를 풀어 소 등을 툭툭 치고 자세히 보니 소는 온 몸에 땀을 주루루 흘리고 하루 종일 고된 일을 한 것처럼 기운이 탈진해 있었다。

『이 소가 웬일이야。 하루종일 놀고 있었는데 이렇게 지쳤으니 거 별일이다。』

그는 이렇게 생각하며 그냥 소를 몰아다 외양간에 매였다。

그 이튿날 아침 도사가 찾아 와서

『어제는 소를 빌려 주어서 대단히 잘 썼습니다。』

하고 인사를 하는 것이였다。

『아니 소는 갖다 쓰지도 않고 무슨 인삽니까。』

주인은 의아하게 생각하여 물었다。

『소는 안 가져 갔지만 소의 정신을 뽑아다 썼습니다。』

라고 대답하고는 도사는 또 그 이웃 집으로 가서

『매일 소를 좀 쓰겠습니다。』

하고 또 소를 마춰 놓고는 돌아 갔는데 그 집에서도 도사의 당부대로 아침 일찌기 소에게 여물을 잔뜩 먹이고 길마를 지워 앞 마당에 갖다 매여 두었으나 역시 소는 몰아 가지도 않았고 하루 종일 서 있었는데 저녁녁에는 식은 땀을 흘리며 기진 맥진하였었다。

그 다음날 또 도사가 나타나서

『어제 소를 빌려 주셔서 잘 썼습니다。』

하고 인사를 하는 것이였다。

이렇게 하여 그 도사는 동리 여러 집의 소를 차례로 빌려다 써서 그 백운암을 훌륭하게 중수하여 놓았다。 이것을 본 동리 사람들은 그 도사의 도술이 탁월함을 알게 되였다。 그리하여 그들은 이때로부터 그를 흘령도사(屹靈道士)라고 받들어 불렀다。

그 후 어느 날。

흘령산 밑에 있는 동리의 초동 몇 명이 이 산중에 들어와 나무를 하고 있었는데 흘령도사가 휘적휘적 다가오더니

『내 너희들에게 부탁할 것이 한 가지 있는데 들어 주겠느냐?』

하고 물었다。 초동들은 이구 동성으로

『도사님 말이라면 무슨 말이든지 다 들어 드리지요。』

하고 대답하였다。

『그러면 래일도 너희들은 이리로 나무를 하려 오너라。 그래 사시(巳時—오전 九시부터 一一시 경까지의 사이)가 되면 어떤 행각승(行脚僧) 하나가 이 길을 지나 갈터이니 내 말대로 하여라。』 하고 초동들에게 이리이리 할 것을 일

려 주었다。

『그건 쉬운 일입니다。 대단히 재미도 있구면요。』

하며 초동들은 나무를 해가지고 집으로 돌아들 갔다。

그 이튿날이다。

초동들은 역시 지게를 지고 어제 왔던 근처로 와서 나무를 하며 사시가 오기만 기다렸다。

『얘 저기 누가 온다 쉬!』

하고 한 초동이 산 아래를 내려다 보면서 소리쳤다。

사시가 되자 과연 어제 도사가 말한 바와 같이 한 행각승이 등에다 배낭을 지고 머리에는 대갓을 꾹 눌러 썼는데 훨훨 산길을 따라 올라 오는 것이 보이였다。

『정말 어제 도사가 애기하던 바로 그 중이로구나。』

하면서 모두들 일제히 길목 풀숲에 숨어서 그 중이 올라 오기를 기다리고 있었다。

중은 그런줄도 모르고 대연하게 산을 올라와 초동들 앞을 지나 가려고 할 때에 그들은 일시에

『와!』

하고 함성을 올리며 동시에 낫과 도끼를 휘두르면서

『이놈、중으로 변장하고 남의 나라를 염탐하러 돌아 다니는 놈은 살려 둘 수 없다!』

이렇게 고함들을 지르고 중에게로 달려 들었다。

이 말을 들은 중은 깜짝 놀라 걸음아、날 살려라 하고 다시 되돌아서 산 밑으로 달아났다。

초동들은 그 중을 뒤쫓아 가면서 몽둥이도 집어던지고 팔매질도 하고 하였다。

그 중은 생각했던 것보다 어떻게 잘 도망가던지 도무지 따라갈 수가 없었다。 초동들은 그 중을 이렇게 혼을 내주고는 저마다 나무를 한짐씩 해가지고 돌아갔다。

그날 저녁 때이다。 행각승은 천만 의외의 봉변을 당하고 한낮이 기울 때까지 몸을 숨기고 있다가 초동들이 다 돌아 간 후에야 다시 자기가 가려던 길을 계속 걸었다。

그는 흘명 도인이 사는 백운암에 이르러 하룻밤 자고 가기를 청하였다。

흘명 도인은 벌써 그가 누구인지를 다 알고 있는지라、반갑게 그를 맞아들여 저녁 대접을 잘 하고는 촛불을 돋우어 놓고 세상 이야기를 서로 주고 받고 하였다。

그날 저녁은 유난히 달이 밝은 밤이였다。 그런데 뜰 아래 있는 청삽살이가 달을 쳐다 보고는 쉴사이 없이 잦으라지게 짖어댔다。 그 행각승은 이것을 보고 이상하게 여겨

『저 청삽살이가 왜 저렇게 짖어댑니까。』

하고 물었다。

『저 개가 비록 육축에 지나지 못하나 능히 천기를 살피고 세상의 움직임을 예측하는 령물이올시다。 요사이 왜 나라가 우리 조선을 침범하려고 엿보면서 주야로 병기를 제조하여 운반하고 있으므로 그 정형이 저 달빛에 비취이니 그것을 바라보고 저 같이 짖어대는 것입니다。』

도사는 태연하게 이렇게 말하고 힐끗 행각승을 쳐다보고는 다시 말을 이어

『그런데 왜 나라에서는 우리 조선을 침범하려고 미리 국정의 허실과 지리를 조사하려고 염탐꾼을 비밀리에 우리 나라에 파견하였습니다。 그 염탐꾼은 지금 중으로 가장하고 조선 팔도를 샅샅이 뒤져 가며 정탐을 하고 돌아 다니는데 그 자는 자기의 다닌 자취를 표식하기 위하여 지나온 길목마다 차전자(車前子)라는 풀씨를 뿌리고 다닙니다。 그런데 오늘 그 풀씨가 이 산 아래까지 떨어지게 되였습니다。』

하고 도사는 불이 철철 흐르는 눈초리로 그 행각승을 쏘아 보았다。

그는 당황망조하여 도사의 날카로운 눈초리를 어색하게 피하였다。 그리고 자기 나라의 침략 계획을 일일이 다 꿰여들고 앉았고 또 자기의 행동을 마치도 뒤를 밟은 듯이 소상하게 알고 있는 이 도사의 말에 놀래지 않을 수가 없었다。

그리하여 그는 속으로 생각하였다。

『조선에 이러한 도통한 명인이 있는 줄 몰랐구나。 이런 명인을 살려 두었다가는 우리 나라의 계획은 파탄될 뿐만 아니라 반드시 후환이 없지 않을 것이니 차라리 없애버리는 것이 가장 상책일 것이다。』

별안간 행각승은 가슴에 품었던 예리한 단도를 끄집어 내여 번개 같이 번쩍이며 도사에게 달려 들었다。 그러나 이보다도 더 빨리 뜰 아래서 수상한 길손의 일거 일동을 감시하고 있던 청삽살이가 비호같이 달려 들어 칼쥔 행각승의 손목을 물어 뜯었다。

『아이쿠!』

하는 소리가 나자 칼은 방바닥에 떨어졌다。

도사는 태연하게 떨어진 칼을 집어 들고

『서투른 짓은 차라리 아니하는 것만 못하느니라。 네가 나를 몰라 보고 감히

칼을 빼들었으나 그것이 될 말이냐。 비록 나 뿐만 아니라 우리 나라 백성들은 산에서 나무하는 초동이거나 심지어 저 개와 같은 미물에 이르기까지 자기 조국의 원쑤를 간파할 줄 아는 능력을 가지고 있다。 그런 것을 모르고서 한 시각이 바삐 본국으로 돌아가 조선의 백성들이 이렇다는 것을 알려 줄 생각은 하지 않고 이런 망녕된 짓을 하려드니 네 목을 그대로 둘 수는 없다!』

이렇게 호령을 하며 금방이라도 찌르려는 형세이였다。

행각승은 무릎을 꿇고 앉아 부들부들 떨면서

『죽을 죄를 지었으니 제발 목숨만 살려 주십시오。 그러면 제가 본국에 돌아가 귀국을 침범하려는 망녕된 계획을 중지시키겠습니다。』

하고 애걸 복걸하였다。

『그럼 네 목숨은 붙여 줄터이니 그 대신 네 귀를 한쪽 베여 놓고 가거라。』

도사는 이렇게 엄명하였다。

그 행각승은 두 말없이 칼로 자기의 왼편 귀를 베여 놓고 고두재배하며 그 길로 종적을 감추고 말았다。

그리하여 우리 나라는 임진 왜란이 있기까지 오랜 동안 왜국의 침해를 받지 않고 백성들은 편안히 살았다고 한다。

지금도 흘령산에 가면 백운암이 그대로 남아 있고 또한 이전에는 우리 나라에 차전자라는 풀이 없던 것이 그 변장한 왜국 정탐꾼이 뿌리고 간 후로부터 생겨 났다고 전한다。 차전자라는 풀은 길장구라고도 한다。

오성산 선녀봉

강원도 금화(江原道 金化) 앞을 흐르는 시내를 금성(金城)을 향하여 동북으로 따라 올라 가다가 오성산(五聖山) 골짜기로부터 흘러 내려 오는 물줄기와 마주치는 곳에서 다시 서북으로 휘여 잡고 계속 산골짜기를 따라 올라 가면 수태리(水泰里)라는 동리가 나타난다。

이 동리 부근에는 이상하게도 그 모습의 생김생김이 선녀와 같이 보이는 바위 하나가 서 있는데 이곳 사람들은 이것을 선녀봉(仙女峰)이라고 부른다。

이 바위를 에워싸고 예로부터 전해 오는 전설은 이러하다。

옛날에 이 산 기슭에 자그마한 동리 하나가 있었는데 워낙 깊은 산중이라 인가래야 도무지 다섯채 밖에 없었고 사람이래야 불과 몇 명이 되지 않았다。

이 산골에는 농사할 터전도 없어서 봄에는 산에 올라가 고사리와 고비 같은 나물을 뜯어서 끼니로 하고 여름이 되면 양지 바른 산비탈에 불을 놓아 감자를 심

어서 량식으로 하는 것이였다。

이 다섯집 중에서 가장 가난하게 사는 집은 어린 두 남매를 데리고 사는 한씨라는 과부의 집이였다。

한 씨는 일찌기 그의 남편을 여의고 이 두 남매의 장래에 희망을 걸고 청상과부로서 그날 그날을 살아 왔던 것이였다。

맏딸의 이름은 금순이라 하였고 그의 동생은 길동이라 불렀다。

이 오누이는 우의가 두터워서 한 알의 콩도 두 쪼각으로 나누어 먹는 사이였으며 누이는 동생을 극진히 사랑하였고 동생은 누이를 따랐다。 이들은 모두 마음이 착했고 또한 아주 효성이 지극하였다。

동리 사람들은 다른 것은 부러울 것이 없었으나 다만 한 씨 집이 화목하고 단란하게 사는 그것만은 부러워하였다。

그러나 불행하게도 어느 해 한 씨는 이름도 모르는 병이 들어서 시름시름 앓기 시작하였다。 한 달이 지나가고 두 달이 지나도 한 씨의 병은 좀처럼 낫지 아니하였다。

단 하나의 어머니만 믿고 사는 이 오누이에게는 걱정이 태산 같았다。 그들은 지성을 다하여 어머니의 시중을 들었고 간호를 하였으나 병세는 점점 더하

여 갔다。 깊은 산중의 일이라 의원도 없어서 약을 지어다 쓸 수도 없었다。

그들은 다만 어머니의 얼굴만 들여다 보고 오늘은 좀 나을가 래일이나 좀 차도가 있을가 하여 안타까운 가슴을 안고 날을 보냈다。

그리하여 두 남매는 동리 어른들을 모셔다가 뵈기도 하였고、약을 물어 보기도 하였으나 아무도 병명을 몰랐으며 또한 어떤 약을 쓰면 좋은지를 몰랐다。

동리 사람들은 병자보다도 오히려 그 안타까와 애쓰는 어린 그들의 가련한 처지를 측은히 여기고 동정을 표시할 뿐 별 도리가 없었다。

어느 날

어떤 풍채가 좋은 백발 로인한 분이 이 동리에 들렸다가 마을 사람들로부터 한 씨라는 과부가 병명도 모르는 이상한 병에 걸려 신고한다는 이야기를 듣고 친히 한 씨를 찾아 왔다。 그는 맥을 짚어보더니 서른 여섯 가지 약초를 구하여 대려 먹으면 쾌차하리라는 말을 남기고 어디로인지 또 가고 말았다。

이 어린 두 남매는 몹시 기뻐하였다。

『서른 여섯 가지!』

그들은 이 서른 여섯 가지의 약초의 이름과 모습을 잘 알아 가슴에 간직하고 그날부터 산으로 들로 약초를 캐러 돌아 다니였다。

그런지 얼마 되자 않아 서른 다섯 가지의 약초는 구하였으나 나머지 한 가지를 구하지 못하였다。

그것은 모연실이라는 풀이였다。

두 남매는

『한 가지만 더 구하였으면………』

하는 안타까운 심정을 가슴에 안고 동으로 갔다 서로 갔다 하였다。 그러나 종내 그 모연실은 눈에 띄이지 않았다。

동리 할아버지들의 말에 의하면 모연실은 풀이 아니라 일종의 버섯인데 그것은 이상하게도 저녁 노을 때에만 높은 바위 우에 잠간 동안 돋는 것이라 한다。

모연실이 풀이 아니라 버섯이라는 것을 안 그들은 저녁 때마다 이 산 저 산 할 것 없이 높은 바위를 찾아 올라가 모연실을 찾는 것이였다。

이러는 동안 어머니의 병은 점점 더 위중하여 갔다。

어느 날 금순이와 길동이는 역시 모연실을 구하려 이 바위 저 바위를 찾아 다니다가 길 가는 중 하나를 만났다。 인적이 드문 이 산중에 어린 아이들이 헤매여 다니는 것을 보고 그 중은 의아하게 생각하여 물었다。

『너희들은 이 산중에서 무엇을 하느냐。』

『우리들은 모연실을 따러 다닙니다。』하고 금순이가 대답하니 중은 또 한번 의아하게 생각하였다。

『모연실은 무엇에 쓰려느냐?』

『우리 어머님이 병환으로 누워 계시는데 약으로 쓰려고 합니다。』

중은 혼자 말로、

『참 착한 일이로군!』

이렇게 중얼거리며 무엇을 생각하더니

『기특한 일이지만두 그것은 대단히 구하기 어려울게다。』

하는 것이였다。

두 남매는 눈물을 글썽거리며

『어떻게 하면 구할 수가 있겠어요。이것을 못구하면 우리 어머님은 영영 돌아가시고 말터인데요。………』

하고 망연해 하였다。중은 다시 잠자코 한참 있더니

『수태사(水泰寺)부처님께 불공을 드리면 부처님이 모연실을 너희들의 눈에 띄이게 하여 주실 것이다。』

하고 말하였다。

그들은 너무나 좋아서 중에게 절을 하며 물었다。

『불공은 어떻게 드립니까。』

『하얀 입쌀로 밥을 지어 놓고 부처님께 정성스럽게 축원을 올려라。』

이런 말을 남겨 놓고 그는 어디로인지 훨훨 산 밑으로 내려 가고 말았다。

두 어린 남매는 이 말을 듣자 앞이 캄캄하였다。 그들은 지금까지 이 산중에서 입쌀이라고는 구경조차 하지 못하였기 때문이다。

『하얀 입쌀밥을 어디 가서 구해 온단 말이냐。』

하고 서로들 부둥켜 안고 울었다。 한참 울다가 금순이는 길동이를 달랬다。

『부처님은 자비하시니까 꼭 입쌀밥이 아니라도 잡수시고 우리 소원을 들어주실게다。 집으로 빨리 돌아 가서 감자밥이나마 해 놓고 축원을 드려보자。』

그리하여 그들은 집에 당도하자 곧 감자밥을 지어 깨끗한 사발에 담아 가지고 다시 산으로 올라 왔다。 바위 밑 평평한 자리에 음식을 차려 놓고 두 남매는 나란이 서서 수태사 있는 쪽을 향하여 절을 하면서 부처님에게 빌었다。

『부처님! 어머니의 병을 낫게 하여 주시옵소서。』

그들은 절을 하고 빌고 또 빌고 절을 하였다。

이 때에 해는 이미 서산을 넘고 저녁 노을은 오성산을 붉게 물들였으며 수태사에서는 은은히 종 소리가 울려 왔다。

금순이는 한참 치성을 드리다가 하늘을 찌르고 우뚝 서 있는 바위 우를 문득 쳐다 보았다。 바위 우에는 한 그루의 로송 나무가 가지를 늘어지게 뻗고 있는데 바람에 흔들리는 그 가지는 마치도 금순이에게 손짓하는 것 같았다。

『혹 저 바위 우에는 모연실이 있을는지도 모르겠다。』

이렇게 생각한 금순이는 위험한 것도 돌보지 않고 나무 뿌리를 붙잡고 간신히 그 바위를 기여 올라 갔다。 길동이도 누이의 뒤를 따라 기여 올랐다。

바위 우에는 큰 로송 나무 한 그루가 자리잡고 있었으며 그 밑에는 사람 하나 앉을 만한 자리가 있었다。 금순이는 이곳 저곳 살펴 보았다。

바로 그때다。

거기에는 이상한 버섯 하나가 솟아 있었다。

『아이구、 여기 있구나!』

눈이 번쩍 띄인 금순이는 어마지두에 이렇게 소리를 질렀다。

『어디!』

길동이는 금순의 어깨 넘어로 넘겨다 보았다。

그러나 공교롭게도 그 버섯은 두 남매의 손이 닿지 않을 바위 비탈에 착 붙어 있었다。

『아이구 저렇게 붙어 있어서 어떻게 딸가。』

하고 금순은 망연해 하였다。

『누나 내가 내려 가서 딸테야。』

『아니다、네가 어떻게 그것을 따겠니 저렇게 위험한데。 내가 따야지!』

『아니야 내가 딸테야。』

이렇게 하여 두 남매는 위험한 곳에 자기가 먼저 가서 버섯을 따겠다고 서로 양보하지 아니하였다。

그러다가 결국은 금순이가 내려 가기로 하였다。

『누나 조심해서 내려가 응。』

하고 길동이는 간이 콩알만 하여 조마조마하면서 누이가 바위를 기여 내려 가는 것을 바라 보고 있었다。

금순이는 갖은 신고를 다하여 겨우 버섯 있는 곳까지 다달아 숨을 내 쉬며 그것을 따려고 손을 내밀었다。 그 순간 막 팔을 뻗으면서 자세히 보니 그것은 금순이가 찾는 모연실과는 너무나 다른 버섯이였다。

『부처님도 무심하구나!』

이렇게 생각이 들자 이때까지 긴장하여 나무 뿌리를 잡았던 한 손의 맥이 탁 풀렸다。

『아차!』

소리가 나자 금순은 그만 높은 바위로부터 굴러 떨어졌다。

『아이구 어머니 누나가!』

하고 금순이가 떨어지는 것을 본 길동이는 정신없이 누나를 잡으려고 하다가 그만 저도 떨어지고 말았다。

그 이튿날이였다。

한씨 부인은 약초를 구하러 간 아이들이 돌아 오지 않기 때문에 뜬 눈으로 밤을 새웠다。

동리 사람들은 금순이와 길동이를 찾아 산을 헤매였다。

드디여 사람들은 바위 밑에서 두 남매의 시체가 나란이 누워 있는 것을 발견하였다。 그들로부터 흘러 내린 선혈은 바위 밑 풀섶을 붉게 물들였다。

이 무참한 광경을 동리 사람들은 차마 눈을 뜨고 볼 수가 없었다。 그들은 누구나 할 것 없이 자기 자식을 잃은 것처럼 애통해 하였다。

그때이다。병석에서 운신도 못하던 한씨 부인이 미친 사람 모양으로 머리를 풀어 헤치고 옷 고름도 매지 않고 그 현장으로 달려 오는 것이였다。

어느 사이에 어 소식이 한씨 부인에게 전하여졌던 것이다。

『저 사람이 웬 일인가、앓는 사람이!』

『금순이 엄마 아닌가。』

동리 사람들은 한씨 부인이 달려 오는 모양을 보고 모두들 웨쳤다。

한씨 부인은 뛰여 와서 그 시체를 부둥켜 안고

『길동아、금순아、이게 웬 일이냐。』

하며 통곡을 하였다。그 어머니의 뜨거운 눈물은 길동이의 얼굴에 방울방울 떨어졌다。그 때에 길동이의 얼굴에는 화색이 돌고 입술에 생기가 돌더니 그는 큰 한숨을 한 번 내쉬고 눈을 떴다。길동은 어머니의 얼굴을 쳐다보자

『엄마 누나는………』

『오냐。』

한씨 부인은 이렇게 대답하고 길동의 얼굴을 가슴에다가 파묻었다。

동리 사람들은 이 기적 같은 사실을 희한히 생각하며 모두들 기뻐하였다。

한씨 부인은 이번에는 금순이를 안고 역시 눈물을 흘렸으나 기적은 두 번 다

시 일어나지 않아 금순은 종내 눈을 뜨지 않았다。

이런 일이 있은 후로 한씨 부인의 병은 씻은 듯이 완쾌하였다。그리하여 길동이도 잘 자랐다。그러나 한씨 부인은 한시도 금순의 죽음을 슬퍼하지 않는 날이 없었다。비오는 날、바람 부는 밤이면 더우기 그 금순이가 죽은 바위가 눈에 선하였고 마치 금순이는 그 곳에 아직도 살아 있는 것 같이 생각되였다。

어느 날 한씨 부인은 금순이에게 대한 슬픔을 억제하지 못하여 그 바위 밑으로 가서 바위를 부둥켜 안고 통곡을 하였다。한참 울다 보니 그의 앞에는 완연히 금순의 얼굴이 나타났다。한씨 부인은

『금순아!』

하고 웨쳤다。그리고 정신을 차려 보니 바위만 높다랗게 서 있을 뿐이였다。그런데 그 바위에는 구름이 어리여 있었으며 또한 자세히 보니 그것은 이전과 같은 바위가 아니였고 모습이 변해져 있었다。바위는 마치 선녀가 내려 와서 선 것 같이도 보이였고 또 어떻게 보면 금순이가 와서 있는 것 같이도 보이였다。

이리하여 바위는 아무도 모르게 그 모습이 자연히 변해졌던 것이다。동리 사람들은 하늘이 금순의 효성에 감동하여 그를 선녀로 만들었고 그 바

위를 선녀와 같은 모습으로 변하게 하였다고 한다。

그래서 그전까지는 이 바위를 『미륵』 바위라고 불러 왔었는데 그 후로부터 는 『선녀봉』 이라고 부르게 되였다고 한다。

효구총과 의구총

一、효구총

지금으로부터 약 백여년 전에 강원도 정선(旌善) 고을에 박 서방이란 농민이 살고 있었는데 그는 몹시 가난하였다。 박 서방이 사는 동리는 워낙 산골이라 논이라고는 별반 없었고 모두 산비탈에 감자와 밀 보리를 심어서 량식으로 삼았으나 매년 춘궁기가 오면 모두 허리를 졸라매고 굶주리는 것이 보통이였다。

어느 해 보리 고개를 만나 박 서방은 량식이 떨어져 몹시 곤난하였기 때문에 오랫동안 집에서 길러오던 개 한 마리를 팔아서 당장 발등에 떨어진 곤경을 모면해 보려고 생각하였다。 더우기 그 개가 낳은 새끼 한 마리도 점점 자라서 가난한 박 서방으로서는 도저히 두 마리를 한 꺼번에 길러낼 도리는 없었다。 그래서 박 서방은 송아지 만큼이나 크도록 정들인 어미개를 팔려고 내여 놓았던 것이다。

박 서방은 개를 살만한 사람을 두루 알아 보았으나 동리 사람들은 모두 형편이 너나 없이 비슷한 처지라 누구 하나 살 사람이 없었다。

박 서방은 별도리가 없어 그의 안해와 의논하여 집에서 잡아 가지고 몇 끼의 끼니를 에우기로 하였다。

박 서방은 비록 짐승이라 할지라도 자기가 길러온 개를 잡는다는 것은 측은한 일이기는 하였으나 별 수 없이 잡아 먹고 남은 뼈는 근처의 개울에 갖다 버렸다。

마침 그때 개울까지 따라 나온 새끼 강아지는 매우 슬퍼하는 기색으로 그 뼈를 우두커니 바라보며 쭈그리고 앉아 있었다。

『허 개도 제 어미 죽은 것을 아는 모양이로군! 그러기에 저렇게 슬픈 꼴을 하고 있지。』

박 서방은 강아지가 서글프게 앉아 있는 모양을 보고 측은히 여기면서 집으로 돌아왔다。

일찌기 저녁을 먹고난 박 서방의 안해는 밥찌끼를 모아 개 밥그릇에 부어놓고 강아지를 불렀다。 여느 때 같으면 부르기가 무섭게 꼬리를 흔들면서 좋아라 하고 뛰여 왔으나 오늘은 어디로 갔는지 도무지 보이지 않았다。 그는 사립문을 나가

온 동리가 떠들썩하게 큰 소리로 강아지를 부르면서 이 골목 저 골목을 찾아다녔으나 만날 수가 없었다。

『이놈의 강아지가 도대체 어디를 갔담!』

그의 안해는 혼자 중얼대면서 사립문을 열고 들어섰다。

『오늘 낮에 개천가에 있었는데……』

박 서방은 안해에게 이렇게 대답을 하고는 어쩐지 불쌍한 생각이 머리에서 사라지지 않아 강아지를 찾아 개천가로 나가 보았다。

그런데 이상하게도 박 서방이 낮에 내다 버렸던 개 뼈다귀는 흔적도 없었다。

『이게 웬일일가? 아까까지도 여기 있었는데…… 그까짓 개 뼈다귀 같은 것을 누가 가져갈 리도 만무한데……』

박 서방은 이상하게 생각하여 주위를 살펴 보았다。 주변에는 다만 개 발자국만이 여기저기 박혀 있을 뿐이였다。

『설마 강아지가 이런짓을 할 리는 없을 텐데……』

처음에 박 서방은 이렇게 생각하였으나 한편 낮에 그 강아지의 처량한 모습이 머리에 떠오르자 이것은 필시 강아지의 소행임을 알아차린 그는 차츰차츰 개 발자국을 따라갔다。

얼마만큼 발자취를 밟아가니 건너편 산기슭의 아늑한 잔디밭 우에 강아지란 놈이 누워 있는 것을 발견하였다。 그는 반가와서 큰 소리로 웨쳤다。

『이놈의 강아지야、왜 그런데까지 가서 자빠져 잘게 뭐야、워리 워리!』

박 서방은 자기의 목소리에 꼬리를 흔들면서 달려올 줄만 알았는데 개는 꿈쩍도 않고 그대로 누워 있었다。 그는 슬그머니 패씸한 생각이 들어 좀 혼내줄 마음을 먹고 가까이에 가서 돌여다 보니 강아지는 숨이 끊어져 있었다。

『이게 도대체 어찌된 심일가?』

박 서방은 뜻하지 않은 일에 놀래여 주변을 살펴 보았다。 강아지가 누워 있는 자리 옆에는 흙을 파고 무엇인가 묻은 듯한 흔적이 있었다。

박 서방은 의아하게 여기며 손으로 그 자리를 파 보니 그곳에서는 개 뼈다귀가 나타났다。 그것은 분명히 자기가 낮에 내다버린 그 어미 개의 뼈다귀임에 틀림이 없었다。

박 서방은 그제야 강아지가 제 어미의 뼈를 물어다 그곳에다 묻고는 자기도 어미의 뒤를 따라 죽고 말았다는 것을 알게 되였다。

어느덧 박 서방은 눈시울이 뜨거워지며 눈물이 글썽하여 한동안 앞이 보이지 않았다。

그는 집으로 돌아오자 이웃 사람들에게 강아지의 죽음에 대한 사연을 이야기하였다。

『사람도 따르기 어려울만치 효성이 지극한 강아지로군!』

이웃 사람들은 모두 감동하여 입을 모두어 강아지를 칭송하였다。

그리하여 그들은 그 강아지가 죽은 자리에다가 사체를 묻고 개무덤을 만들어 『효구총(孝狗塚)』이라는 비를 세워주었다。

이것이 오늘까지 강원도 정선 땅에 남아있는 효구총의 유래이다。

二、의구총

시대는 확실히 알 수 없으나 평안남도 룡강(龍岡)에 최씨 라는 로인이 살고 있었다。 그는 천성이 어질고 마음씨가 고와서 남의 어려운 일을 자기의 일 같이 돌보아 주는 미풍의 소유자였다。 동리에 어떤 궂은 일이 생겼을 때는 응당 자기가 해야만 할 일로 간주하였고 또한 동리 사람들을 도와 주는 것을 마치 자기가 타고난 천직 같이 그는 생각하였던 것이다。

『최 로인은 복을 받고도 남을 사람이야!』

사람들은 모두 최 로인을 이렇게 칭송하면서 사랑과 존경으로 그를 대하였다。

그런데 최 로인은 일찌기 강아지 한 마리를 길렀는데、원래 그의 성품이 그러하듯 그가 개를 기름에 있어서도 정성이 극진하여 마치 자기 자식 같이나 사랑하였다。 이심전심이라 개 역시 주인을 따라 잠시도 그의 옆을 떠나지 아니하였다。 들에 가면 들에、장에 가면 장에 따라오는 것이였다。

로인은 혼자 다니는 것 보다는 심심치도 아니 하려니와 또 짐승이 많은 산골 밤길을 걸을 때에는 유일한 길동무가 되기도 하고 미덥기도 하였기 때문에 항상 데리고 다니는 것이였다。 그리하여 마치도 두 동행인이 이야기를 주고 받고 하면서 길을 가는 것 같이 보이였다。

어느 일은 봄날이였다。

최 로인이 볼일이 있어 장에를 가려고 의관을 차려 입고 나섰더니 개는 준비하고 기다리고나 있었다는 듯이 꼬리를 흔들며 주인을 따라 나섰다。

주인은 개를 데리고 장거리에 갔다가 친한 친구를 만나 술을 나누게 되였다。

그는 원래 술을 많이 먹지 못하는 터인데 친구의 권에 못 이겨 일배부일배하여 만취가 되여 버렸다。 그가 집으로 돌아올 무렵에는 장군들도 다 흩어지고 땅거

미가 지기 시작하였다。

그는 비틀비틀 몸을 가누지 못하는 걸음걸이로 돌아 오다가 마침내 산비탈 잔디밭까지 와서는 쓰러지고 말았다。

바람은 아직 쌀쌀하였으나 잔디밭은 폭신폭신하게 바싹 말라서 술 취한 사람의 잠자리로는 십상하였다。

개는 술 취한 로인의 뒤를 조심조심 따라오다가 주인이 잔디밭에 쓰러지자 그옆에 저도 쭈그리고 앉아 주인의 신변을 보호하여 지키고 있었다。

얼마간 시간이 지난 후이였다。 별안간 후둑후둑 하는 소리와 함께 잔디밭에 난데없는 불이 일어 최 로인이 누운 자리에로 다들어 오고 있었다。

이것을 본 개는 당황하여 멍멍 짖기도 하고 낑낑대기도 하며 주인의 옷자락을 물어 당겨보기도 하였으나 워낙 술이 만취하여 골아 떨어진지라 좀체로 최로인은 잠이 깨여나지 않았다。

불은 사정없이 점점 가까이 다들어와 이대로 두면 최 로인의 옷에까지 불이 붙을 것만은 그야말로 명약관화한 일이였다。 개는 조바심을 하여 한동안 이리 갔다 저리 갔다 어찌 할 바를 몰랐다。

이번에는 다시 주인의 귀에다 대고 요란히 컹컹 짖어 댔으나 주인은 여전

허 태평하게 코만 쿨쿨 골뿐이였다. 그리하여 개는 마지막 수단으로서 안전한 곳까지 주인을 끌어다 놓으려고 그의 옷자락을 물고 당겨 보았으나 술 취한 사람의 덩치는 류달리 무거워서 도저히 제 힘으로는 감당할 수 없다는 것을 깨달았다. 동시에 그는 무엇을 생각하였던지 별안간 비호와 같이 몸을 돌려 어디론지 뛰여 갔다. 한달음에 근처 물웅덩이를 찾아간 개는 물에 온 몸을 풍덩 적셔다가 쏜살 같이 주인이 누워 있는 자리로 되돌아 와서 덩굴기 시작하였다. 몸에 물이 다 없어지면 다시 웅덩이로 뛰여 가고, 돌아 와서는 또 덩굴기를 몇 번이나 거듭하고 거듭하였다. 그리하여 주인이 누운 자리 주변의 잔디밭만은 물이 흠뻑 축여져서 연소하여 오던 불은 최 로인이 누운 주위만을 둥글게 남겨 놓고 지나가고 말았다.

그러나 그때에는 이미 개는 기진맥진하여 쓰러져 죽고 말았다.

이런 일이 일어난 줄은 꿈에도 생각하지 못하고 최 로인은 한동안 그대로 자다가 얼마 후에 잠을 깨였다. 밤 바람이 옷깃 속으로 스며들어 소름이 끼치고 으쓱 추위를 느꼈던 것이다.

『아이 추워 여기가 어딘가?』

최 로인은 옷을 툭툭 털고 일어나서 사방을 살펴 보았다. 밤은 이슥한게 분

명하고 달빛만이 창백한데 낮의은 먼산들이 몽롱하게 떠올랐다. 그제야 그는 자기가 술이 취하여 로변에서 잠을 잤다는 것을 깨닫게 되였다.

그가 발을 옮겨 놓으려고 할 때에 그는 앞에 쓰러져 있는 개를 발견하였다. 처음에는 개가 잠이 들었나 하여 이름을 불렀으나 아무런 반응도 없이 그냥 너부러져 있었다.

『이게 대체 웬일인가?』

그는 개를 어루만지자 놀라지 않을 수 없었다. 개의 털은 모두 불에 그슬려졌으며 가죽은 거진 익다싶이 되여 있었다. 뿐만 아니라 그의 주변의 넓은 잔디 밭은 불탄 자리로 시꺼멓게 변해져 있었다.

이런 모든 광경으로 미루어 보아 최 로인은 자기가 잠든 동안에 산불이 일어났고 개는 주인이 위급하게 되자 제 몸을 적셔다가 주인을 구원하고는 저는 드디여 희생되고 말았다는 것을 알 수 있었다.

최 로인은 자기를 대신하여 생명을 잃은 개의 사체를 부둥켜 안고 눈물을 흘리였다.

그 이튿날 이 소문을 들은 동리 사람들과 최 로인은 목숨으로 자기 주인을 구원해 준 개의 죽은 자리에다가 그 사체를 묻고 사람의 분모 모양으로 봉분을

만들어 그의 명복을 빌어 주었다.

지금 룡강군 토성(土城)에는 의구총(義狗塚)이라고 하는 이 개의 무덤이 그때로 남아 있어 그의 기특한 행동을 후세 사람들에게 전하고 있다.

화석정

이것은 림진강 나룻터의 한 정자에 관한 이야기이다.

림진강은 예로부터 산 높고 골 깊은 태백산 줄기의 이 골 물, 저 골 물이 합치여 서쪽으로 흐르는데 련천에 이르러서는 수세를 얻어 한탄강을 이루고 고랑포에 이르러서는 산을 깎아 절벽을 이루고 나아가서는 넓은 벌의 변두리를 감돌아 굽이굽이 서해로 들어 간다.

이러한 림진 나루는 의주로 가는 간선 대도로를 련결하는 한 개 고리로서 그 옛날 서울로 오가는 허다한 사람들을 나룻배로 실어 날랐다.

파주로부터 남으로 一七리 림진강 남안 나룻터에는 정자 하나가 서 있으니 이것이 바로 지금 이야기하려는 그 정자이다.

이 정자는 이 나라 인민과 더불어 가지가지 운명을 겪어 온 푸른 림진강 물살을 내려다 보면서 오늘도 지나간 옛 일을 말해 주는 듯이 우뚝 서 있다.

지금으로부터 三백 七○여 년전 이 정자에는 한 선비가 살고 있었는데 그는 주야를 가리지 않고 독서와 사색의 날을 보냈다。 한 동안 글을 읽다가 가끔 나와서는 소풍을 하는 것이 그의 일과이였다。 그런데 이상하게도 그는 이 일과 이외에 한 가지 기이한 일을 하는 것이 있었다。

그것은 그 선비가 짬만 있으면 그 정자의 기둥들에다 기름 칠을 하는 것이였다。 그 외에도 집둘레 나무가 있는 곳 치고는 그의 손이 닿는 곳마다 기름 걸레가 미치지 않는 곳은 없었다。

원래 정자 있는 자리에는 그의 五대조가 처음 정자 하나를 지었는데 오랫동안 손질을 하지 않았기 때문에 자연 빗바람에 낡고 훼손되였었다。 그래서 그는 뜻한 바가 있어 다시 터전을 넓게 닦고 좋은 재목을 골라 소박하고도 아담한 정자 하나를 다시 세웠던 것이였다。

그리하여 그 선비는 이를 그가 학문을 닦는 서재로 삼았다。 그러나 이 정자에 기름칠을 하는 리유는 아무도 몰랐다。

어느날 이 정자 주인은 독서를 하다가 일과와 같이 기름 걸레를 가지고 또 기둥에 기름칠을 하고 있였다。

이때 한 선비가 찾아왔다。 이 정자 주인은 기름 묻은 손을 씻을 사이도 없

이 그 손님을 맞이 하였다.

『원로에 이거 웬 일이시오 그렇잖아도 내가 한번……』

『원 천만의 말씀을, 내 일찌기 찾아 뵈지 못하여……』

하고 우선 서로 인사를 바꾸었다.

『상감 마마께서나 조정에서는 별고 없으시온지……』

주인은 우선 조정에 관한 근형을 물었다. 그만치 그는 항상 국가의 안위에 관하여 념려하는 우국 지사이였다. 그들은 서재에 올라가 자리를 잡고 구정을 회고하면서 한담을 하였다. 그들 사이는 흉금을 털어 놓고 이야기할 수 있는 막역지간의 고우이였다.

손으로 온 선비는 엽초를 끄집어 내여 비비려고 하다가 자기 손에서 뜻밖에 기름 냄새가 나는 것을 느꼈다. 그것은 방금 전에 기름걸레를 쥐였던 주인의 손을 잡았기 때문이였다.

『기름 냄새가 웬 일일가? 내 손에서……』

그는 혼자말을 하였다.

주인은 그제야 껄껄 웃으면서

『내가 실수하였소. 손도 씻지 않고 손님을 맞이하여 죄송하게 되였소.』

손으로 온 선비는 무슨 영문인지 알 수가 없었다。

이윽고 손이 물었다。

『학문과 기름이 무슨 관계가 있소?』

『학문과 기름이 무슨 관계가 있을 리 있소。 다만 내 한가하거늘 소일삼아 이 정자 기둥에 기름칠을 하는 것 뿐이죠。』

『기름칠을? 무슨 연고로……』

손으로 온 선비는 의아하게 생각하여 재차 물었다。

『기둥에 윤이 나고 수명이 길가 하여……』

주인은 미소를 띄우며 더 말하지 않았고 또한 손도 더는 묻지 않았다。

그들의 화제는 주로 국사에 관한 것인데 그 중심 문제는 항상 골머리를 앓고 있었던 왜구 침습에 관한 일이였다。

『근간 왜구의 발호(跋扈)는 여하한지요。』

『을묘 왜변(乙卯倭變)이래 아무리하여도 그자들의 출몰을 막아내기가 그리 쉽지 않소。 특히 우리 조정의 태도가 우유부단할진댄……』

손으로 온 선비는 왜적의 발호는 조정의 불철저한 조치에 기인하는 것으로 생각하고 있는 것이였다。

주인은 한참 침묵에 잠겼다가 입을 열었다.

『그렇소、백성은 일익 도탄에 빠지고 조정의 고관들은 당파 싸움만 일을 삼고 우리 나라를 노리는 왜적의 출몰은 빈번하니 어찌 나라가 어지럽지 않겠소。 만일 왜적이 대거하여 침공을 감행한다면 국방은 뉘가 담당하리요。 생각하면 한심한 일이 웨다。』

주인은 한숨을 내쉬고 말을 이어

『왜적은 반드시 머지 않은 장래에 우리 나라를 침공할 것이요。 또 힘이 남으면 명 나라까지도 쳐 들어 갈 것이요。』

하고 괴탄하였다。

이런 일이 있은지 얼마 되지 않았다。

그 정자 주인은 병석에 눕게 되였고 병세는 일익 더하여 약석의 효험이 없었다。

아직 五○에 미달한 정자 주인은 애석하게도 자기가 다시 일어날 수 없다는 것을 깨달았다。 그리하여 하루는 그의 맏아들을 머리맡에 불렀다。

『내 이 세상에 나와 나라를 반석 우에 올려 놓고 만백성으로 하여금 걱정없이 자기 생업에 종사케 하도록 미력을 다 하려던 것이 나의 뜻이였거늘 오늘 이

뜻을 이루지 못하고 황천의 길을 떠나니 어찌 비분한 일이 아니겠느냐。』

그의 입술에는 경련이 왔다。 그는 한참만에 수척해진 손을 쳐들어 옆에 있던 문갑(文匣)을 아들 앞으로 밀어 놓으며

『이 문갑을 잘 간직하여라。 그리고 결코 함부로 열지 말아라。 다만 국가에 어떤 위급한 변란이 있을 때에 열어 봐라。 또 너는 정자에 기름칠하는 것을 잊지 말아야 한다。』

이것이 그의 림종시의 유언이였다。

그후 七년이 지났다。

임진년 四월。

그 정자 주인의 예언은 거짓이 아니였다。 드디여 왜적은 대군을 몰아 우리 나라를 밀고 들어왔다。

륙군 一五만、수군 三、四만에 달하는 총수 二〇만의 수효이였다。

四월 一二일에 부산에 상륙한 적은 일거에 공격하여 부산진 성은 함락되고 말았다。 이틀 후에는 동래성도 성문을 열어 주게 되였다。

이 소문이 퍼지자 나라안은 벌컥 뒤집혀졌다。 그당시 조정에서도 이것을

전혀 예견하지 못한 바는 아니였다。 이에 앞서 나라에서는 사신을 보내여 일본의 국정을 타진한 바 있었다。 돌아온 정사(正使)는 일본은 반드시 침략을 하리라고 주장하였고 부사(副使)는 감히 침공을 하여 오지 못하리라고 강조하였다。

여기서 동인들은 동인 부사를 지지하고 서인들은 서인 정사를 찬동하여 나섰다。 이리하여 갑론 을박을 일삼고 미처 대책이 서지 못한채 왜군은 이리떼 같이 밀려 들어 왔던 것이다。

적은 파죽지세이였다。 도처에서 군、민이 합하여 잘 항거하였으나 중과부적으로 별 도리가 없었다。

四월 그믐날 상주 전투의 패보가 서울에 들어 오자 서울 장안은 물끓듯 와글거렸다。

궁중에서는 이번에는 항전파와 후퇴파의 론쟁이 벌어졌다。

항전파는 이 자리에서 최후의 한 사람에 이르기까지 항전하자는 것이였고 후퇴파는 전쟁에는 일진 일퇴가 있으니 일단 후퇴하였다가 재거하여 적을 격퇴시키자는 것이였다。

왕 선조(宣祖)는 항전파와 후퇴파의 시비를 판단 내릴 수가 없었다。

그의 생각에는 쌍방이 다 일리가 있는 것 같기 때문이였다。 그러나 위급은 초미에 다가 온 것 같았다。

그리하여 왕은 당황히 그날로 의주에로 피난 가기로 결정하고 행차할 차비를 차리게 하였다。 왕과 그의 일행은 서울을 떠나 밤늦게 림진강에 다달았다。

이날은 비가 내리고 바람이 부는 몹시 궂은 날씨이였다。 거기에다가 그믐밤이라 칠흑 같은 어둠은 지척을 분별할 수 없게 하였다。 왕의 일행은 나룻터 부근까지 와서 우왕 좌왕하였다。

이윽고 한 정자를 발견하여 그곳이 나룻터임을 알았으나 어둠으로 하여 나룻배를 찾아낼 수가 없었으며 설사 찾아낸다 할지라도 그 어둠 속에서는 성난 물결을 가르고 무사히 건너 낼 것 같지 않았다。

왕은 초조하였다。

적이 곧 뒤쫓아 오는 것만 같았으나 속수 무책이였다。

막 그때였다。

별안간 어둠을 깨뜨리고 천지가 휘황하게 밝아졌다。 나룻배가 지척에 보이였고 대안의 강언덕까지 불 빛이 비취여 대낮같이 환하였다。

왕의 일행은 천운이라 하여 때를 놓치지 않고 배를 몰아 무사히 강을 건넜다。

정자의 새 젊은 주인은 이 일행이 왕의 일행이라는 것을 알았을 때 그의 머리에는 자기 아버지의 유언이 주마등 같이 스쳐갔다。 그는 황급히 방으로 뛰여 들어가 「문갑」을 열었다。 문갑에서는 한 장의 종이가 나왔다。

『정자에 불을 질러라。』

그는 순간 깨달았다。

『옳다 이것이 아버지의 유언이로구나……』

그는 곧 정자에 불을 질렀다。 정자는 여러해 동안 매일과 같이 기름을 먹였는지라 불이 붙기가 무섭게 온 정자를 휩쓸어 화염이 충천하였던 것이였다。

이리하여 기름먹은 정자는 왕의 일행의 위기를 구원할 수 있었다。

조선 인민의 영웅적 투쟁으로 말미암아 이 임진 조국 전쟁은 조선 인민의 완전한 승리로서 종결되였다。

그 당시 의주까지 란을 피해갔던 왕은 글 한수를 지었으니『朝臣今日後 尙可更東西』라 하였다。 이것은 『조정의 신하들은 이런 급한 고비를 겪은 오늘날에 와서도 또 다시 동인 서인을 론할 것인가』라는 당파 알륵에 대한 한탄이다。

그후 왕은 림진강 나룻터의 정자를 항상 기특하게 생각하여 하사금을 내리여 옛 모습 그대로 다시 짓게 하였다。

이 정자가 바로 지금 림진강 나룻터에 서 있는 화석정(花石亭)이다。 이 정자의 주인은 당대 조선의 대 학자이며 경제가이였던 리 이(李 珥) 률곡(栗谷) 선생이라고 한다。 이로 인하여 그 정자 아래에 있는 동리를 후세 사람들이 률곡리라고 불렀다。

한양성과 왕십리

고려조가 망하고 리씨 조선이 개국할 무렵에 무학(無學)이라고 하는 중이 있었다.

리성계가 등극을 하자 그는 송도(松都)가 고려의 왕도이였고, 또한 이곳 사람들은 절개가 굳었기 때문에 민심을 수습하는 의미에서도 다른 곳으로 천도하는 것이 좋겠다고 생각하였다. 그래서 리태조는 중 무학을 시켜 새로운 도읍에 적당한 장소를 물색케 하였다.

무학은 리태조와는 인연이 깊은 중이였다. 아직 리성계가 이름도 없는 미천한 한개 무인으로서 안변(安邊)에 살고 있을 때 어느날 밤 그는 한 무너진 집에 들어가 서까래 세개를 지고 나오는데 삽시에 꽃잎이 펄펄 날리고 거울이 땅에 떨어져서, 깨여지는 꿈을 꾸었다.

리성계는 기이한 꿈이라고 생각하였으나 해몽할 길이 없어 남몰래 설봉산로

굴에 은거하는 중 무학을 찾아 가 해몽을 청하였다。

『그것은 장차 임금이 될、범상한 꿈이 아니로소이다。 몸에 서까래 세 개를 진 것은 즉 왕(王)자를 가리킴이고 꽃잎이 날음은 장차 맺을 열매를 말함이며 거울이 땅에 떨어지니 어찌 소리가 없으리요。』

무학은 이렇게 해몽을 하고 한참 동안 리 성계의 얼굴을 뚫어지게 들여다 보더니 무릎을 탁 치고

『과연 대의 얼굴이 왕자의 상이로소이다。』

라고 하였던 것이였다。

나중에 리 성계는 무학의 말대로 왕위에 오르게 되였고 따라서 무학은 일약 명승으로 이름을 날리였다。 그는 태조의 두터운 신임을 받아 큰 일에는 늘 참견하여 의견을 말하였으며 왕이 행차할 때에는 그의 뒤를 따라 다니였다。 이번 천도에 관한 일만해도 무학에게 왕명이 내린 것은 우연한 일이 아니다。

무학은 왕명을 받들고 길을 떠났다。 송도에서 남으로 내려 삼각산에 올라 지세를 살펴 보고 다시 길을 남으로 접어 들어 지금의 왕십리(往十里)부근에 이르렀다。

무학의 눈에는 왕십리가 아주 도읍에 적합한 지대로 보이였다。 그래서 그는

이곳을 도읍지로 결정하고 송도로 되돌아 오는 길에 웬 로인 하나가 소를 몰고 그의 옆을 지나 갔다。

『이렷! 이 놈의 소가 미련하기는 마치 무학이 같구나、왜 바른 길을 버리고 딴 길로 들어 서느냐。』

로인은 이렇게 소를 꾸짖으면서 혀를 쩍쩍 찼다。

무학은 자기 이름에 귀가 번쩍 띄여 그 로인을 살펴 보았다。 그는 비록 소를 몰고 갈지언정 비범한 인물이라는 것은 누구의 눈에도 일목 료연하였다。

무학은 얼른 그 로인 앞에 가서 꿇어 엎디여 절을 하고 공손하게 입을 열었다。

『로상에서 죄송하오나 말씀 좀 여쭈어 보려 합니다。』

『무얼 그러오。』

그 로인은 대수롭지 않게 여기는 기색으로 계속 소를 몰고 가려는 것이였다。 무학은 때를 놓치지 않고 그 로인을 좇아 가며

『지금 소인이 듣사옵기에 무학이 같이 미련하다 하셨으니 그 연유를 알려주시기 바랍니다。 소인의 생각에는 이곳이 도읍지로 적당할가 생각하옵는데 어디 더 좋은 곳이 있으시면 부디 가르쳐 주시기 바랍니다。』

『내가 어찌 그런 대사를 알 리가 있소。』

로인은 귀찮다는 듯이 다시 소를 몰고 가려 하였다。 무학은 로인의 소매를 잡다싶이 하여 머물게 하고 진심으로 간청하였다。

그제야 그 로인은 손을 들어 멀리 북쪽 산을 가리켰다。

『여기서 십 리만 더 들어 가오。』

무학은 허리를 굽혀 사의를 표하고 그 길로 로인이 손짓한 방향을 따라 한 십 리를 잘 걸어 왔다。 그리하여 한양(漢陽) 즉 지금의 서울에 들어와 지세를 살펴 보니 사방이 산으로 첩첩 둘러 싸인 천연의 요새이였다。

『과연 이곳이야말로 좋은 도읍 터로구나。』

무학은 혼자 경탄해 마지 않았다。 그는 다시금 그 정체 모를 로인에게 마음 속으로 감사를 드렸다。

무학이 송도에 돌아가 왕에게 이 사연을 고하니 태조도 흔연히 그의 말을 좇아 그곳에 왕도를 옮기기로 결정하였다。

무학이가 그 로인에게 왕도의 자리를 물었을 때에 『십 리만 더 가라』 하였기 때문에 지금의 왕십리(往十里)라는 이름이 생겼다고 한다。

태조는 이 한양을 수도로 정하고 터전을 닦아 대궐을 창건한 후 이번에는 외곽에다가 성을 쌓게 하였다。 이 성은 남산으로부터 시작하여 인왕산 북악산의

풍선을 따라 대궐을 중심으로 빙 돌아 가면서 쌀 판이였다。 그런데 무학이 그 성 자리를 두루 살펴 보니 지금의 현저동 꼭대기 인왕산 중턱에 선바위라는 비위가 하나 있었다。 무학은 지상(地相)에 비추어 보니 이 바위를 성 안으로 넣으면 앞으로 불교가 성할 것이고 이것을 성 밖으로 내놓으면 불교가 쇠퇴할 것이였다。 그래서 그는 이 선바위를 안으로 넣고 축성하기를 극력 주장하였다。 이와는 반대로 정도전(鄭道傳—리태조 왕업 창건과 서울 성곽 쌓는데 무학과 다투던 사람)은 이것을 밖으로 내놓고 쌓기를 고집하여 나섰기 때문에 두 사람은 서로 다투어 도무지 결정을 짓지 못하였다。

그러다가 하루는 밤 사이에 눈이 왔는데 이상하게도 다른 곳에는 오지 않고 서울 주변을 뺑 두른 산 릉선을 따라 내렸기 때문에 태조는 이것은 하늘이 성 자리를 지정하여 준 것이라 하여 그 눈 온 자리대로 축성할 것을 명령하였다。 지금의 서울 성곽은 바로 그 눈 온 자리대로 쌓은 것이라 하는데 인왕산 중턱 그 선바위는 무학의 뜻과는 달리 성밖으로 나가게 되였다。 그래서 무학은 불교가 앞으로 륭성하지 못할 것도 인력으로는 할 수 없는 일이라고 혼자 탄식하였다 한다。

고려조 때에 불교가 성한 나머지 여러 폐단이 있었기 때문에 과연 리조에 와

서는 탄압을 받기 시작하였다。 그리하여 서울 사대문 안에는 중을 들여 놓지 않아 장안에는 중의 자취가 얼씬도 못하였다고 한다。

한양은 이리하여 리조의 왕도로 되였고 그 둘레에는 성곽이 쌓이게 되였다。 그런데 이 한양이 왕도로 되기 훨씬 이전에 고려 충숙왕(忠肅王)은 운관비기(雲觀秘記)라는 책에 『리왕이 한양에 도읍을 하리라(李王都漢陽)』라는 예언 같은 말이 있음을 저어하여 이것은 고려조에 대한 흉조라고 하였다。 그래서 고려조는 당시 한양에 남경부(南京府)를 설치하고 리가 성 가진 사람을 부윤으로 임명하여 삼각산 아래 오얏나무를 많이 심고는 이것이 자라나기만 하면 베여 버리고 베여 버리고 하여 지기를 눌렀다 한다。 그래서 그곳 이름이 벌리(伐李)라고 불리였던 것인데 리 태조가 한양으로 도읍하게 되자 이 이름은 번리(樊里)로 고쳐졌으며 지금도 서울 동북쪽 교외에 번리라는 곳이 있다。

손돌바람

『어이 추워、 무슨 바람이 이렇게 불어。』

『손돌이 죽은 날인게지。』

우리들은 흔히 추운 날이면 이런 소리를 듣는다。

이것은 주로 경기、 충청、 호남 일대에서 많이 듣는 말이기는 하지만 다른 지방에서도 들을 수 있는 말이다。

그럼 도대체 손돌(孫乭)이란 어떤 사람인가?

손돌이는 리조의 인조(仁祖一六二三—一六四九) 왕 때 사람이라고 한다。

그는 바닷가에서 뱃사공 노릇을 하는 미천한 백성이였다。 성정이 강직하고 의지가 굳은 사람이라 자기가 한번 이렇다고 믿으면 그 신념을 결코 꺾지 않는 대나무와 같이 곧은 사람이였다。 거기에다 그는 남달리 예리한 감각을 가지고 있였다。 그리하여 그는 다년간 바다에서 살아 왔기 때문에 바다의 조수 상태와

바다의 기상 상태에 관해서는 이른 바「박사」이였다。 그렇기 때문에 그는 한편 자존심도 남 못잖게 강하였다。

한 번은 이런 일이 있었다。

화창한 봄날이였다。

바닷가 사주(砂州)에는 조개잡이 하는 사람들이 남녀 로소를 막론하고 하얗게 널렸다。 하늘은 맑고 바람은 솔솔 불어 와 조개잡이 하는 데는 안성맞춤의 날씨였다。 사람들은 한창 조개잡이에 흥이 나서 여념이 없을 때 어디선지 손돌이가 나타났다。

『자 조개잡이를 그만 두고 모두 빨리 집으로 몰아 갑시다。』

그는 부드러운 목소리로 그러나 바닷가에 모인 여러 사람들에게 다 잘 들리도록 크게 웨쳤다。

조개잡이에 한참 재미를 붙인 사람들은 무슨 영문인지는 몰랐으나 여하튼 불쾌하였다。 그리고 조금만 더 잡았으면 한 바구니들이 그득히 될 것이였다。

『저건 누군데 저런 미친 수작을 하는 거야』

사람들은 이렇게 지껄이며 아무도 손돌의 말에는 아랑곳 하지 않았다。

『이제 빗바람이 삽시에 몰려 올테니 빨리 돌아 가시오 큰 일 납니다!』

• 171 •

손돌은 더 한층 소리를 높여 웨쳤다。

『이 맑은 날에 빗바람이란 웬 소리야 멀쩡한 미친 놈이로군。』

모두들 그의 말을 믿지 않았다。

손돌이는 안타까왔다。 시간이 박두하여 오기 때문이였다。 그는 하는 수 없이 이제는 강제 수단을 취하는 수 밖에 도리가 없다고 생각하였다。 그리하여 그는 어디선지 긴 회초리를 하나 해 가지고 돌아 왔다。 왜냐 하면 그는 우선 욕을 먹더라도 사람의 목숨을 구하여 놓고 봐야 하겠다는 굳은 결심을 하였기 때문이였다。

『내 말을 듣지 않는 사람은 이 회초리를 맞습니다!』

하고 그는 손 닿는대로 후려 갈기면서 사람들을 사주로부터 몰아내였다。

사람들은 누구나 그에게 항거하려 하였으나 회초리는 조금도 용서가 없었다。 시각이 바빠왔던 것이다。

손돌이의 회초리를 얻어 맞은 사람들은

『아이구머니……』

하고 할 수 없이 달아들 났다。

이때까지 평화로왔던 바닷가에서 손돌이는 이른바 일대 수라장을 일으켰다。

사람들은 손돌이의 회초리에 이리 몰리고 저리 몰리다가 하는 수 없이 한 사람 두 사람씩 흩어졌다。 그리하여 결국에 있어서는 사람들은 바닷가 언덕 우로 올라왔다。

이 때였다。

난데없는 일진 광풍이 일어나 하늘에는 검은 구름이 몰아들고 주먹 같은 빗방울은 다듬이질을 하였다。

이와 때를 같이하여 천지가 뒤집힐 듯한 소리와 함께 산더미 같은 해일(海溢)이 밀고 들어 왔다。 언덕 우에 모였던 사람들은 황겁히 더 높은 언덕에로 도망질하였다。 해일은 순식간에 해변을 집어 삼키고 말았다。

『손돌이의 말을 듣지 않았더라면 다 죽을번 했네그려。』

사람들은 이제 와서는 입을 모두어 손돌이를 칭송하였다。

이런 일이 있은 후 그는 이름난 뱃사공으로 되여 손돌이를 모르는 사람이 없게 되였을 뿐 아니라 먼 바다에로 고기잡이 가는 사람들은 손돌이에게 천기를 묻는 것이 상례로 되였다。

그러면 손돌이와 바람과 추위에 무슨 인연이 있는가?

인조 왕 때에 평안 병사 및 부원수로 있었던 리 괄(李适)이 휘하의 군사 一만 二천 여명을 인솔하고 반란을 일으켰다。 반란군은 일거에 림진강을 건너 서울로 밀려 들었다。

인조 왕은 당황하여 수원을 데리고 수로로 한강을 내려가 우선 강화도로 피난가기로 하였다。

왕은

『배를 주선하고 뱃사공을 대명케 하라。』

하고 분부를 내렸다。

당시 유명한 뱃사공으로는 손돌이가 첫 손가락에 꼽혔기 때문에 어용선을 젓는데 손돌이가 사공으로 뽑혀 나갔다。

드디여 왕은 선상의 몸이 되였다。 배는 강물을 따라 강화도를 향하여 내려 갔다。 왕은 뜻하지 않은 몽진의 신세에 미우에는 수심이 가득 어렸다。 일엽 고주에 자기의 운명을 의탁한 그는 이 길이 영원의 길로 될는지도 모를 비운을 한탄하면서 먼 수평선을 바라보고 있었다。

배가 하구를 지나 바다에 들어 가자 거기에는 거센 여울이 맴돌고 있었다。 뱃사공은 물살이 가세게 흐르는 여울 쪽으로 배를 저었다。 만일 배가 그 여울

속으로 돌어 갔다가는 배는 가랑잎과 같이 말려 들어 가 순식간에 전복되고 말것 같았다。

왕은 그렇지 않아도 심복의 신하에게 반역을 당한 몸이라 세상에서 믿을 사람은 없다고 생각하고 있는 터이였다。

그럼에도 불구하고 손돌은 계속 그 여울 속으로 배를 저어 갔다。

『저 놈이 적과 밀통한 자가 아닐가?』

왕은 이렇게 의심을 품었다。 그리하여 좌우를 둘러 보고

『저 여울 속으로 배가 들어 가면 위태롭지 않을가?』

신하는 곧 왕의 의사를 손돌에게다 전하였다。

손돌은 서슴치 않고

『소인이 짐작이 있사오니 념려마시라고 여쭈옵소서。』

하고 계속 그 거센 여울을 향하여 저어 갔다。

왕은 그 뱃사공의 수작에 더욱 의심이 나고 불안에 싸여 음성을 높여 소리쳤다。

『그곳은 위태롭다니까!』

그러나 뱃사공은 조금도 왕의 분부에 귀를 기울이지 않았고 배는 점점 그 여

울을 향하여 매진해 들어 갔다。

『저놈이 필연코 무슨 흉계를 품은 게 분명하다。』

왕은 이렇게 생각하였다。

이윽고 추상 같은 왕명이 내리였다。

『저 사공 놈의 목을 베여라!』

그리하여 뱃사공은 왕의 앞에 꿇어 엎디였다。

손돌은 뜻하지 않은 어명에 자기의 귀를 의심하였다。 자기는 손끝만치도 죽을만한 죄를 저질은 일이 없기 때문에 조금도 마음에 거리낌이 없었다。

왕은 이윽고 입을 열었다。

『이놈 네 죄를 알겠느냐。』

『황공 무비하오나 소인에게 무슨 죄가 있사오리까。 나라는 왕이 다스리고 배는 사공이 다루는 것으로 아옵니다。 하늘에는 천리가 있고 따에는 지리가 있으며 물에는 수리가 있사오니 어찌 사물의 리치를 어길 수 있사오리까。 수로물 따라야만 옥체를 무사히 모실 것으로 아룁니다。』

손돌은 태연 자약하였고 왕은 노발 대발하였다。

『이 당돌한 놈! 감히 여기가 어딘 줄 알고…… 이놈을 빨리 처리 못할가。』

왕은 입에서 거품을 내 뿜었다。

손돌은 왕의 앞에 엎디인 채 잠자코 있었다。

좌우의 신하들은 반드시 왕의 말이 옳다고만 생각하는 표정은 아니였다。 아무도 선뜻 손돌의 목에 칼을 대려고 하는 사람은 없었다。

손돌은 그래도 왕의 노염이 풀어질 것을 기대하고 눈을 감고 자기의 운명을 결정하는 순간을 지리하게 기다렸다。

『저놈을 빨리 처단하지 못할가。』

손돌은 죽음을 각오하였다。

『굳이 대왕께서 소인을 의심하시여 죽음을 주신다면 소인에게 잠시 여유를 주시옵소서。』

하고 그는 배 밑바닥에서 바가지 한 개를 가지고 나와 왕에게 사뢰였다。

『황공하오나 소인이 대왕을 모시고 예까지 와서 목적지를 지척에 두고 끝까지 모시지 못하오니 이 어찌 원통하지 않으리요。 소인이 뜻하지 않은 혐의를 입고 죽는 것이 천추의 한으로 되와 죽은 후에라도 이 루명을 풀기를 원하는 바입니다。 이 바가지가 나를 대신하여 대왕을 모시게 될 것이오니 물 우에 띄우시고 뱃길을 찾아 가시기 바랍니다。』

그는 품안에 안고 있던 바가지를 이 세상에서 다시 없는 귀중한 보물처럼 여기면서 공손히 왕에게 바쳤다。

그리하여 손돌의 생명은 마침내 아침 해에 이슬과도 같이 사라지고 말았다。

물론 손돌이 대신에 다른 사공이 대치된 것은 두 말할 여지도 없다。

손돌이가 죽자마자 갑자기 날은 혹독히 추워지고 난데없는 사나운 바람은 바다를 휩쓸고 수세는 거세여서 배는 마치 가랑잎 같이 흔들리였다。 배에 탄 사람들은 추워서 벌벌 떨였고 뱃사공은 갈피를 잡지 못하였다。

왕은 당황하였다。 사태는 절박하였다。 배는 이제라도 전복될 것만 같았지만 지금에 와서는 별 도리가 없었다。

『배를 어떻게 젓는 거냐。』

하면서 왕은 사공을 꾸짖었다。 그러나 꾸중으로 문제가 해결되는 것은 아니였다。

배는 여전히 위험한 채 갈피를 잡지 못하고 그 자리에서 맴돌고 있었다。 왕은 고집을 부릴 때가 아닌 것을 느꼈다。

『바가지를 띄여 보라。』

이윽고 바가지는 물 우에 떴다。 바가지는 마치 산 물건처럼 물결을 타고 동

실 동실 떠 내려 갔다。 배는 간 바를 찾았다。 뱃머리에서 동실거리면서 떠내려 가는 바가지를 따라 배는 저어갔다。 바가지는 아까 손돌이가 가던 그 거센 여울을 공교롭게 지나갔다。 이렇게 하여 왕을 모신 배는 무사히 대안에 도착할 수 있었다。

그 후 란은 곧 평정되였고 왕은 항상 손돌의 애매한 죽음을 애석하게 여기였으며 한편 자기의 경솔을 뉘우쳤다。

그리하여 왕은 손돌의 무덤 앞에 사당을 짓고 손돌의 죽은 날에 제사를 지내게 하였다。

그러나 이상하게도 손돌의 제사 날에는 그가 죽은 날과 같이 혹독한 추위가 닥쳐 왔으며 모진 바람이 불었다。 그리고 그 여울목을 지나가는 배들은 난파를 당하군 하였다。 그래서 뱃사공들은 해마다 손돌의 죽은 날에 제사를 지내 주고 그의 넋을 위로하였다。

이리하여 지금에 와서도 세상 사람들은 일기가 혹독하게 춥고 바람이 모질 게 부는 날은

『어이 추워 손돌이 죽은 날 같구나。』

라고 말하는 것이다。

치악산과 꿩의 보은

충청북도 제천(堤川)과 강원도 원주(原州)사이에 큰 산이 가로 놓여 있는데 이 산을 치악산(雉岳山)이라고 부른다(이 산은 대단히 높고 험하기 때문에 오늘 이를 관통하는 철도도 이 산에서는 또아리 굴을 뚫었으며 자동차가 통하는 신작로드 양의 창자 같이 굽이굽이 돌아 올라 간다). 아주 옛날에는 이 산을 적악산(赤岳山)이라고 불렀는데 그 후 치악산이라고 부르게 된 연유는 다음과 같은 이야기에 기인하는 것이라 한다.

옛날에 강원도 령동(嶺東)에 한 젊은 장사가 있었는데 그는 완력이 무쇠와 같이 강하였고 담력이 큰 데다가 또한 활 쏘기를 잘 하였다.

이른바 그는 물동이 우에 띄운 바가지에 꽂힌 바늘 귀를 쏘아 맞힌다고 하는 명궁이였다.

그는 항상 이렇게 생각하는 것이였다.

『범은 죽어 가죽을 남기고 사람은 죽어 이름을 남긴다 하였는데 어찌 이 산골에서 썩어 일생을 마칠 것이냐。 나도 이만하면 남한테 그리 뒤떨어지지 않을 것이니 서울에 올라가 한바탕 무예를 다투어 이름을 떨쳐 봐야지。』

그는 이러한 포부와 큰 희망을 품고 서울 길을 떠났다。 그는 활과 전통(箭筒)을 메고 터벅터벅 산골 길을 걸어 원주 못미쳐 적악산에 도달하였다。

그는 한 산마루에 올라 땀을 씻으면서 안하에 전개된 경치를 바라보고 있었다。 바람은 맑고 사방은 고요하여 마치 속세를 벗어난 감을 느꼈다。

그 때에 별안간 적막을 깨뜨리고 비명을 올리는 꿩의 울음 소리가 들려 왔다。

『무엇이 꿩을 잡어 먹는 게로군。』

그는 이렇게 생각하고 사방을 살펴 보았다。

그것은 바로 언덕 아래 나무 밑에서 큰 뱀이란 놈이 꿩 한 마리를 휘감아 가지고 막 잡아 먹으려 하는 참이였다。 꿩은 죽음을 앞두고 최후의 발악을 하면서 비명을 올리는 것이였다。

그 젊은이는 비록 동물이라 할지라도 흉악한 강자가 착한 약자를 잡아 먹는 것을 보고 의분이 치솟아 가만히 있을 수가 없었다。

그리하여 그는 재빨리 전통에서 화살 하나를 뽑아 활에다 재운 다음 왼 눈을

지긋이 감더니 바른팔로 시위를 잡아 당겼다。

『부웅!』

화살은 공간을 날으자 뱀의 바른눈에 가서 꽂혔다。 순간 평을 물었던 뱀은 입을 딱 벌리고 맥 없이 땅에 빠드러졌다。

위기 일발에서 사지를 벗어난 평은 감사하다는 듯이 끼럭끼럭 소리를 지르면서 그 젊은이의 머리 우를 하늘 높이 한 바퀴 빙돌고 나서 어디론지 날아갔다。

그 젊은이는 이 광경을 보고 이상하게도 마음이 상쾌하여 다시 활과 전통을 메고 노래를 부르면서 휠휠 산길을 걷기 시작하였다。

그는 산골 길을 이리 휘여잡고 저리 휘여잡고 하여 산 마루를 또 하나 넘고 계곡을 건너고 하여 한동안 길을 걸었다。

어느 사인지 해는 이미 서산에 기울어지고 온 산은 저녁 노을이 깃들기 시작하였다。 그는 저녁 때가 된 것을 깨닫고 은근히 주막이 나오기를 기대하였으나 주막은 고사하고 인가 하나 눈에 띄이지 아니하였다。

그 동안 날은 아주 저물어 땅거미가 들었으나 도무지 인가라군 보이지 않았으며 산은 점점 첩첩하여 갔다。

그 젊은이는 피곤도 하고 시장도 하였지만 우선 무엇보다도 하룻밤의 잠자리를 구해야 하였기 때문에 마음만 초조하였다。

『하는 수 없구나。 오늘 밤은 나무 밑에서라도 새우는 수 밖에。』

그는 이렇게 로숙하기로 마음먹고 이제는 적당한 나무밑 잠 자리를 살피면서 계속 길을 걸었다。

그때에 한 골짜기에서 불빛이 빤하게 비치였다。

『아、 이제는 살았다。 저기 인가가 있구나。』

그는 그 불빛을 좇아 한참만에 그곳에 당도하니 아늑한 골짜기에 아담한 기와집이 한채 서 있었다。

그는 대문을 두드렸다。 한참만에 안에서 사람 기척이 나더니 한 젊고 아름다운 녀인이 대문을 열어 주었다。

『길 가는 나그네가 하룻밤 묵어 갈가 하나이다。』

하고 그 젊은이는 하루 저녁 쉬여 갈 것을 청하였다。

그 녀인은 마치 딱하게나 여긴 듯이 선선히 승낙하고 길 손을 건는 방으로 안내하였다。 손은 집안을 두루 살펴 보았으나 그 녀인 이외에 다른 사람은 없는 것 같았고 집안은 텅 비여 찬 바람이 일고 쓸쓸하기가 짝이 없었다。 그는 어쩐지 이 집이 마음에 들지 아니하였으나 이왕 들어 온 바이라 도로 나갈 수도 없고 하여 하룻밤 로독을 풀고 가기로 하였다。

부엌에서 한 동안 달가닥 달가닥 소리가 나더니 주인 녀자는 저녁상을 차려 가지고 들어왔다。

그 젊은이는 시장기도 나고 하였으나 어쩐지 음식이 비위에 맞지 않아 두어 숟갈 뜨고는 상을 물렸다。 그리고는 하루 종일 길을 걸은지라 일시에 피곤이 몰려 와서 이내 잠이 들고 말았다。

어느 때쯤 되였는지 그 젊은이는 가슴이 답답하고 숨이 가빠서 눈을 떴다。

순간 그는 깜짝 놀랐다。 큰 뱀 한 마리가 자기의 몸을 아랫도리서부터 칭칭 감아 올라 와 바로 턱 아래서 혓바닥을 날름거리며 이제라도 곧 잡아 삼키려는 태세이였다。

그는

『아이구머니!』

하고 일어 나려고 몸부림을 쳤으나 뱀에게 칭칭 감긴 몸이라 장사로 이름난 이 젊은이도 꼼짝 달싹 할 수가 없었다。

그러자 뱀은

『나는 너 오기를 기다렸다。 오늘 너는 내 남편을 활로 쏘아 해쳤으니 나는 남편의 원수를 갚아야겠다。』

라고 하면서 헛바닥을 나불나불하였다。

그 젊은이는 비로소 이 집의 젊은 녀자가 낮에 활로 쏜 그 뱀의 암컷의 화신이라는 것을 알았다。

『이제는 꼼짝 못하고 죽었구나。』

그는 속으로 이렇게 생각하였다。 그러나 어떻게 하든지 이 고비를 벗어나야 하겠다고 궁리를 하였으나 갑자기 별 좋은 생각이 떠 오르지 않았다。

그 때에 뱀은 다시 혀를 나불나불 놀리면서

『나는 나의 남편의 원쑤를 갚으려 한다。 그러나 아직 나의 남편이 살았는지 혹은 영영 죽었는지 확실히는 모른다。 그러기 때문에 만약 이 산우에 있는 빈 절에서 종 소리가 세 번 나면 나의 남편은 목숨이 붙어 있다는 알림으로 된다。 그러므로 재벽녘까지 세 번 종 소리가 나면 나는 너를 살려 줄 터이다。』

라고 말하였다。

『빈 절에서 종 소리! 세상에 빈 절에서 종 소리가 날리가 있겠는가。』

하고 생각한 그는 속절없는 자기의 죽음이 원통하였다。

또한 그는 뱀의 몸뚱이로 결박 당한 고통이 더는 참을 수가 없었다。 그래서

『빈 절에서 종 소리가 날 리 만무하니 죽일 테면 어서 죽여라!』

하고 소리를 질렀다。

『새벽녘까지 기다리기로 한 번 언약을 한 것이니 그 때까지는 죽이지 않겠다。』

뱀은 이렇게 말하는 것이였다。

밤은 점점 이슥해 가서 삼경이 지나고 사경이 지났다。 그러나 빈 절의 종소리는 물론 들려 오지 않았다。 그 젊은이는 이제는 아주 절망에 빠져 다만 새벽 오경이 오기만 기다렸다。 일각 일각 죽을 시각은 닥쳐 오고 있었다。

바로 이때였다。

『뗑!』

하는 종 소리가 들려 왔다。 그는 귀가 번쩍 뜨이였다。 그러나 그것이 분명히 정말 종 소리인지 아닌지 자기 귀를 의심하지 않을 수 없었다。

『종 소리가 나는구나。』

뱀은 한숨을 한 번 길게 내쉬고 이렇게 혼자 중얼거렸다。 그때에 또

『뗑!』

하고 울리여 왔다。

『이제 두 번 종 소리가 났다。 한 번만 더 나면 별 수 없으니 약속대로 너를

살려주마。』

그러던 참에 이번에는 아주 가늘게

『뗑!』

하는 소리가 약간 들렸다。

『종 소리가 세 번 났으니 나의 남편은 살아 있는 것으로 된다。 그래서 나는 너를 살려 주겠다。』

하고 뱀은 감았던 자기 몸을 슬그머니 풀어 놓았다。

그 젊은이는 꿈인지 생시인지 분간을 못하였다。 그리하여 그는 곧 그 집을 뛰쳐나와 한참동안 갈팡질팡 걸어 가다가 뒤를 돌아다 보니 그 기와집은 온판 간데 없고 그 자리에 풀과 나무만이 우거져 있었다。

『세상에는 참 기이한 일도 있다。』

그는 이렇게 혼자 중얼대면서 다시 두 번도 뒤돌아보지 않고 부산히 걸음을 떼여 놓았다。 그리자 날은 밝아 왔다。

그는 문득 도대체 그 빈 절이란 정말 있는 것인가 그리고 자기를 살려 준 그 종이란 어떻게 생겼는가를 보고 싶은 마음에 사로잡혔다。

그리하여 빈 절을 찾아 온산을 헤매였다。 과연 그는 풍치 좋고 양지 바른

산 허리에 아늑하게 자리잡은 절 하나를 발견할 수 있었다。

절안에 들어서니 방마다 텅텅 비였고 뜰에는 잡초가 우거졌으며 법당에는 먼지가 자옥히 앉아 있었다。

그는 사람도 없는 이 절에서 신기하게도 어떻게 종 소리가 났는가 하고 종각 옆으로 다가 갔다。

달아매인 큰 종 밑에 한 마리 꿩이 쓰러져 있었다。 그는 그 꿩을 손으로 집어 올렸다。 꿩은 머리가 깨지고 주둥이는 부서져 있었다。 그제야 그는 어제 자기가 살려 준 꿩이 제 머리와 주둥이로써 그 종에다 부딪뜨려 종 소리를 나게 하고 필시는 쓰러져 죽었다는 것을 깨달았다。

꿩은 저를 살려 준 은혜를 자기의 목숨으로써 이렇게 갚았던 것이였다。

그 젊은이는 꿩을 가슴에 안고 뜨거운 눈물을 흘렸다。 그리고 죽은 꿩에게 마치 산 사람에게나 말하듯이

『정말 고맙다、 네가 아니더면 나는 꼼짝 없이 죽었을 것이다。』

라고 하면서 꿩을 정중하게 땅을 파고 묻어 주었다。 그리고 그는 생각하는 바 있어 서울 가는 것을 중지하고서 그 빈 절을 충수하고 그곳에 머물러서 일생을 마치였다고 한다。

지금도 이 치악산에는 상원사(上院寺)라는 절이 있는데 이 절이 바로 그 절이며 이때로부터 사람들은 적(赤)악산을 치(雉)악산으로 부르게 되였다고 한다。

취적산과 계림사

경상북도 청도(淸道)라는 곳에 취적산(吹笛山)이란 산이 있고 그 산에는 자그마한 사찰(寺刹) 하나가 있다。

지금으로부터 약 三백년전 이 산 기슭에는 송 서방이란 젊은 사나이가 그의 안해와 단 둘이 단출하게 살고 있었다。 그는 이 산을 지키는 산지기였다。

그 당시 이 산은 산림이 울창하여 아름드리 나무가 빽빽히 하늘에 치솟고 있었는데 좋지 못한 사람들이 몰래 이 산에 올라와서 굵은 나무를 함부로 찍어가군 하였다。 이것은 당시 국가의 보유림이라 나라에서는 산지기를 두어 그 람벌을 엄금하였다。

이 산을 맡아보는 송 서방은 一년을 하루 같이 궂은 날이거나 바람 부는 날을 가리지 않고 온 산을 돌아 다니면서 산림 도벌을 미연에 방지하였다。

그의 안해는 녀인으로서는 드물게 피리를 잘 부는 숨은 재간을 가지고 있었

다。송 서방이 아침밥을 먹고 산으로 올라가면 안해는 집일을 돌보다가 해가 서산을 넘어 산 그림자가 울타리에 깃들기 시작하면 의례히 남편이 돌아올 것을 짐작하고 그는 피리를 불어 맞이하는 것이였다。

이 적막한 산골에서 류랑하게 들려오는 그 피리 소리는 송 서방으로 하여금 하루 종일의 피곤을 풀게 하였으며 나무를 도벌하는 사람들과의 승강으로 불쾌하였던 마음도 일시에 사라지게 하였다。

어느날 저녁때 송 서방은 산에서 돌아왔다。그를 맞이한 안해는 불던 피리를 놓고 근심스러운 어조로 남편을 불렀다。

『이거 보세요。』

『갑자기 왜 그래?』

송 서방은 안해의 안색을 살피였다。

『오늘 작년에 왔던 그 불한당 놈들이 아랫마을에 또 다녀갔다는 구려。』

『흥 그 놈들이 또 밀려왔어。』

남편은 약간 놀라는 기색이였으나 안해의 앞에서는 태연한 태도를 뵈였다。

그 불한당이란 지난해 겨울에 떼를 지어 이 산골에 몰려 온 일이 있었는데 그들은 이 산에서 좋은 재목들을 도벌하여 가려고 했었다。이것을 안 송 서방은

재빨리 관가에 통보하여 군사를 풀어 이 불한당 패를 사전에 퇴치하였던 것이다。

『그 놈들이 또 쳐들어 오면 어떻게 해요。』

『념려마오。 작년에 그렇게 혼이 나고 갔는데 감히 그 놈들이 또 어떻게 온다고 그러오。』

『그래도 알 수 있어요。 미리 관가에 알려 두는 것이 좋잖아요?』

『괜찮아。』

남편은 근심하는 안해를 안심시켰다。

그날 밤、 눈이 퍼부어 온 산은 눈에 덮였고 송 서방 부부는 일찌거 깊은 잠에 빠졌다。

어느 때쯤 되였는지 밖에서 떠들썩하는 소리에 안해는 잠을 깨였다、

『문 열어라、 문 열어!』

별안간 야반의 적막을 깨뜨리고 쾅쾅 두드리는 대문 소리는 심상한 일이 아니였다。 송 서방의 안해는 가슴이 덜컥 내려 앉았다。

『여보、 불한당 놈들이 왔나보오。』

안해는 부들부들 떨면서 남편을 깨웠다。 바깥에서는 칼 소리、 날창 소리가

철렁철렁 나는 것 같았다。

『와자작 ―― 』

문짝이 부서지는 소리가 났다。

『여보 불한당들이 집으로 들어 오오。 이 일을 어떡허나。』

안해는 사시나무 같이 떨면서 어찌할 바를 몰랐다。

『누구얏!』

남편은 밖으로 뛰쳐 나갔다。 불한당들은 집안으로 몰려 들어 왔다。

『이것들어 무슨 무례한 짓이냐、 아닌 밤중에 남의 집 문짝을 부시고!』

송 서방은 고함을 질렀다。

불한당 무리들은 그의 이런 고함에는 거들떠 보지도 않고 온 집안을 샅샅이 들치기 시작하였다。 한편 다른 일당은 산으로 올라가 굵은 나무를 도끼로 찍어 넘어 뜨렸다。

송 서방은 처음 그들 몇 놈과 맞서 보았으나 중과부적으로 당해 낼 수가 없었다。 그 때에 키가 장승 같은 놈이 그의 앞을 가로 막았다。

『네 놈이 송가란 놈이냐、 작년에 관가에 고해 바쳐 우리들을 혼낸 놈이…』

하고 그는 거치른 목소리로 호통을 치며 큰 칼을 휘둘렀다。 그는 불한당의 괴

수이였다。

송 서방은 이런 위급한 시기에 뒤로 물러서는 비겁한 위인은 아니였다。 두 사람간에는 한참 동안 격투가 버러졌다。 송 서방은 도적놈 괴수의 칼을 막아내여 이리 저리 잘 피하였다。 이것을 본 졸개들은 그의 두목을 도와 송 서방을 에워싸고 쳐들어 갔다。 그 때에 괴수의 칼이 송 서방의 머리 우에 번쩍하였다。

『아이쿠。』

그는 선혈을 흰눈 우에 물들이며 쓰러지고 말았다。

송 서방의 안해는 어디서인지 쏜 살 같이 뛰여와 남편을 부둥켜 안았다。

『아이구머니、 이 일을 어떡허나。』

『마누라、 이 놈들이 한 그루의 나무도 찍지 못하게 하시오。 내가 죽은 후라도 이 산을 잘 지켜주고 나의 원쑤를 갚아 주시오。』

송 서방은 이런 유언을 남기고 목숨을 거두었고 그의 안해는 남편의 시체를 안고 목을 놓아 울었다。

불한당 무리들은 산에 올라가 함부로 나무를 찍고 로략질한 물건들을 가지고 달아났다。

송서방의 안해는 남편의 시체를 정중히 뒷산에다 묻고 아침 저녁으로 그 묘

에 상식을 드렸다。

이제는 저녁때가 되여도 그의 남편이 산에서 돌아오지 아니하였으며 그도 다시는 피리를 불지 아니하였다。 그는 남편의 유언을 지켜 남편의 뒤를 대신하여 홀로 온 종일 산을 오르 내리며 남편 못지 않게 산림지기 역을 맡아보았다。

어느덧 한 해가 지나가고 그 이듬 해의 겨울이 닥쳐와 흰 눈이 또 산을 덮였다。

어느날 밤중。

『문 열어、문 열어라!』

밖에서 두런두런 떠드는 소리가 또 들리였다。 송 서방의 안해는 재빠르게 알아 차렸다。

『불한당 놈들이 또 왔구나、남편의 원쑤를 갚을 때는 왔다。』

그는 복수심이 머리 끝까지 치솟아 미리 준비하여 두었던 큰 칼을 감추어 가지고 숨을 죽이며 기다렸다。

미구에 그들 무리는 또 문을 부시고 밀고 들어왔다。

앞장을 서서 들어 오는 자는 어둠 속에서 보아도 키가 장대하고 텁석부리 수염

난 것으로 보아 작년에 왔던 그 도적놈의 괴수임에 틀림 없었다。

『내 남편의 원쑤、이놈아 칼을 받아라!』

송 서방의 안해는 그 순간 비호와 같이 괴수에게 달려 들었다。어둠 속에서 칼은 번개와 같이 번쩍하였다。

『아이쿠!』

호기있게 선뜻 들어선 불한당 괴수는 불시에 칼을 맞고 그 자리에서 쓰러졌다。동시에 송 서방의 안해는 재빨리 그의 목을 베여 가지고 뒷문으로 벗어나 산으로 치달았다。

『이제야 당신의 원쑤를 갚았소。이게 바로 그놈의 목이요。』

그는 죽은 남편의 묘 앞에 엎디여 목을 놓고 울었다。그러는 동안 도적의 졸개들은 송 서방의 안해를 뒤쫓아 와 단번에 죽이고 말았다。그리고 악당들은 떼를 지어 산에 올라가 이제는 지키는 사람없는 이 산의 나무들을 마음대로 찍어서 어디론지 싣고 달아났다。

그 후부터 취적산은 자기를 보살펴 주던 주인을 잃고 쓸쓸히 침묵에 잠겨 있었다。그러나 날 궂은 아침、비오는 저녁녘에는 구슬픈 피리 소리가 처량하게 들려 왔는데 이것이 바로 송 서방의 안해가 잘 불던 그 곡조이였다고 한다。

• 198 •

그런데 이상하게도 그 뒤로는 이 산에 나무를 찍는 도끼 소리만 울리면 별안간 산 마루에서 큰 바위가 굴러 내려와 나무 찍던 사람이 치여 죽군 하였다。

그래서 아무도 이 산에 들어가서 나무를 도벌할 생념도 내지 못하였다。

동리 사람들은 송 서방의 부부가 죽어 혼백이 되였어도 향토를 사랑하는 일념으로 자기의 임무를 충실히 지키여 나무를 함부로 베지 못하게 하는 것이라고 칭송을 하였다。

이곳 사람들은 이 산을 피리소리 나던 산이라 하여 취적산이라는 이름을 붙였고 억울히 죽은 송 서방 부부의 원혼을 위로하기 위하여 계림사(雞林寺)라는 사찰을 세웠다고 한다。

령남루하의 아랑각

경상 남도 밀양(密陽) 남천 강변에는 명승지로 이름난 령남루(嶺南樓)가 있고 그 밑에 있는 대나무 숲 속에는 자그마한 비석 하나가 외따로 서 있으니 이것은 아랑(阿娘)을 기념하는 아랑비이고 그 옆에 있는 사당은 아랑의 신주를 모신 아랑각이다。

아랑은 지금으로부터 수백년전 리조 초엽에 밀양 부사로 있던 김 모의 무남 독녀로 태여난 외딸이였다。 부모는 그를 세상에 없이 사랑하였으며、 그는 장성함에 따라 인물이 절색이고 재주가 비상하여 규수로서의 그의 소문은 린근 고을까지 자자하였다。

량반 집의 귀한 딸인 아랑은 련당 안에 있는 초당에서 글 공부에 여념이 없어 대문 밖을 나온 일이 없는지라 여늬 사람은 아랑의 얼굴을 엿볼수도 없었으며 지어는 관가에 있는 관속들의 눈에조차 좀체로 띄이지 않았다。

기실 아랑의 그 아름다움은 왕소군(王昭君)에도 비길만하여 그가 수집은듯 짓는 웃음은 방금 피어난 모란꽃을 무색케 할 정도였다。

그의 미색의 소문이 사방에 퍼지자 귀한 집 도령들의 청혼이 접종하였으나 부모의 사위 취택이 또한 범여치 아니하여 문이 닳도록 드나드는 매파들은 헛걸음만 하고 돌아갔었다。

어느 날, 이 관내의 젊은 통인이 우연한 기회에 아랑이 면당 가를 얼핏 지나 초당으로 사뿐사뿐 거닐어가는 자태를 엿보았다。

통인은 원래 마음이 간특하고 불량하여 관내 구실아치들에게서도 경원을 받는 처지인데다가 계집이라면 사족을 못쓰는 인물이였다。

한 번 아랑의 미모를 엿본 통인은 거의 습관으로 몸에 젖어버린 계집에 대한 야욕이 그의 전신에 불타 올랐다。

이윽고 그는 자기의 야욕을 채우기 위하여 한 계교를 꾸며냈으니 그것은 아랑의 유모를 꾀여가지고 아랑을 손에 넣어보자는 것이였다。 어느날 그는 유모를 만나 애타는 자기의 가슴을 하소연하였다。 이 말을 들은 로파는 처음 펄펄 뛰였다。 그러나 통인은 한두 번만으로 그치지 않고 오랜 시일을 두고 조르고 또 졸랐으며 나중에는 많은 뢰물까지 먹이였다。 그리고 그의 청은 어떻게 하

든지 한번만 아랑을 만나게 해달라는 것이였다。

마침내 유모는 그의 청을 들어 주기로 하였다。

『한 번 만나게 하는 것쯤 무슨 큰 일이 있으랴。』

로파는 이렇게 생각하였던 것이다。

어느 달 밝은 봄 밤이였다。

『아가씨、달이 이렇게 밝고 바람이 맑은데 집안에만 들어박혀 있겠어요。 어디 달구경이나 가시지 않으려오。』

유모는 아랑에게 달을 핑게삼아 소풍을 나갈 것을 간곡히 권하였다。 때마침 과년한 처녀인 아랑도 하도 달이 밝아 마음이 산란하던 차라 유모의 말에 귀가 솔깃하여 잠시 령남루까지 거닐고 돌아오기로 하였다。

『그럼 어머님께 여쭙고 오겠어요。』

『아이구 아가씨도 잠간 갔다 올텐데 무얼 그렇게까지야……제가 어련히 알고 말하겠어요。』

유모는 바삐 서둘러 댔다。 아랑은 이때까지 부모의 승낙없이 문 밖을 나가 본 일이 없었으나 유모가 부랴부랴 나서는 바람에 그대로 그의 뒤를 따라 집을 빠져 나왔다。

두 녀인은 렴남루 앞뜰을 거닐었다。 사위는 고요한데 인적 하나 없었고 중천에 걸린 달빛만이 교교하였다。

이윽고 로파는 사방을 둘러 살펴보다가 아랑에게 말하였다。

『아가씨、 잠깐 소피를 보고 오겠어요。』

『그럼 빨리 갔다 와요。』

아랑은 무심히 이렇게 허락하고 나무 그림자 속으로 사라지는 유모의 뒷모습을 바라보면서 다시 발길을 옮겨 거닐기 시작하였다。 막 그 때 천만 뜻밖에도 별안간 어떤 남자의 그림자가 아랑의 앞을 가로 막았다。

『에구머니나!』

아랑은 질겁을 하며 자기도 모르게 소리를 질렀다。

『아가씨、 뭘 그렇게 놀랄거야 있소。』

통인은 히죽이 웃었다。

생전 처음으로 외간 남자와 가까이 대한 규수는 망지소조하여

『어머니! 어디 있어요。 빨리 오세요!』

황급히 큰 소리로 유모를 불렀다。 그러나 일부러 자리를 피한 사람이 나타날 리는 없었다。

『아가씨、뭘 그리 서두를 것 있소。 나는 자나 깨나 아가씨를 한 번 보기를 원하여 왔소。 오늘 이렇게 우연히 만나게 된 것은 아마 하늘의 뜻인가 하오。』

유들유들한 그 사나이는 아랑의 앞으로 바싹 가까이 다가섰다。

『남녀가 유별한데 아닌 밤중에 이게 무슨 무례한 짓이요。』

아랑은 뒤로 물러서며 정색하여 날카롭게 그를 꾸짖었다。

그러나 사나이는 능글능글하게 아랑을 바라보며 헤죽헤죽 웃는 것이였다。

『꽃 본 나비가 어찌 그대로 지나칠 수가 있소。 이것도 한갖 연분인가 본데 그리 너무 쌀쌀하게 굴지마오。』

순간 그는 덥석 처녀의 손목을 잡아 쥐였다。

『아이구 망측해라!』

아랑은 잡힌 손목을 힘껏 뿌리쳤으나 힘이 모자라 손이 빠져 나오지 않았다。 그 사나이는 와락 처녀를 끼여 안았다。 아랑은 있는 힘을 다하여 몸부림을 치며 항거하였으나 사나이는 팍 끼여안은 손아귀를 늦추지 않았다。

『사람 살리오。 사람 살리오!』

아랑은 미친듯이 찢어지는 높은 목소리로 련거퍼 비명을 올렸다。

이 소리에 놀란 사나이는 사불여의하면 처치하려고 미리 준비해 온 비수를

끄내여 아랑의 가슴을 푹 찔렀다。 그리고는 그의 시체를 명남루 밑에 있는 대숲속에 내던지고 달아나 버렸다。

그 이튿날이다。

온 골안은 벌컥 뒤집혀졌다。 부사의 외딸 아랑이 하루밤 사이에 종적이 없어졌다는 것이였다。 그러지 않아도 남의 이야기를 좋아하는 세상 사람들은 다름아닌 부사의 애지중지하는 딸이 없어졌다는 사실이 미상불 흥미있는 일이 아닐 수 없었다。

『여보게, 아랑이 도대체 어떻게 됐을가?』

『글쎄, 개미 한 마리 얼씬도 할 수 없는 집에 누가 들어가서 업어 내올 수도 없는 일이구, 그렇다구 행실이 부정해서 외간 남자와 도주했다고 믿을 수도 없는 일인데 참 귀신도 모를 일이로군!』

사람들은 서로 만나기만 하면 이렇게 숙덕숙덕 하였다。

부사 내외의 걱정은 이로 말할 수 없었다。 사방으로 사람을 놓아 수소문 하였으나 도무지 종적이 묘연할 뿐이였다。

이렇게 뜻하지 않은 불행에 한숨으로 날을 보내게 된 부사에게 또 하나 불행이 찾아왔다。 나라에서는 그를 타 지방으로 전임하라는 령을 내렸던 것이다。

그리하여 부사 내외는 딸을 찾지 못하여 차마 발걸음이 떨어지지 않는 밀양 땅을 버리고 부랴부랴 떠날 수 밖에 없었다。

아랑의 부친이 떠나가고 뒤이어 신임 부사가 도임하였다。 그런데 그는 부임한 첫날 밤에 갑자기 죽고 말았다。 그에게는 평상시에 병도 없었으며 또한 누구에게 살해당한 것도 아니였으나 아무도 그 원인을 밝혀낼 도리가 없었다。

조정에서는 다시 부사를 파견하였다。 그런데 이 부사도 부임한 그날 밤에 또 세상을 떠나고 말았다。

나라에서는 새로운 부사를 또 임명하여 내려 보냈으나 그도 역시 이튿날에는 시체로 변해 있었다。

이렇게 변이 련달아 일어나자 이 고을 사람들은 처음에는 그저 이상하게들만 생각하였다가 이제 와서는 모두들 불안에 싸여 모여 앉기만 하면 부사의 비명횡사 이야기가 화제로 나오고 점차 민심은 동요하였다。

조정에서도 이것은 례사 일이 아니였다。 그러나 밀양에는 부사로 가기만하면 죽는다는 소문이 파다해지자 아무도 밀양 부사로 가기를 원치 않았다。 그리하여 밀양은 폐읍을 하지 않으면 아니될 지경에까지 이르렀다。

그런데 하루는 방방곡곡의 서당을 찾아 다니면서 필묵을 팔아 입에 풀칠을

하던 붓장사 하나가 이 말을 들었다。

『에라! 이 사품에 하루 동안만이라도 원노릇이나 해보고 죽어보자。 그렇잖고서야 내 생전에 붓장사 신세를 언제 면해 볼날이 오겠니……………。』

그리하여 그는 서울로 올라가서 밀양 부사로 내려갈 것을 자원해 나섰다。 조정에서는 아무도 갈 사람이 없어 막연하던 차라 아무나 자진해 나선 것만 다행으로 여기고 그를 밀양 부사로 제수하여 내려 보냈다。

붓장사 밀양 부사는 여기에는 반드시 무슨 곡절이 있을 것이라고 생각하여 한 계교를 꾸며 보기로 하였다。

신 부사가 내려오는 날이였다。

길을 닦고 다리를 수리하여 고을 사람들은 남녀 로소를 막론하고 연도에 나와 부사의 행차를 맞이하였다。

『가마를 멈춰라!』

부사의 가마가 읍 초입에 들어서자 그는 령을 내렸다。 부사는 가마에서 선뜻 내려 멀리 외따로 떨어져 있는 한 오막살이 농가를 찾아 들어갔다。 연도에 섰던 사람들은 무슨 영문인지 몰라 서로 얼굴들만 쳐다보고 감히 입을 열지 못하고 있는데 부사는 그 집 주인 령감과 한동안 수작을 하더니 되돌아와서 아무

말없이 다시 가마에 올라탔다。

관가에 도착한 붓장사 부사는 즉시로 관속들의 현신을 받고 그 동안 고을안 사정을 샅샅이 물은 다음 사령들을 시켜 골안에 있는 초를 있는대로 구해 오라고 분부하였다。

밤이 되자 관가에는 돌아가며 촛불을 켜놓아 동헌은 대낮 같이 밝았다。 그 밤으로 부사는 남 몰래 관가를 빠져나와 낮에 들렸던 초가집을 비밀히 방문하였다。

『주인 령감、 내가 오늘 다녀간 뒤에 누가 찾아 온 사람이 없었소?』

부사의 묻는 말에 주인은 한동안 생각하더니 공손히 입을 열었다。

『관내 통인이 왔다 갔습니다。』

『통인이? 그래 무슨 까닭으로 왔던가요?』

『부사가 오셔서 무슨 말씀을 하시더냐고 캐여 묻기에 아무 말씀도 없었다고 대답했지요。』

로인은 도무지 곡절을 모르겠다는 듯이 부사를 쳐다 보았다。

부사는 로인에게 두어 마디 더 수작하고는 자리를 일어섰다。

『필경은 이 놈이 무슨 까닭이 있는 놈이로구나。』

그는 관가로 돌아오면서 무엇인가 속으로 결심하였다。

한편 아랑을 죽인 통인은 자기의 죄상이 탄로날가 두려워 하루도 마음이 편한 날이 없었다。 게다가 부임하는 부사마다 첫날밤에 죽는지라 그의 불안은 이루 말할 수 없었다。 그런데 이번에 온 부사는 부임 도중에 열토당토 않은 백성의 집에 들린지라 궁금하기가 그지없어 그는 그 농가를 찾아가 주인에게 신임 부사가 들린 연유를 넌짓이 물어 보았던 것이다。

신임 부사는 바로 이것을 기대하였던 것이였다。 그리하여 그는 리방놈이 전임 부사의 죽음에 어떤 비밀을 가졌다는 단서를 잡았다。

그날 밤 휘황하게 밝은 촛불 아래서 부사는 이 고을 본래의 부사의 딸이 하루 저녁에 가뭇없이 사라졌다는 사실과 오늘 농가를 찾아간 통인에 대하여 이리저리 추리를 하면서 잠을 이루지 못하고 고스랑거렸다。

축시나 되였을가, 사면이 괴괴한 한밤중이였다。 별안간 어디선지 찬바람이 휙 일더니 갈갈이 찢어진 록의홍상(綠衣紅裳)에 머리는 풀어 흩으러지고 온몸이 피투성이가 된 한 처녀가 부사 앞에 나타났다。

부사는 필시 무슨 일이 일어날 것을 예측은 하고 있었으나 이렇게 흉악한 몰골을 대할줄은 꿈밖이였다。 그 처녀는 부사에게 공손히 엎드려 절을 하였다。

『어떤 요망한 계집인고?』

부사는 아래 턱이 덜덜 떨리는 것을 간신이 참아가면서 헛 기침을 한번 하고 허장성세하며 구짖었다。

『소녀는 전임 부사의 딸, 아랑이올시다。 제가 원통한 일이 있어 청원을 하려오면 번번히 신임 도사께서는 까무러쳐 돌아 가시고 해서 원한을 풀지 못하고 있사옵니다。 오늘에야 명군을 뫼셨으니 이제는 원쑤를 갚아볼가 하나이다。』

『그러면 그 까닭을 말하여라。』

아랑은 눈물을 흘리면서 그 사연을 저저이 다 이야기하고 원쑤를 갚아줄 것을 애원하였다。

『너의 소원을 풀어줄 터이니 너를 죽였다는 그 자를 확실히 내 눈 앞에서 짚어 낼 수 있는고?』

『래일 소녀가 흰 나비가 되여 그 놈의 갓에 앉겠사오니 그것으로써 거짓이 아님을 인정해 주시기 바라옵나이다。』

처녀는 다시 한번 부사에게 절을 하고는 사라지고 말았다。

부사는 비로소 오늘 자기가 단서를 잡은 것과 아랑의 이야기가 부합되는 것

을 깨닫고 기뻐하였다。

그 이튿날 아침이였다。

『오늘도 또 억울한 장사를 하나 지내야겠네 그려。』

『이번에도 죽였을가。』

『여부있나、신임 부사야 죽게 마련인데 이번 부사라고 별 재간이 있을라구。』

거리에서 관속들은 서로 만나 제 멋대로 씨부렁거리면서 관가에까지 이르렀다。 그런데 막상 당도해 보니 부사는 멀정하게 살아서 일찍부터 대청에 나와 앉아 있었다。 처음 관속들은 눈이 휘둥그래지며 놀랐으나 안색을 고쳐 대청 앞으로 나가서 각기 아침 문안을 드렸다。

부사는 위엄을 차리고 관속 하리들의 문안을 차례로 받으면서 그들의 갓가에 눈을 돌렸다。 그 때에 흰 나비 한 마리가 훨훨 날아 오더니 과연 통인의 갓에 가서 앉았다。

『저놈을 당장 잡아 묶어라!』

추상같은 호령을 하며 손으로 흰 나비가 앉은 통인을 가리켰다。 관속들은 천만 의외의 일이라 한동안 어리둥절하였으나 생사 여탈의 권리를 쥔 부사의

령인지라 어인 영문인지도 모르면서 할 수 없이 통인을 꿇어 앉혔다。

부사는 다시 령을 내려 형구를 갖추게하고 집장 사령을 대령케 하였다。 그리고는 꿇어 엎디인 통인을 쏘아보면서 문초하기 시작하였다。

『이놈 네 죄를 네가 알렸다……』

『소인이 무슨 죄가 있사온지 전혀 생각나는 일이 없소이다。』

통인은 지은 죄가 있는지라 부들부들 떨면서도 말로는 시치미를 떼였다。

『이놈아! 여기가 누구 앞이라고……당장에 물고를 낼놈 같으니、다른 부사는 모르거니와 내 앞에서는 기이지 못한다。 빨리 이실직고 못할가!』

『이런 애매한 일이 어디 있사오리까、소인이 무슨 죄를 지였다고 그러시나이까。』

그는 끝까지 부인하려 하였다。

부사는 그를 형틀에 올려매고 곤장을 치게 하였다。

『아이구、생사람 죽네!』

통인은 비명을 올렸다。

『이놈、그래도 실토를 하지 못할가、아랑은 누가 죽였고 어제 내가

들렸던 농가는 네 놈이 왜 찾아 갔던고?」

이 말을 듣자 그 통인의 얼굴은 흰 종이쪽 같이 변하였다。 그제야 그는 끝내 숨겨 보려던 것을 단념하고 자초지종을 상세히 자백하였다。

부사는 죄인의 말대로 사람을 보내 령남루 아래에 있는 대 밭에 가서 아랑의 시체를 찾게 하였다。 과연 그 곳에는 칼에 맞아 처참하게 쓰러져 있는 아랑의 시체를 발견할 수 있었다。

부사는 곧 그 통인을 극형에 처하여 아랑의 원한을 풀어 주었다。

그 후부터는 아랑의 혼령이 다시 나타나지 않았으며 밀양 부사도 다시는 죽는 일이 없어졌다고 한다。

목숨을 바쳐 처녀의 자랑인 정조를 지킨 이 갸륵한 아랑의 행동은 고을의 처녀들의 심금을 울렸다。 밀양 처녀들은 아랑의 죽음을 애석히 여기여 그의 명을 위로하기 위해서 사당을 지었는데 이것이 바로 령남루 아래에 있는 아랑각이며 대숲 속에 비각이 선 자리는 아랑의 시체를 발견한 곳이라고 한다。

그 후 이곳 처녀들은 음력 四월 보름날이면 아랑의 죽은 날을 기념하는 모임을 갖는 풍습이 전해져 내려오고 있다 한다。

호원숲속의 절터

신라 시대에 매년 三월 초 여드렛날부터 보름 동안 경주 성남(城南)에 있는 흥륜사(興輪寺)에서는 청춘 남녀들이 모여 그 앞 뜰에 있는 두 개의 큰 탑을 가운데에 두고 탑 돌기를 하는 풍습이 있었다。

이것은 어떤 소원을 가진 사람들이 밤중에 이 탑을 돌면서 기도를 드리면 반드시 소원을 성취할 수 있다는 데서 온 풍습이였다。

당시 김 현(金現)이라는 한 젊은이가 있었는데 그는 구 명문가의 출신이며 또한 문무의 도에 통달하였으나 선대에서 저지른 어떤 죄과로 말미암아 조정에 등용되지 못하고 락향살이를 하고 있었다。 그러나 그는 어떻게 하든지 립신 출세하여 가문을 회복하고 영달할 것을 꿈꾸고 있었다。

원성왕(元聖王) 때의 어느 봄날이였다。

흥륜사에서는 매년과 같이 탑 돌기의 행사가 진행되였는데 거기에는 젊은

김 현의 얼굴도 보이였다。

밤이 이슥하자 사람들은 하나 둘 모두 흩어져 돌아 갔다。 그러나 김 현은 일심으로 념불을 외우면서 탑을 돌고 있었는데 바로 그의 뒤에는 어떤 아름다운 처녀 하나가 역시 사뿐사뿐 발길을 옮겨 놓으면서 돌고 있었다。 그는 달빛 아래에서도 완연하게 엿볼 수 있는 아름다운 녀인이였다。

김 현은 자기의 뒤를 따르는 발자국 소리에 무심코 뒤를 돌아 보았더니 그 처녀는 부끄러워 하면서도 그에게 다가 와서 말을 건늬였다。

『놀라시게 하여 죄송하옵니다。 소녀도 소원이 있어 탑 돌기를 하옵는데 녀자의 몸으로 밤 늦게까지 혼자 돌기가 적적하옵기에 렴치를 불구하고 무랍없이 뒤를 따랐사오니 널리 용서하여 주시기 바랍니다。』

김 현은 어떤 숙원이 있어 이렇게 탑 돌기를 하는지는 알길 없으되 처녀의 몸으로써 돌아 가지 않고 야밤중까지 홀로 탑을 돈다는 것이 가련하게 보이여 오히려 자기와 같이 돌 것을 권하였다。

그 후부터는 두 젊은 남녀는 매일 밤 서로 만나서 미소로 인사를 바꾸고 념불을 외면서 같이 탑을 도는 동안에 두 젊은이의 가슴 속에는 사랑의 싹이 트게 되였다。

그러나 어느덧 답 돌기가 끝나는 보름째 되는 날이 왔다。 그들은 리별하기가 섭섭하여 안타까이 서르들 마음을 태웠다。

『오늘 밤 이렇게 헤여지면 언제나 다시 만나게 될가요?』

김 현은 처녀를 쳐다 보며 길게 한숨을 내쉬였다。

『글쎄요。』

처녀도 섭섭함을 못이겨 고개를 숙이고 간신히 대답할 뿐이였다。

『댁이 어디신가요?』

『저 건너 산、숲 속에 있습니다。』

처녀는 어쩐지 주저주저하다가 손을 들어 쪽달이 허공에 걸린 먼 산을 가리키며 고개를 숙이는 것이였다。

김 현은 우련한 달빛 속에서 그 산을 바라보며 저런 산 속에도 사람이 살고 있을가 의심이 들었다。

『저런 산중에도 집이 있나요?』

『네……』

처녀는 방금이라도 곧 울음이 터져 나올 듯한 목메인 소리로 간신히 대답하고는 한동안 망서리다가 마침내 결심을 한 모양이였다。

『그럼 부디 안녕히 계십시오。』

그는 애달픈 미소를 띄우며 인사를 하고 돌아서 발길을 옮겨 놓았다。

『제가 좀 바래다 드리지요。』

김 현은 차마 이대로 헤여질 수가 없어서 그의 뒤를 따라섰다。

처녀는 어디까지나 자기를 따라 오는 김 현에게 몇 번이나 돌아 갈 것을 권고하였다。

『정말 저를 따라 오시지 마세요。』

『조금만 더 바래다 드리지요。』

사나이는 말리는 말을 한사코 듣지 않고 계속 그의 뒤를 따라 갔다。

그런데 밤길임에도 불구하고 처녀는 험한 산 길을 마치 대낮같이 이리저리 휘여잡고 앞서 가는 것이였다。

무인지경의 산골에 밤은 점점 깊어 가는데 한식경이나 잘 걸었을가、건너편 숲 사이에 난데 없는 불빛 하나가 빤히 비치였다。

『저기 보이는 불빛이 바로 저의 집이랍니다。 이젠 다 왔으니 그만 돌아 가세요。』

처녀는 마지막으로 그에게 돌아 갈 것을 청하였다。

『이왕 다 온 김에 댁의 문 앞까지 가지요………』

김 현은 이렇게 대답하고 넌지시 그냥 뒤를 따랐다。

그 곳은 경주성의 북쪽 독산(獨山)이라는 깊은 산중이였다。 이윽고 그 집 앞에 당도하자 그의 어머니가 나와 딸을 반가이 맞이하였다。 로파는 뒤에 우두커니 서 있는 사나이를 보고 딸에게 물었다。

『저분은 누구시냐?』

『나하고 같이 탑 돌기를 하시던 분이예요。』

처녀는 그의 어머니에게 김 현이 따라 오게된 사연을 소곤소곤 이야기하였다。 로파는 이마 우에 주름살을 지으며 근심하는 빛을 보였다。

『네 오래비가 돌아 오면 야단이 날 텐데 이 일을 어떠허니! 네가 그렇게 정성을 드리고 왔는데 살생을 하면 부정할테고………。』

『어머니 저이를 어떠허면 좋을가요。』

『글쎄 난들 어쩌니………。』

그 때에 저편에서 바람이 일고 우루루 하는 소리가 났다。

『에그、오라버니들이 돌아 오나 본데、어머니!』

처녀는 안타까와 발을 동동 굴렀다。

『애 살생을 나게 해서야 되겠니, 어디다 곧 숨거 드리렴。』

어이딸은 재빠르게 사나이를 집으로 데리고 들어가 다락에다 감추어 놓았다。

사나이는 할 수 없이 시키는 대로 다락 안에 숨어서 문틈으로 밖을 내다 보고 있었다。

거무하에 그집 문 앞에서 호랑이의 『어흥어흥』하는 포효소리가 심산의 적막을 깨뜨렸다。

김 현은 『아이구 이제는 꼭 죽었구나』하는 생각이 들어 숨을 죽이며 목을 들어 박고 가만히 웅크리고 앉아 있었다。

드디여 세 마리의 큰 호랑이가 방으로 들어 오자 로파와 처녀도 재주를 훌떡 훌떡 넘더니 모두 호랑이로 변하고 말았다。

다락에서 이 광경을 본 김 현은 생시인지 꿈인지 분간을 못할 지경이였다。

『내가 호랑이에게 홀렸구나, 저 계집이 이제 알고 보니 호랑이의 화신이였구나! 내 발로 걸어 호랑이 굴에 들어 왔으니 이 일을 어쩐담!』

사나이는 한참만에 정신을 차려 혼자서 입 속으로 중얼거리며 마음을 조리고 있는데 세 마리의 아들 호랑이들은 자꾸 코를 벌름거리면서 냄새를 맡아 보는 것이였다。

『음、분명히 인내가 나는구나。』

다락 안에 숨어 있는 김 현은 이 말에 가슴이 털컥 내려 앉았다。

『인내는 무슨 인내야、이 애가 절에 가서 사람하고 섞여 있다 와서 그렇지。』

로파는 천연스럽게 이렇게 꾸며 대였다。

『아니야、확실히 이 방안에 사람이 있어。분명히 이것은 인내야。』

그들은 아랫목 쪽으로 냄새를 맡아 오면서 다락문을 열려고 하였다。 다락 안에 있는 김 현은 이제는 죽은 목숨이였다。 로파는 로기가 등등한 목소리로 아들들을 꾸짖였다。

『애들아、너희들은 무슨 소리를 하느냐。 그것보다 큰일 난 일이 있다。 너희들이 인간 살생을 많이 했다고 해서 산신령이 대로하여 오늘 밤 안으로 너희들을 처단하러 온다는 전갈이 왔단다。 조금만 있으면 너희들의 목숨이 없어질 판인데 정신들을 못 차리고 이게 무슨 수작들이냐。』

아들 호랑이들은 이 말에 그만 질겁을 하여 웅크리고 앉았다。

처녀 호랑이는 옆에서 이 말을 듣고 무엇인가 생각하는 듯하더니 입을 열였다。

『오라버니들은 그렇게 살생을 하지 않겠다고 맹세를 하고도 그 마음을 종내

버리지 않고 사람들을 해치니 어찌 벌역을 입지 않겠나요。 이 기회에 오라버니들이 정말 개심을 한다면 내가 오라버니들을 대신하여 산신령의 벌을 받겠사오니 빨리 집에서 피하세요。』

처녀는 눈물을 머금고 오래비들에게 애원하였다。 제 호랑이들은 크게 감동하여 그의 누이를 쳐다 보았다。

『그럼 이제부터는 다시는 살생을 하지 않겠다。 그러나 우리 대신에 네가 죽는다는 것이 말이되니?』

『그것은 념려마세요。 저도 생각이 다 있으니까요。 어서 오라버니들이나 날 밝기 전에 사냥이나 나가세요。』

처녀 호랑이는 세 오래비를 설복하여 그들을 밖으로 나가게 하였다。

그리고 나서 호랑이 모녀는 다시 재주를 제번 넘어 사람으로 변한 다음 다락 문을 열고 김 현에게 내려 오라는 손짓을 하였다。

『이것들은 나를 잡아 먹지 않을려나?』

그는 반신반의로 조마조마하면서 다락에서 내려 왔다。

처녀는 정색을 하며 입을 열었다。

『지금 보신 바와 같이 우리들은 사람이 아니라 호랑입니다。 그런데 제가

우연한 기회로 당신의 사랑을 받았으니 비록 저의 몸이 사람이 아니라 할지라도 어찌 그 은혜를 잊으오리까。 그런데 세 오라버니의 죄가 많사와 잘 못하면 신불의 벌역이 온 집안에 미칠 것 같사오매 제 한 몸을 희생시켜 집안을 구하려고 저는 결심을 하였습니다。 필경에는 누구의 손으로든지 저는 죽음으로써 속죄를 할 운명이오니 차라리 당신의 칼에 죽기가 소원입니다。』

처녀는 진정으로 이렇게 애원하였다。

『그렇지만 어떻게 내 손으로 당신에게 칼을 대인단 말이요。』

『아닙니다、 필경에는 죽음을 면치 못할 이 몸、 이왕 죽을 바에는 한 때나마 사랑을 받은 당신의 손에 죽기를 원합니다。』

김 현은 어이가 없어 한동안 입을 떼지 못하였다。

『제가 래일 성안에 들어 가서 여러 사람들을 놀라게 하겠습니다。 그러면 나라에서는 반드시 저를 잡으라는 명이 내릴 것이고 저를 잡아 바치는 사람에게는 상으로 벼슬을 준다는 방을 붙일 것입니다。 그 때에 당신이 저를 쫓아 성북이 숲으로 오시여 저를 잡아 가세요。』

사나이는 가련하고도 측은함에 가슴이 터질 지경이였다。

『그렇지만 어찌 사람의 도리로 그렇게 한단 말이요。 비록 며칠 동안이나마

당신을 련모하여 왔고 또한 사람과 짐승의 사이라 할지라도 한 때 인연이 있어 맺어진 사랑일텐데 어찌 내가 당신의 죽음을 팔아 벼슬을 얻는단 말이요。 그것만은 할 수 없는 노릇이요。』

사나이는 진정으로 거절하였다。

『그렇게까지 저를 생각해 주시니 저는 그것만으로도 기쁩니다。 진정 저를 사랑하신다면 저의 소원을 꼭 들어 주세요 네。』

이렇게 몇 번이나 저저히 탄원하는 처녀에게 김 현은 하는 수 없이 반승낙을 하고 그 길로 나서서 밤 길을 걸어 집으로 돌아 왔다。

이틑날은 마침 장날이라 린근 고을 사람들이 성안에 모여 들어 인산인해를 이루었는데 난데없는 호랑이 한 마리가 나타나서 온 성안을 순식간에 수라장으로 만들고 많은 사람들을 물어 상처를 입혔다。 성안은 이 소란으로 하여 삽시에 벌컥 뒤집혀졌다。

[illegible]이 소문이 곧 대궐 안에까지 들어 가자 국왕은 백성들의 피해를 크게 진념하여 즉시 작 二급(爵二級)을 걸어 시각을 다투어 호랑이를 퇴치할 것을 널리 사람들에게 알렸다。 그러나 아무도 이에 응하여 나서는 사람이 없었다。

김 현은 이 괴변에 어제 일을 돌이켜 생각하니 애석한 일이였으나 일이 여기

까지 이른데야 결심하지 않을 수 없었다。 자기가 곧 호랑이를 잡아 드릴 것을 자원하였다。

왕은 크게 기뻐하고 호랑이를 퇴치하여 다시는 호환이 없도록 해 줄 것을 김 현에게 부탁하였다。

그는 어명을 받들어 허리에 단검을 차고 장거리로 나왔다。 그가 나타나자 이상하게도 그 때까지 횡포하게 날뛰던 호랑이는 그를 보자마자 머리를 돌려 성북 수풀로 달아 나는 것이였다。 김 현은 말을 달려 그야말로 비호 같은 그 호랑이의 뒤를 따랐다。

호랑이는 수풀에 돌아 가 벌써 처녀로 변해 가지고 반가이 김 현을 맞이하였다。

『이처럼 언약을 어기지 않으시고 찾아 오셨으니 뭐라고 감사의 말씀을 드려야 좋을지 모르겠어요。 이 이상 저는 이 세상에서 바랄 것이 없습니다。 어서 나의 소원을 풀어 주세요。』

『그렇지만 내 손으로 어찌 당신을……』

김 현은 차마 자기 손으로 그 처녀를 죽일 수는 없었다。

『세상에 사랑하는 사람의 품에 안기여 이승을 떠나는 것보다 더 행복한 일

이 어디 있겠어요。 제가 죽은 뒤에 저를 위하여 만일 절 하나를 세워 주신다면 그보다 더 큰 은혜가 없겠어요。 그리고 오늘 장거리에서 저에게 피해를 입은 사람들에게는 흥륜사 된장을 상처에 바르게 하면 이내 나을 것입니다。 그러면 부디 나라에 충성을 다하시고 오래오래 영화를 누리시며 살아 주세요。」

처녀는 말을 마치자 걷잡을 사이도 없이 재빠르게 김 현의 허리에 찬 칼을 뽑아서 제 목을 찔러 자결하고 말았다。

김 현은 어마지두에 놀라 처녀를 부둥켜 안고 비탄하였다。 그러다가 진정하고 정신을 차려 보니 사랑하던 처녀는 간곳이 없고 호랑이 한 마리를 품에 안고 있었다。

그는 하는 수 없이 그 길로 그 호랑이의 사체를 말에 싣고 돌아 와서 국왕에게 바쳤다。 왕은 대단히 기뻐하며 전전긍긍하던 백성들의 생명을 구원한 공로로써 그의 선대의 죄과를 사면해 주고 작 一급을 제수하여 그를 높이 등용하였다。 김 현은 크게 감격하여 나라에 충성을 바칠 것을 맹세하고 대궐을 나오는 길로 흥륜사 된장을 구해다가 호환을 입은 사람들의 상처에 바르게 하였다。 그러하여 그를 칭송하는 백성들의 목소리는 날로 높아 갔다。

그 후 김 현은 그 처녀 호랑이의 죽음을 항상 애석하게 생각하여 그의 소원대

로 그가 자인(自刃)한 그 자리에 한 사찰을 지어 『호원사(虎願寺)』라 칭하고 중들에게 조석으로 범망경(梵網經)을 외게 하여 그의 명복을 빌어 주었다고 한다。

경주의 북쪽으로 포항(浦項)가도를 따라 가면 옛날 알천(閼川)이라고 부르던 북천(北川)에 다달은다。 이 시내 건너편 우측에 보이는 소금강산 기슭으로부터 좌측의 서천(西川) 시냇가까지 동서로 가로 놓인 아름다운 수풀이 독산을 중심으로 뻗어 있다。 이것은 신라 시대로부터의 보존림으로 내려 오는데 론호(論虎)숲、 또는 호원(虎願)숲이라고 부른다。 호원사는 독산을 등지고 바로 이 수풀 초입에 자리 잡고 있었다 한다。

그런데 어느 때 헐어졌는지는 자세히 알 수 없으나 오늘 이 절의 모습은 찾아볼 길이 없고 다만 두 개의 탑만이 남아서 옛날의 절터이였음을 말하여 주고 있다。

금광정의 남생이

옛 신라의 서울 경주(慶州)에서 가장 큰 절이였던 황룡사(皇龍寺)에 묘정(妙正)이라는 젊은 중이 있었는데, 그는 하고 많은 동료들 중에서도 남에게 사랑을 받지 못하고 항상 멸시와 천대를 받는 젊은이였였다。 그가 이 절에 온지도 오랫건만 그는 오는 첫날부터 주방에서 밥을 짓고 다른 중들이 밥을 먹고 나면 그 뒤치닥거리와 설겆이를 면치 못하는 신세이였다。

그는 자기가 왜 항상 이런 처지에 놓여 있는가를 자기 자신이 모름지기 짐작하지 못하는 것도 아니였다。 그것은 그가 남류달리 얼굴이 못났기 때문이였다。

그의 모과와 같은 머리통과 조그마한 눈찌와 대구같은 큰 입은 도무지 균형이 잡히지 않아서 름름한 점이라고는 추호도 찾아 볼 수 없어 처음 보는 사람이 이면을 하지 않았다면 다행한 일이였다。

그래서 그는 자연 자가 자신이 사람들 앞에 나서는 것을 꺼리게 되였으며 따라서 자기도 모르게 홀로 고독을 사랑하는 사람이 되고 말았다。

그는 조석으로 이 절에서 얼마 멀지 않은 금광정(金光井)이란 우물에 가서 그릇을 씻는 것이 그의 일과의 하나이였다。 이 우물은 하도 깊어서 밑바닥이 바다와 통하여 조수의 간만에 따라 바닷물이 밀려 들어 오면 우물물이 많아지고 조수가 빠져 나가면 우물물도 줄어진다고 하는 이름난 샘이였다。

그런데 그는 그릇을 씻을 때마다 그 우물에 살고 있는 남생이에게 먹다 남은 밥찌끼를 주는 것이 습관으로 되였다。 친한 친구나 말 동무가 없는 묘정에게는 이 남생이가 가장 가까운 친구였고 또한 그가 중얼거리는 말을 눈을 껌빽거리면서 들어 주는 유일한 상대자로 되기도 하였다。 처음에는 자그마한 새끼 남생이였던 것이 이제 와서는 큰 쟁반만 하게 커서 묘정의 말귀를 알아 듣는 듯도 하였다。

이 고독한 젊은 중은 남생이에게 밥을 주면서 그와 수작하는 때가 그의 가장 행복한 시간이였다。

어느 날 묘정은 전과 같이 대궁 밥을 주면서 마치 사람에게나 이야기하듯이 무심코 남생이에게 이렇게 말하였다。

『오랫동안 나는 너를 잘 먹여 길러 왔는데 그 대신 너는 나에게 무엇을 주겠느냐?』

남생이는 잘 알았다는 듯이 주는 밥을 다 받아 먹고 나서 눈을 껌벅껌벅하고 조그만 꼬리를 살랑살랑 흔들면서 물 속 깊이 들어 가 버렸다。

이런 일이 있은지 한 달이나 되였을가 하루는 그 동안 통 보이지 않던 남생이가 광채나는 구슬 하나를 입에 물고 나오더니 묘정 앞에 내 놓는 것이였다。

이렇게 아름답고 광채나는 구슬은 묘정이 생전에 처음 보는 것이였고 그 생김생김으로 보아 훌륭한 보물임에 틀림이 없었다。

그는 기특한 남생이에게 마치 사람에게 대하다 싶이 극구 칭찬을 하고 그 희한한 구슬을 허리끈에 매달아 잠시도 떼여 놓지 않고 남몰래 잘 간직하였다。

그런데 묘정이에게는 이상한 일이 생겼다。 기이하게도 그 후부터는 묘정이를 만나는 사람마다 달려 와서 그에게 인사를 청하고 누구나 웃는 얼굴로 그를 대하여 주었고 충심으로 그를 존경하는 태도를 표시하였으며 지어는 항상 묘정을 백안시하며 천대하여 오던 사람들까지도 웬 일인지 반가이 맞이하고 친절하게 대하는 것이였다。 그는 일찌기 이런 일을 당하여 본 일이 없는지

라 처음에는 어찌할 바를 몰라 어리둥절하고 서 있을 뿐이였다。

거리에 나서면 길가는 남녀들이 그의 뒤를 따르고 절에 들어 서면 로승들을 비롯하여 동승에 이르기까지 그를 사랑하고 존경하였다。

이렇듯 묘정을 한번 본 사람들은 누구나 할 것 없이 모두 그에게 반하여 그를 따르게 되는 것이였다。 그의 못생긴 얼굴은 이상하게도 이제 와서는 오히려 매력있는 얼굴로 사람들에게 보이는 것이였다。 이 기이한 사실은 항간의 이야기를 좋아하는 사람들의 입에 올라 온 성안이 떠들썩하였다。

드디여 이 소문은 대궐 안까지 들어 가게 되였다。

왕은 곧 묘정을 궁궐 안으로 불러 들였다。 그는 왕의 앞에 대령하여 엎디였다。

이윽고 왕의 입이 열렸다。

『네가 묘정임에 틀림 없겠다?』

『네。』

『사람의 마음을 홀린다는 소문이 자자한 자가 바로 너란 말이냐?』

『황공하옵나이다。 소인이 홀리는 것이 아니라 사람들이 소인을 보면 모두 따르는 것이옵니다。』

『거짓 소리를! 그럴 리가 세상에 있단 말인가? 어디 머리를 쳐들어 보라。』

묘정은 왕의 분부대로 머리를 들어 룡안을 우러러 보았다。

『음!』

왕은 고개를 한 번 끄덕이고 나서 다시 분부를 내렸다。

『두려워 할 것 없이 가까이 오르게 하라。』

왕 역시 묘정을 한번 보자 어딘지 그에게서 매혹을 느끼여 마침내 측근에 두게 하고 그를 무한히 사랑하였다。 그리하여 묘정은 궁중에 있는 몸이 되여 대궐 안의 모든 사람들로부터 한결 같이 총애를 받았다。

그 때에 마침 조정에서는 나라의 일로 당 나라에 사신을 보낼 필요가 생겨 적임자를 고르고 있던 참이였다。 그 임무는 반드시 성공하고 와야만 할 국가의 중대한 일이였다。

어느날 왕은 문무 백관의 중신들을 불러 놓고 사신으로서 묘정을 보낼 것을 제의하니 중신들은 이구동성으로 이에 찬성하였다。 왕은 묘정이 모든 사람들로부터 례외 없이 사랑을 받기 때문에 당 나라에 가서도 신라 조정이 기도하는 일이 순조롭게 잘 해결되리라는 것을 은근히 기대하였던 것이다。

모정은 중대한 임무를 띠고 멀리 당 나라를 향하여 고국을 떠나 갔다。

당 나라 황제는 신라에서 온 사신을 한 번 보자 그를 매우 사랑하였고 궁중의 대판(大官)들도 또한 그를 존경하여 극진한 환대를 하였다。

어언간 몇 달이 지나갔다。

모정은 그간에 띠고 간 사명을 수행하였고 이제는 귀국해야 할 때가 왔다。 그리하여 그는 여러번 귀국할 의사를 품달하였으나 당 나라 황제는 좀처럼 허락하지 않을 뿐더러 오히려 그를 한 시도 자기 옆에서 떠나지 못하게 하였다。

모정은 나라에서 정하여 준 귀국할 날짜가 다가 오고 있음에 조바심을 하였으나 어찌하는 도리가 없었다。

어떤 날 모정은 생각하였다。

그는 미천한 중인 자기가 당 나라에까지 들어 와서 황제를 비롯한 여러 중신들에게 두터운 사랑을 받아 어려운 임무까지도 손쉽게 성취하게 된 오늘의 영달을 생각하니 그것은 오로지 남생이가 준 구슬의 덕인 것이 분명하였다。

천하에 이토록 귀중한 보물을 자기가 만일 황제에게 드린다면 그는 쉽사리 자기의 귀국을 허락해 줄 것만 같았고 또한 그 동안 그에게서 입은 은혜를 보답하는 길이 되리라고 생각한 나머지 모정은 구슬을 황제에게 바칠것을 결심하

였다。 그러나 그는 한편 그 구슬을 몸에서 떼여 낸다는 것은 자기의 신세가 또 다시 옛날의 외롭고 불우한 처지로 돌아 감을 의미한다는 것을 잘 안다。 허지만 그의 조국에 대한 충성된 마음은 자기 일신의 영화보다도 나라에서 맡은 바 사명을 어떻게 하면 끝까지 수행할 것인가 하는 문제가 더 소중하였던 것이다。

다음 날 아침이였다。

그는 정식으로 당 나라 황제에게 귀국할 결심을 사뢰인 후에

『이것은 소신이 비장하여 오던 보옥이온데 그 동안 황공하옵게도 분에 넘치는 많은 은총을 입사와 이에 하직하는 마당에서 삼가 선물로 드리고저 하옵나이다。』 하고 허리띠에 찼던 구슬을 끌러 그에게 바치였다。

황제는 그 구슬을 손에 받아 들자 경악하여 한동안 벌린 입을 다물지 못하였다。

『음、이 구슬이 웬 일일가? 이것은 짐이 비장하였던 여의주(如意珠)임에 틀림이 없구나。 전년에 네 개의 구슬 중에서 잃어버렸던 하나가 분명한데 어떻게 하여 신라에서 온 사신의 손에 들어 갔던고?』

황제는 묘정에게 그 사연을 물었다。 묘정은 그 여의주를 갖게 된 연유와 그 구슬을 얻은 날짜를 상세하게 이야기하니 과연 그 무렵이 황제가 구슬을 잃어버린 시기와 부합하였다。

그래서 묘정은 금광정의 남생이가 자기에게 은혜를 갚으려고 멀리 바다를 건너 당 나라 황제의 여의주를 물어다 주었다는 것을 알게 되였다。

이리하여 당 나라 황제는 의외에도 잃어 버린 여의주를 다시 찾게 되여 크게 기뻐하고 그의 행위를 가상히 여기여 묘정의 귀국을 승낙하였을 뿐만 아니라 많은 기념품을 하사하고 사흘 동안에 걸치는 연회를 베풀어 그의 기특한 마음을 치하하였다。

그러나 문자 그대로 장중보옥을 잃은 묘정은 서운한 감을 금치 못하면서 고국으로 향하였다。

신라 서울로 돌아 온 묘정은 즉시로 대궐로 들어 가서 왕에게 복명하니 왕은 그의 공로에 대하여 높이 찬양하고 위로의 말을 주었다。

그러나 왕은 이튿날부터 공신(功臣)을 잊었다。 그는 다시는 묘정을 찾지 않았으며 지난날 그렇게도 묘정을 따르던 모든 사람들도 그를 멀리하였다。

그리하여 묘정은 남생이에게서 여의주를 얻기 전의 옛날 신세로 다시 돌아갔다。 그는 매일과 같이 금광정의 우물 속을 들여다 보고 그 남생이를 부르면서 쓸쓸히 세월을 보냈으나 자기가 나라를 위하여 일신의 영달을 스스로 버린 것을 늙어서 세상을 떠날 때까지 후회하지는 않았다。

무영탑과 영지

신라의 서울 경주 가까이에 토함산(吐含山)이라는 산이 있어 아침 저녁으로 안개가 끼이기 때문에 사람들은 신기하게 여기여 이 산에 살고 있는 룡이 안개를 뿜는 것이라고 생각하고 있었다。

북으로부터 동해안을 따라 남으로 뻗어내린 태백산 줄기의 최후의 기복이 이곳에서 응결된 것처럼 이 토함산은 군소의 산들을 주위에 거느리고서 있다。 멀리 동해에서 떠오르는 아침 해를 제일 먼저 맞이하는 것도 이 산이요 고요한 저녁 노을을 최후까지 지니고 있는 것도 이 산이였다。 로송이 울창한 웅대한 이 산은 항상 안개가 끼여 그 전모를 동시에 나타내는 일이 없기 때문에 사람들에게는 신비로운 령산으로 되여 있었다。

신라가 이 산록의 평원에 왕성을 축성한지 八〇〇 여년、나라는 반석 우에 놓였고 사람들은 태평 세대를 구가하였다。

제三五대 경덕(景德)왕은 당시의 재상 김 대성(金大城)으로 하여금 토함산 기슭에 불국사를 창건하고 그 앞뜰에 다보(多寶)와 석가(釋迦)의 두 탑을 건립하도록 하였다。

김 대성은 천하의 명공을 다 모아 신라의 부와 지혜를 기울여 예술의 극치를 창조할 웅장한 구상을 가지고 있었다。

그 구상은 대웅전(大雄殿)앞의 무지개 구름 다리를 중심하여 우익에 다보탑을 세우고 좌익에 석가탑을 세워서 그 중앙면 고대에 있는 대웅전과 균형이 잡히도록 하는 것이였다。

그런데 이 두 탑을 세우기 위하여 특히 석공으로서 멀리 당 나라에서 아사달(阿斯達)이란 명공을 초빙하여 왔다。

일국의 부와 인간으로서의 최대한의 지혜와 능력을 기울여서 창조하는 일대 예술인만큼 신라의 공장(工匠)들만으로써는 불가능하여 당 나라의 명장(名匠)을 불러왔던 것이였다。

그리하여 사랑하는 부모 처자를 미별하고 고국을 떠나 만리 이역에 오직 예술의 길을 찾아 온 아사달은 자기 나라의 명예를 걸고 전심 전력으로 정질을 하는 것이였다。

이 석가탑은 종전의 탑과는 달리 전부가 섬세한 세공을 필요로 하는 석탑이였기 때문에 그 난공사는 이로 말할 수 없는 것이였다。 넓은 공사장 울타리 안에서 석재와 돌조각의 산무더기 속에 파묻혀 아사달의 그림자는 보이지 아니하였으나 하루 같이 선률적으로 들려오는 그의 정소리는 변함이 없었다。

아사달이 신라에 온지도 수년이란 세월이 흘렀다。 찌는듯한 더위도 다 간 초가을 어느날 당의(唐衣)를 입은 한 낯선 젊은 녀인이 불국사 근처에서 누구를 찾는듯 하였다。 그는 멀리 당 나라에서 온 아사달의 처 아사녀(阿斯女)이였다。

아사녀는 남편을 만리 타향으로 떠나 보내고 홀로 고향에 남아 남편 돌아오기를 기다렸으나 한 번 떠나간 사람은 수년이 지나도록 소식이 없음에 안타까움을 참지 못하여 마침내 신라까지 찾아오게 되였던 것이다。 그 남편을 만나려는 일념으로 녀인의 몸으로써 수천 수만리의 먼 길을 돌보지 않고 떠났던 아사녀는 이제 신라까지 당도해 놓고보니 로독이 나고 긴장된 마음이 풀려서 한 발자국도 더는 떼여 놓지 못할 지경에 이르렀다。

그는 이윽고 남편이 탑을 다듬는다는 공사장의 문앞까지 다달았다。 아사녀

는 수년만에 남편을 만난다는 감격에 가슴이 울렁거렸다。 이렇게 면 길을 찾아온 자기를 남편이 보면 얼마나 반가와할가、그리고 나의 이 로독이 난 초췌한 행색을 보면 얼마나 안타까와할가。 무엇부터 먼저 이야기를 꺼내면 좋을가、도중에서 고생한 이야기、고향 소식、어머니의 이야기、어느 것부터 먼저 시작할가……이렇게 그는 행복한 순간에 대하여 여러가지 생각하는 것이였다。

『아사달! 아사달! 아사녀가 찾아 왔습니다。』

그는 애타는 목소리로 남편을 불렀다。 그러나 돌 다듬는데 전심 전력을 경주하고 있는 아사달의 귀에 이 소리가 들릴 리 없었다。

아사녀의 몇번이나 웨치는 소리에 그의 앞에 나타난 사람은 아사달이 아니라 무뚝뚝한 한 사람의 문지기였다。

『여기는 녀인금제(女人禁制)의 신성한 구역이라 부정하게 녀인이 들어 설 곳이 못 되니 어서 물러가오。』

문지기가 문 앞에 걸린 표판을 가리키며 하는 말이였다。

그 말을 듣고 아사녀는 가슴이 덜컥 내려 앉았다。 거기에는 과연 『녀인금지』라고 씌여 있었다。

그러나 그는 간단히 물러설 리가 없었다。

『나는 아사달의 안해입니다。 시급한 사정이 있사와 불원 천리하고 당 나라에서 예까지 왔사오니 잠시나마 한 번 만나게 해 주세요。』

『안 되오。 어떠한 사정이 있더라도 공사가 끝날때 까지는……。』

『아니옵니다。 꼭 만나야 할 일이 있습니다。』

아사녀는 문지기에게 애걸복걸하며 간청하였으나 그는 다만 같은 말을 되풀이 할 뿐이였다。

『일생의 소원이니 잠간만 만나게 해 주세요。』

『안 된다면 안 된다니까!』

문지기는 화를 벌꺽 내며 한 마디 던지고는 돌아서려 하였다。

『세상에 이럴 수가 있단 말인가、 지척에다가 남편을 두고 만나지 못하다니……』

아사녀의 슬픔은 가슴을 어이는듯 하였다。 그는 몸부림을 치면서 눈물로 문지기에게 몇번이나 거듭 애원하였다。

비록 무심한 문지기라 할지라도 아사녀의 그 가련한 모양을 보고는 마음이 움직이지 않을 수 없었으나 『녀인금제』라는 이 엄격한 법도(法度)만은 어찌하는 수가 없었다。

『부인은 잘 들으시오。 이 공사가 끝날 때까지는 어떠한 사정이 있다 하더라도 녀성을 이곳에 들여 놓을 수는 없소。 저 서산 기슭에 큰 못 하나가 있는데 그 못에는 이 절의 그림자가 력력히 비친다오。 그 그림자를 들여다 보면 이 절이 완성되는 날을 알 수 있을 것이니 그 못을 들여다보며 기다리는 것이 좋을 것이웨다。』

문지기는 태도를 고쳐 부드러운 말씨로 아사녀에게 이렇게 일러주는 것이였다。

아사녀는 생각하였다。 자기 남편이 필생의 심혈을 기울여 예술품을 창조하고 있다는 것을 생각할 때 중간에 자기가 뛰여 들어 대업을 망치게 하는 것은 예술가의 안해로서 부끄러운 일이라고 생각하였다。

그리하여 그는 문지기의 말을 고맙게 여기며 부처님의 마음을 표현한다는 석가탑을 남편이 하루 바삐 완성할 것을 기원하면서 그 못가에 가서 기다리기로 하였다。

그는 피곤한 몸을 간신히 움직여 문지기가 가르쳐 준 그 못을 찾아 갔다。

신기하게도 거울과 같이 맑고 푸른 못 가운데는 그곳에서 멀어져 있는 거의 준공되여가는 불국사의 대가람이 대소의 법당들과 종각들을 거느리고 실물과

다름없이 선명하게 전모의 그림자를 나타내고 있었다。 그 못 가운데는 룡궁아닌 대 사찰이 한 개의 별세계를 이루고 있는 듯하다。

아사녀는 마치도 홀린듯이 한참 동안 그 못 속을 뚫어지게 들여다 보고 있었다。 그 그림자는 한 채 한 채 세여 볼 수 있을 정도로 선명하게 보이는 것이였다。 거기에는 이미 준공된 정전(正殿)도 자하문(紫霞門)드 구름다리도 그리고 또한 완성된 다보탑까지 보이는데 석가탑만은 보이지 않았다。

『왜 하필 석가탑만이 보이지 않을가?』

불가사의한 일이였다。 아사달이 쌓아 올리고 있다는 석가탑의 그림자는 아무리 찾아 보아도 눈에 띄이지 아니하여 아사녀는 매일같이 미친 사람처럼 못가를 헤매였다。 그는 석가탑이 보이도록 그리고 석가탑과 함께 그의 남편의 그림자까지도 나타나도록 부처님에게 기도를 들이군 하였다。

낮은 밤을 이어 지나가고 또 몇 달이 흘렀다 불국사의 건축 공사는 날마다 눈에 띄이게 진척되여 거의 완성에 가까와 가는 것이 이 못 속 그림자에서도 완연하였다。

그러나 안타깝게도 남편이 만드는 석가탑은 다음 날도 또 그 다음 날도 끝끝내 보이지 아니하였다。

그런데 어느 날 아침, 대웅전 앞 좌익에 어제까지도 없었던 탑 하나가 완연하게 아사녀의 눈에 나타났다。

『저것이 바로 그이가 쌓아 올리는 석가탑이로구나!』

아사녀는 미친듯 소리를 질렀다。

그러나 그것은 아사녀의 착각에 지나지 않았다。

기진 맥진한 나머지 정신이 혼란되여 헛 것이 보여였던 것이다。 미친 사람처럼 그는 허공을 바라보고 아사달을 부르면서 그 탑을 부둥켜 안을듯이 풍덩 물 속으로 뛰여 들었다。

대 사찰을 물 속에 이룬 이 거울과 같은 수면은 파문과 함께 깨여지고 이때까지 수중의 룡궁과 같이 완연하던 큰 절은 순식간에 허물어지고 말았다。

일편 단심 남편을 만나 보려고 산 설고 물 설은 만리 이역을 찾아 온 아사녀는 지척에 남편을 두고도 만나보지 못했으며 또한 그는 남편이 다듬고 있는 탑의 그림자나마 찾아 보려고 무진 신고하다가 종내 그 뜻마저 이루지 못하고 가련하게도 수중 고혼이 되고 말았다。

한편 아사달은 필생의 위업을 완성코저 세심분골 조탁(彫琢)에 여념이 없었

다。그런데 하루 아침 문지기로부터 안해가 찾아왔다는 말을 듣고 의외의 일에 깜짝 놀랐다。그의 머리에는 지난날의 여러 가지 일이 주마등과 같이 스쳐 지나갔다。고향을 떠나던 그날 부터 몸성히 다녀오라고 당부하던 안해의 모습이 다시 눈에 선하였다。

이때까지 억제하여 오던 고향 생각과 오매에도 잊을수 없는 안해를 만나보고 싶은 생각이 아사달의 가슴에 불타 올랐다。그는 그후 정을 들어 돌을 쪼는 기력조차 쇠퇴해 가는 듯하였다。

또 몇달이 지나갔다。다보탑은 이미 끝났었고 석가탑도 거의 완성에 가까왔다。그의 얼굴에는 회심의 희열과 자부심이 떠 올랐다。어느날 아사달은 미완의 석가탑과 안해를 두고 비교해 보았다。

『어느 것이 더 소중한가! 예술인가? 애정인가?』

예술과 애정의 기로에서 어느 길로 먼저 걸을 것인가? 아사달의 머리는 한동안 고민에 빠졌다。그러나 드디여 결심하였다。

『이제 마지막 한 숨이다、탑을 먼저 완성하자!』

그리하여 주야로 침식을 잊고 아사달은 오직 석가탑의 완공에 남은 힘을 다 기울였던 것이다。

이욱고 탑은 완성되였다。 열광적으로 찬탄하는 세상의 목소리는 창조자인 아사달에게 돌아갔다。

그리하여 두 탑은 균형 조화의 미에 뛰여나 다보탑을 녀성적인 유연우미한 것으로 비긴다면 석가탑은 남성적인 완강장미의 것으로서 또 전자가 무상한 변화의 미를 상징한다면 후자는 항상 실직(實直)의 미를 표현하는 것이다。

이렇게 하여 불국사는 청운 백운의 량 석조 구름다리를 올라 련화(蓮花) 칠보(七寶)의 두 다리를 건너 자하문을 들어서면 좌우측에 두 탑을 거느린 대웅전이 완전한 조화를 갖추어 오늘 세계 최대 걸작의 예술품으로 남게 되였던 것이다。

그러나 이러한 예술품의 창조자 아사달에게 남모를 슬픔이 있다는 것은 아무도 몰랐다。 아사달은 최후의 일손을 마치자 또한 일구 월심 가슴에 맺힌 사람을 만나러 그 길로 한달음에 못까지 달려갔다。

못은 맑고 푸르러 여전히 거울같은 수면에 멀리 토함산과 불국사의 웅장한 그림자를 잠그고 있었다。

『아사녀! 아사녀!』

아사달은 목이 터져라 안타까이 안해의 이름을 부르면서 못가를 오르내리였다。 그러나 아무도 이에 대답해 주는 사람은 없었고 다만 메아리 소리만이

「아사녀! 아사녀!」하고 되돌아 올 뿐이였다.

이렇게 며칠 동안 못 주변을 실성한 사람처럼 돌아 다니던 아사달이 하루는 한곳에 이르자 문득 멈추어섰다. 그의 앞에는 우뚝 완연히 한 녀인의 그림자가 서 있었다.

『아사녀!』

그는 소리를 지르며 한 달음에 달려가 너무도 반가와서 무아무중 그것을 껴안고 한참동안 흐느껴 울었다.

얼마나 울었는지 정신을 차려 자세히 살펴보니 그것은 사람이 아니라 하나의 큰 바윗돌이였다. 그 바위 앞에는 다 헤진 낡은 한켤레의 녀인의 당혜(唐鞋)가 나란이 놓여 있었다.

그것은 자기 안해의 신발임에 틀림없었다. 분명히 아사녀는 여기까지 와서 이 바위를 안고 통곡하다가 마침내 신발을 벗어 놓고 물에 빠져 죽었다는 것을 추측할 수 있었다.

이제는 이 세상에서 다시는 자기 안해를 만나 볼 수 없다는 것을 깨달은 아사달은 그의 죽은 넋이라도 위로해 주기 위하여 그 인연깊은 바위에다가 아사녀의 죽음을 기념하여 석가좌상 하나를 다듬었다.

그러나 완성된 그 불상은 애상에 잠긴 표정을 띠여 아사달의 비통한 심정을 여실히 말해주고 있었다。

그 우미하고 힘이 넘치는 석가탑에 비하여 이 불상은 도저히 같은 조각가의 손으로 된 것이라고는 믿을 수 없는 석불로 남게 되였던 것이다。

어느 때 누가 그렇게 부르기 시작했는지는 상고할 길이 없으나 석가탑을 일명 무영탑(無影塔)이라고도 불렀고, 아사녀가 빠져 죽은 그 못을 영지(影池)라고 부르게 되였다。

이 영지는 불국사의 서쪽 두 구릉사이에 자리잡고 있는데 그 못가의 동쪽 솔밭 어구에 사람의 크기와 비슷한 석가 좌상은 오늘도 옛날 그대로 빗바람을 맞으면서 홀로 앉아 있다。

서 출 지

경주의 문천(蚊川)을 인왕리 부근에서 건너 남산의 동쪽 기슭을 따라 불곡、탑곡、미륵곡을 차례로 가로질러 헌강(憲康) 정강(定康)의 두 왕릉을 지나면 곧 남산의 서출지라는 못에 다달은다。

이 못은 여름에 련꽃이 많이 피여 경치가 매우 아름다운 곳이다。 이 서출지에 관해서는 아래와 같은 이야기가 전해 내려오고 있다。

신라 제 二一대 소지왕(炤智王)은 왕위에 오른지 一〇년에 서북방에서 쳐들어 오는 외적을 백성들과 함께 잘 방어하고 문무 제도를 정제하여 내정을 잘 보살폈으므로 나라는 튼튼하여졌다。

그의 즉위 一〇년을 맞이하는 해에 궁전도 월성(月城)에 락성되여 여러 가지 다채로운 행사들이 진행되였다。

왕 자신은 친히 일선군(一善郡)에 행차하여 고독하게 살고 있는 홀아비와 가

난한 과부들을 가엾게 여기여 곡식을 나누어 주고 그들을 위로하여 주였다。

이 해 정월 보름날 왕은 문무 백관을 거느리고 월성으로부터 그다지 멀지 않은 천천제(天泉帝)라는 곳에 거동하기로 되였었다。

이번 거동에는 왕비도 동반하기로 되였었는데 마침 이날 왕비는 돌연 몸이 불편하여 행차에 동행하지 못하게 되였다。

『오늘의 경사로운 날을 손곱아 기다렸삽는데 공교롭게도 함께 모시고 떠나지 못하게 되여 황공무비하나이다。』

왕비는 그날 거동에 동반하지 못하게 된 것이 진정으로 안타까운듯한 표정을 지으며 왕에게 유감의 뜻을 표시하였다。

『그토록 섭섭해 하지 마오。 어서 몸조리나 잘하여 빨리 쾌차하도록 하시오。』

왕은 그를 혼자두고 길을 떠나는 것이 서운하기는 하였으나 하는 수 없이 이렇게 당부하고 궁을 떠났다。

왕의 행차가 길을 떠난지 얼마 되지 않아 어디선가 이상한 소리가 들려왔다。

그 괴상한 소리는 이때까지 아무도 들어본 일이 없는 것이였으며 그렇기 때문에 불길한 소리같기도 하고 어찌 들으면 길할 징조같기도 하여 분간할 수가 없였다。

그 괴이한 소리는 점점 가까이 들려왔다。 그러나 행차에 따르던 사람들은 모두 그 소리를 듣고도 아무도 감히 입을 열어 말을 하지 못하였다。 그들은 모두 어떤 불길한 예감으로 하여 불안에 사로잡혀 그저 묵묵히 길을 걷고만 있었던 것이다。

하늘에서 나는 소리인지 땅에서 솟아나오는 소리인지 분간할 수 없는 그 소리는 대련(大輦)안에 앉아 있는 왕의 귀에도 들려왔던 것이였다。

『저 괴이한 소리는 무슨 소리인고?』

왕의 웨치는 이 소리에 비로소 신하들의 발은 땅에나 붙은듯이 멈추어졌다。 그리고 일시에 그 소리 나는 곳을 향하여 하늘을 쳐다보니 까마귀의 한 떼가 까악까악 우짖으며 이 행렬 우의 하늘을 덮어 맴돌고 있었다。

그것은 수백 수천 마리의 까마귀 떼이였다。 이 까마귀들은 왕의 행렬을 호위하는 것같이도 보이였고 또 어떻게 보면 조상(弔喪)하는 것 같기도 하였다。

그래서 신하들은 아무도 선뜻 왕의 물음에 대답하여 나서는 사람이 없었다。

그런데 그때 또 하나 이상한 일은 암만해도 그 까마귀 소리에 섞여서 분명히 다른 소리가 들려오기 시작하였다。

하늘을 쳐다보던 사람들은 일제히 그 다른 소리가 나는 곳을 바라보니 기이하게도 이 행렬의 뒤를 이어 이것역시 수백 수천 마리의 쥐의 무리가 찍찍거리면서 땅 우로 따라오는 것이였다。

이런 괴변에 신하들은 물론 왕도 놀라서 어찌할 바를 몰랐다。

『까마귀와 쥐……』

이것은 도대체 무슨 징조인지 아무도 아는 사람이 없었다。

왕도 불길한 예감에 사로잡혀 한동안 실색하다가 신하들에게 소리쳤다。

『이것이 무슨 괴변인고? 일판(日官)을 불러라、저 우짖는 소리들이 무슨 뜻인지 알아 맞추도록 하라!』

『네! 지금 일관이 점을 치고 있는 줄로 아뢰오。』

이윽고 일판은 고하였다。

『까마귀는 천상의 옥황이 보낸 것이고 또한 쥐는 지하의 명왕이 보낸 것이로소이다。까마귀는 대왕의 행차의 안내역이옵고 쥐는 호위역으로 아뢰나이다。이것은 비할바 없는 길조로소이다。 까마귀의 행방을 잃지말고 좇아가라는 것이옵니다。』

그제야 왕은 미우에 어리였던 주름살을 펴고 한숨을 내쉬였다。

『자、그럼 빨리 까마귀의 뒤를 따라서라!』

왕은 다시 떠날 것을 명령하였다。

불안에 싸였던 사람들은 이제야 마음을 놓고 발걸음도 가볍게 길을 걷기 시작하였다。

까마귀를 좇아 피촌(避村)이란 곳까지 이르니 이상하게도 그곳에서는 큰 두마리의 멧돼지가 피투성이가 되여 싸움을 하고 있었다。괴상한 일이 련이어 생기므로 그 행렬은 또 이곳에서 발을 멈추었다。

『또 무슨 변이 생겼느냐?』

왕은 소리쳐 물었다。

『멧돼지 두 놈이 서로 싸움질을 하고 있사옵니다。참으로 진기한 일이온데 이것 역시 어떤 좋은 징조로 아뢰옵나이다。』

일관은 이렇게 상주하였다。

왕은 일관의 말에

『음、그래?』

하고 애매한 대답을 하였다。

왕과 그의 신하들은 멧돼지의 싸움 구경을 하느라고 시간 가는줄도 모르고

정신이 팔려 있었다。 얼마만에 제 정신을 차려보니 이제까지 길을 안내하던 하늘의 까마귀 떼도 행렬 대오를 호위하던 쥐들도 가뭇없이 없어지고 말았다。

『이것 야단났구나……』

까마귀의 행방을 잃은 선두에 선 신하들은 당황하였다。

왕은 대발노발하여 웨쳤다。

『한시 바삐 그 행방을 찾지 못할가!』

그러나 하늘에는 흰 구름만이 무심히 떠 있을 뿐이였다。

『정말 야단났구나、 까마귀와 쥐란 놈이 어델 갔을가?』

신하들은 어안이 벙벙하여 서로들 얼굴만 쳐다보고 사위를 두루 살펴보았다。

행렬이 머물은 길옆에는 큰 못이 하나가 있어 때마침 한낮의 봄볕이 쪼이여 수면이 반짝거리고 있었다。

사람들은 무심코 그 못을 바라보았다。

그때이였다。 이제까지 잔잔하였던 못 물 한가운데가 짝 갈라지더니 그들이 서 있는 길섶을 향하여 한줄기의 통로가 생겼다。 그러더니 그 가운데서 흰 옷을 입은 한 백발 로인이 나타나 그 물이 갈라진 길을 따라 행렬 앞으로 걸어왔다。

그 로인은 아무 말없이 한통의 흰 봉서(封書)를 내밀었다。 사람들은 어리둥절하여 어찌할 바를 모르고 섰다가 그중 한 사람이 나가 그 봉서를 받으니 백발 로인은 다시금 그 못 속으로 들어 가고 말았다。

그야말로 신출귀몰의 이 사건으로 하여 사람들은 또 한번 놀라지 않을 수 없었다。

『열어보면 두 사람이 죽고 안 열어보면 한 사람이 죽나니라。』

이 봉서의 피봉에는 이렇게 씌여 있었다。 왕을 중심으로 중신들이 모여 들었다。

왕은 그 봉서를 뚫어지게 들여다 보더니

『오늘은 이상한 일도 많다。 이것을 뜯어보면 두 사람이 죽고 아니보면 한 사람이 죽는다 하였으니 어찌 뜯어보아 두 사람이 죽게 하리오。』

하며 뜯어보지 못하게 하였다。

옆에서 이 말을 듣고 있던 일관은 곧 왕에게 말하였다。

『그렇지 아니하오。 두 사람이라고 한 것은 일반 서민을 가리킨 것이요、한 사람이라 한 것은 임금님을 가리켜 하는 뜻으로 아뢰오니 반드시 뜯어 보아야 할줄로 아뢰옵니다。』

『경이 하는 말이 틀림이 없으렸다?』

왕은 일관에게 다짐하였다。

『만일 틀림이 있다면 소신의 일명을 바치더라도 무관한 일로 아뢰옵니다。』

그러나 중신들 사이에는 왕의 의견에 찬성하는 자와 일관의 의견을 지지하는 자가 나와서 잠시동안 결정을 짓지 못하였다。

왕은 드디여 뜻을 결하고 입을 열었다。

『짐의 목숨을 아끼는 것은 아니로되 이것은 필시 무슨 곡절이 있는게 분명하니 뜯어보는 것이 옳겠다。』

왕의 말에 의하여 그 봉서를 뜯어보니

『거문고 갑을 쏘아라!(射琴匣)』

그 봉서 속에는 간단히 이 한 마디가 씌여 있었다。

왕은 더욱 이상히 여기여 한동안 무엇인가 생각하더니

『음、거문고 갑、거문고 갑이라면 그것 밖에 더 있는가。』

하고 혼잣말로 되뇌이였다。

『옳다、그 금갑에 틀림이 없겠다。』

왕은 거동을 중지하고 그 길로 부랴부랴 대궐로 회정하였다。

신하들은 무슨 영문인지 몰라 궁금히 생각하며 왕의 뒤를 따랐다。

이리하여 천천제로 떠났던 거동은 불가사의한 변들로 하여 깨여지고 또 무슨 일이 기다리고 있는지 모르는 월성 궁전에로 돌아왔던 것이였다。

왕이 없는 궁전은 빈집같이 조용하였다。 마침 때는 한나절이 기운지라 궁전은 마치도 고요히 낮잠이 든 것 같았다。

선두에 서서 제일 먼저 성문을 들어선 왕은 곧 바로 내전으로 들어갔다。

전상에 올라 안으로 들어선 왕의 눈에 제일 먼저 띄인 것은 왕비가 항시 사랑하는 검은고가 들어 있는 커다란 금갑이였다。 오동나무 무늬가 아름다운 그 윤택나는 금갑은 내전 방안 한구석 벽에 세워 있었다。

왕은 곧 궁수를 불러 금갑을 향하여 활을 쏘게 하였다。

『부웅!』

화살은 금갑 한 복판에 들어가 박혔다。 그리고 화살은 부르르 떨리였다。 또한 그와 때를 같이 하여 금갑 속에서는 이상한 신음소리가 가늘게 났다。

넋 잃은 사람처럼 한참동안 움직이지 않고 이것을 바라보던 왕은 그제야 긴 한숨을 내쉬였다。

『이것으로 오늘의 괴이한 수수께끼를 다 풀었다、저 금갑을 열어라。』

『앗!』

금갑을 열던 신하는 외마디 소리를 지르며 뒤로 넘어졌다。

그 속에서는 뜻밖에도 활에 맞아 죽어가는 한 사나이가 나왔다。

그 사나이는 궁중의 분반승(焚飯僧)이였다。 분반승은 왕비와 내통하여 오던 중 왕비와 짜고 왕이 없는 사이를 리용하여 내전에 기여들어 왕이 환궁하면 그를 살해하려고 금갑 속에 숨어 있었던 것이였다。

그리하여 그 두 남녀가 곧 처단된 것은 말할 것도 없다。

이런 일이 있은 뒤로 이상한 로옹이 봉서를 가지고 나온 못을 서출지(書出池)라고 불렀다。

또 이 일이 있은 정월 보름날을 오기일(烏忌日)이라 하여 민가들에서는 해마다 까마귀 밥으로서 찰밥을 지어 지붕에 올려 놓는 풍습이 생겨났으며 또한 정월달에 첫 번째로 드는 해일(亥日)과 자일(子日)과 오일(午日)에는 백가지 일을 다 꺼려 사람들은 외출을 하지 않았다。

도깨비 다리

옛 신라 서울의 사량부(沙梁部)라는 곳에 도화랑(桃花娘)이라고 부르는 세상에 드문 아름다운 녀인이 있었다。

그는 당시 사회에서 남의 손가락질을 받는 소실의 딸로 태여난 천한 몸이였으나 이미 출가한 남의 안해로서 그의 지조나 정절이 놀라와서 자못 소문이 항간에 자자하였다。

도화랑은 자기의 평판이 높아지면 높아질수록 몸가짐을 더욱 단정히 하였고 오직 극진히 남편을 섬길 뿐만 아니라 이들 부부 사이의 금슬은 나날이 깊어져 그야말로 록수에 뜬 한 쌍의 원앙새와 진배 없었다。

어느날 이 항간의 이야기는 마침내 임금의 귀에까지 들어 가게 되였다。

이 말을 들은 진지왕(眞智王)—제 二五대—도 그 아름답고 품행이 단정하다는 도화랑을 극구 찬양하여 마지 아니하였다。

하루는 왕은 신하들과 더불어 주연을 배풀고 흥겨운 한때를 보내였는데 문득 누가 먼저 꺼냈는지 좌석의 화제는 도화랑의 미색과 절개에 대한 이야기가 벌어지자 여러 신하들은 저마다 또한 입을 모아 그를 칭송하였다。

왕이 처음에 이 소문을 들었을 때에는 그저 심상한 마음으로 기특하게 생각하였으나 그의 소문이 점점 높아감에 따라 어느덧 한 번 보지도 못한 그 녀인을 머리 속에 그리게 되였던 것이였다。

그리하여 왕은 절세의 미녀라는 그를 한 번 직접 보고 싶다는 호기심과 또한 과연 그 정절이란 어떤 것인가를 시험해 보려고 하였다。

왕은 좌우의 신하들을 돌아보며 말하였다。

『누가 그 녀인을 이 곳에 불러올 수 없을고―。』

이것은 오로지 취흥에서 나온 롱담은 아니였다。 가능하다면 그 아름답고 절개 있다는 녀인을 자기 측근에 두고 싶은 생각이 은근히 마음 속에 있었던 것이였다。

뜻하지 않은 왕의 말에 신하들은 서로 얼굴만 쳐다 볼 뿐 선뜻 입을 여는 자가 없었다。 한동안 물을 뿌린듯이 잠잠하여진 좌석에서 한 로신이 먼저 입을 열었다。

『황공하오나 듣건대 도화랑은 출가 이후 세간의 많은 유혹을 받았사오나 추호라도 마음이 흔들려 본 일이 없삽고 오로지 지아비를 섬겨 십년이 하루 같다 하오니 그일만은 어려운 일로 아뢰나이다。』

왕은 껄껄 웃었다。

『왕명이라도 불가능하단 말인가。』

『황공하옵나이다。 모르기는 하지만 가령 그것이 어명이라 할지라도 그의 정절은 굽힘이 없을 것으로 아뢰옵나이다。』

『그렇게 고집할 것 없이 어디 사람을 보내 어명이라고 하여 한 번 불러봄이 어떨고。』

왕의 분부를 받고 도화랑의 집을 찾은 사자가 얼마 후에 혼자 돌아왔다。

『아뢰옵나이다。 도화랑의 집을 찾아 어명을 전하니 그가 하는 말이 미천한 백성의 하찮은 소문이 구중(九重)을 넘어 성청을 더렵혔으니 송구한 마음 비할 바 없사오며 또한 어명을 거역하게 되오니 그 죄 백번 죽어 마땅하오나 한 나라의 지존이 본심으로야 어찌 그토록 무례한 령을 백성에게 내리셨을 리가 있겠느냐고 말하며 죽으면 죽었지 지아비 있는 몸으로 응할 수 없다고 하옵나이다。』

『음, 과연 절조있는 계집이로군!』

왕은 도화랑의 굳은 절개에 다시 한 번 탄복하였다。

그러나 왕은 기대하였던 결과는 달리 어명조차 무시되였으니 노여움보다도 어떠한 권력에도 굴하지 않고 절개를 지키는 도화랑에 대하여 더욱 애끄듸 정이 불타 오름을 어찌할 수 없었다。

『그럼 지아비만 없다면 이의가 없단 말인가?』

그는 사자에게 다짐을 하였다。

사자는 다시 왕의 뜻을 받들고 도화랑의 집으로 달려갔다。

도화랑은 사자가 다시 다짐 받아 묻는 말에 피할 길을 찾지 못하였다。

『지아비 없는 몸이라면 어찌 어명을 어길리 있사오리요。 그 때는 임금님이 즉 지아비가 되는 것이오니 누구라 허물하겠사오리까。』

도화랑은 불시에 다른 도리가 없어 이렇게 말하여 일시적 궁지를 면하였다。

사자가 그의 말을 그대로 왕에게 전달한 것은 물론이다。

이런 일이 있은 후로부터는 왕은 한 번 보지도 못한 도화랑을 사모하는 마음이 더욱 간절하였으나 일 국의 왕으로서 선량한 백성의 유부녀를 함부로 희롱할 수는 없다고 그는 생각하였다。

진지왕은 력대의 군왕 중에서 이렇게 마음이 약하고 여린 사람이였다。

그는 도화랑을 사모하던 것이 원인이 되였는지는 모르되 하여간 뜻을 이루지 못하고 그해 병을 얻어 세상을 떠나고 말았다。

그후 이상하게도 도화랑의 남편도 진지왕의 뒤를 따르는듯이 이렇다는 큰 병도 없이 죽고 말았다。

죽은 진지왕의 심정을 아는 신하들은 도화랑의 지아비의 죽음을 진지왕이 저세상에서 불러간 것이라고 숙덕거리기도 하였다。

하루 아침 도화랑은 꿈에도 생각하지 못한 과부의 신세가 되였다。 그는 혼자 몸의 쓸쓸함을 이기지 못하여 눈물로 나날을 보냈다。

남편이 죽은 뒤 졸곡(卒哭)도 지낸 어느날 밤이였다。 도화랑은 홀로 잠을 이루지 못한 채 청상 과부의 신세를 탄식하고 지난 날을 회상하면서 남편의 명복을 빌고 있었다。 그때에 돌연 그의 앞에는 금관 옥대의 의관 차림을 한 이미 세상을 떠난 진지왕이 생시와 같이 나타났다。

도화랑은 이 괴변에 질겁을 하면서 그를 바라 보았다。

『나는 진지왕의 명혼이다。 지난 날의 언약을 잊지 않았으리라。 그대의 지아비는 이미 이 세상에서 없어졌다。 이제야 약속을 지킬 때가 왔겠지。』

도화랑은 처음 놀래였으나 곧 정신을 차리고 생각을 가다듬어 입을 열었다。

『언약은 잊지 않았사오나 지아비가 죽은 다음에는 다시금 부모에게 순종함이 도리가 아니오리까。 부모의 승낙없이 어찌 소첩의 임의대로 어의를 좇을 수가 있으리요。』

『그럼 부모의 허락을 얻을지어다!』

도화랑은 하는 수 없이 부모에게 그 사연을 상세히 고하니 그의 부모는

『어명을 어찌 거역하랴……』

하고 승낙을 하였다。

그때에 왕과 도화랑의 방에는 천상의 향기로 가득 찼고 지붕에는 五색의 채운이 덮여 있었다 한다。

그 후부터 도화랑은 잉태를 하여 십삭만에 옥 같은 아들 하나를 낳았다。 그는 아들의 이름을 비형(鼻荊)이라고 지어 정성을 다하여 길렀다。 비형은 점점 장성함에 따라 인간의 힘으로서는 할 수 없는 신기(神技)를 보이여 사람들을 놀라게 하였다。

그 당시 사람들은 비형이 그렇게 신기를 가진 것은 귀신과 사람 사이에서 생긴 아이라 그렇다고 수군수군들 하였다。

한때 세상에서 소문 높던 도화랑의 아들인지라 비형의 이름도 곧 사람들 사

이에 널리 알려졌다。

이 소문 역시 궁중에 들어가게 되여 비형이 선왕의 령이 점지해서 낳았다고 하는 인연으로하여 그 다음 대의 진평왕(眞平王)은 그를 대궐에 들여다 기르게 하였다。

비형은 신력(神力)을 가진 외에 또한 총명하여 열 다섯살에 벌써 집사관(執事官)으로 되였다。

그런데 그 무렵에 궁중에서는 이상한 소문이 돌았다。 밤이 되면 어느 사이에 비형이 대궐을 빠져 나가는지 보이지 아니하나 아침 조의(朝儀) 때에는 꼭 꼭 참석을 한다는 것이다。

왕은 기이하게 생각하여 힘깨나 쓰는 호위병 五〇명으로 하여금 비형이 외출하지 못하게 단속시켰다。 그러나 그는 의연히 밤이면 궁전 담벽을 하늘 높이 날아 어디로인지 사라지고 말았다。

사람의 힘으로는 도리가 없다는 것을 깨달은 왕은 그들에게 다시 그의 행방을 탐색할 것을 명령하였다。

호위병들은 어느날밤、숲 속에 숨어서 그의 행방을 살폈다。

비형은 밤에 궁궐을 빠져 나와 궁성 서쪽에 있는 문천(蚊川)에로 달아 가는

것이였다。 그는 거기에서 도깨비들을 모아놓고 같이 밤새도록 놀다가 재벽 종소리가 나자 대궐로 살그머니 돌아 오는 것이였다。

호위병은 비형의 행동을 왕에게 고하였다。 왕은 신기하게 여기여 그가 정말 도깨비하고 노는가를 알아 볼겸 그의 신력이 어떤 것인가를 알고 싶어서 하루는 그를 불러 물었다。

『너는 밤 마다 도깨비들과 놀고 있다는데、 사실이 그러한가?』

『황송하옵니다。 사실 그러하옵나이다。』

『도깨비들은 너의 지시를 잘 따르느냐?』

『네、 잘 따르옵나이다。』

『그럼 너희들이 놀고 있는 그 문천에는 다리가 없어 백성들이 곤난을 겪고 있으니 그 곳에 다리를 하나 놓을 수 없겠는가?』

『예、 오늘 저녁 다리를 놓아보도록 하겠나이다。』

비형은 왕이 묻는 말에 서슴치 않고 대답하였다。

그날 저녁 문천에는 사람 소리 아닌 도깨비 소리로 떠들썩하였다。 〃어기영차! 어기영차!〃 돌을 운반하는 소리、 뚝딱뚝딱 돌을 다듬는 소리、 절벅절벅 물을 건네는 소리、 서로들 무어라 지껄이는 소리들이 밤 새도록 그치지 않

아 부근 사람들은 처음 듣는 이 이상한 소음에 잠을 이루지 못하고 밤을 꼬빡 들 새웠다。

새벽 종이 울리자 그렇게 시끄럽던 소음은 뚝 그치고 다만 물 내려가는 소리만이 종전과 같이 들려왔다。

날이 밝자 아침 일찌기 비형을 앞장 세우고 문천에 나타난 왕은 문짝 같은 큰 돌을 수 많이 련이어서 튼튼하게 걸어 놓은 돌다리를 바라보고 감탄하였다。

『음、과연 훌륭한 다리로군。』

왕은 그 다리를 거닐어 보면서 비형을 칭찬하였다。 그리고 동시에 이 다리를『도깨비 다리』라고 명명하였다。

사람들은 하루 밤 사이에 버젓하게 돌다리를 놓은 비형의 신기에 혀를 내 둘렀으며、그 다리를 건너 다닐 때마다 그에게 감사를 드렸다。

그런데、몇 달이 지난후 이 다리에 밤이면 도깨비들이 몰려와서 놀기 시작하였다。 그리하여 밤에 여기를 지나가는 사람들을 도깨비들은 홀려 놓군 하였다。

그래서 자연 사람들은 밤이면 이 다리를 건너 다니지 못하게 되고보니 항간에는 불평이 자자하게 되였다

이것을 안 왕은 다시 비형을 불러 타일렀다。

『도깨비들이 밤마다 그 다리에 와서 백성들을 홀리게 한다니 다른 곳으로 가서 놀게 할 수 없느냐。』

『도깨비들은 자기들이 놓은 다리라 애착심이 생겨서 다른 곳으로 가는 것을 싫어할 것이옵니다。 그러나 어명이오니 한 번 일러 보옵지요。』

왕명이라 비형은 하는 수 없이 이렇게 대답하였으나 도깨비들이 쉽사리 말을 들어 주지 않을 것 같았다。

그날 밤이였다。 비형은 도깨비들을 모아 놓고 왕의 명령을 전달하였다。

『우리가 놓은 다리에 우리가 놀 수 없다는 것은 말이 아니요。 정녕 그렇다면 우리들은 이 다리를 떼여가지고 가는 수 밖에 없소。』

여러 도깨비들 중 나이가 많은 도깨비가 이렇게 말하자 다른 도깨비들은 환성을 올렸다。

사실 이것은 비형이가 마음 속으로 원하던 바이였다。 비형은 도깨비들이 이 다리를 한꺼번에 그대로 떼여 갈 수 없다는 것을 타산하였던 것이였다。

『그럼 그렇게 하는 수 밖에 없다。 그럼 다른 곳으로 떼여가거라。 그러나 래일 밤부터는 여기에 오지 못한다는 것을 알아라。』

비형의 입에서 말이 떨어지자 도깨비들은 와 달려들어 걸어 놓은 다리의 돌쪼

각들을 떠메여 가려고 달라 붙었다。

"여기영차," "여기영차" 하는 소리가 그날 밤도 새벽녘까지 들려왔다。 그러나 그들은 밤새도록 힘을 모아 애를 썼으나 너무 무거워서 그 다리를 송두리채 뽑아가지 못하고 새벽 종이 울려왔던 것이다。

그 후부터는 이 다리에 다시는 도깨비들이 나타나지 않았고, 사람들은 이내 손쉽게 다리를 복구할 수 있었다。

왕은 비형의 공로를 치하하며 그에게 또 하나의 청을 하였다。

『도깨비들 중에서 정사(政事)를 할 수 있는 자가 있느냐?』

『정사라면 「길달(吉達)」이란 도깨비가 적당할 것 같습니다。 그 자가 도깨비 중에서 제일 훌륭한 놈입니다。』

비형은 왕에게 그를 추천하였더니 왕은 승낙하고 길달을 대궐로 불러 들였다。

사람으로 변한 길달은 집사만으로 되여 그의 충성을 다하였다。 사람의 힘으로 못하는 일들을 길달은 쉽사리 해 치우기 때문에 여러 중신들에게 두터운 사랑을 받았다。 때마침 각간 림종(角干林宗)이 아들이 없어 한탄을 하고 있는 것을 안 왕은 측은하게 생각하여 길달을 그의 양자로 삼게 하였다。 림종은 대

단히 기뻐하여 그를 양자로 삼아 흥륜사(興輪寺)의 남문루(南門樓)를 건립케 하였다。

길달이 남문루를 세운 다음부터는 이 남문루를 지켜 그곳에서 류숙하고 아무리 충고를 하여도 집에 돌아 오지 아니 하였다。

길달이 항상 남문루에 살고 있었기 때문에 사람들은 이 문을 길달문이라고도 불렀다。

그러나 길달은 인간 세계에 온지도 이미 오래 되였고 도깨비 세계가 그리운데다가 인간계의 일들이 번잡하고 싫증이 났기 때문에 저희들 세계로 다시 돌아갈 기회를 엿보고 있었던 것이였다。

하루는 길달이 마침내 여우로 변하여 도망을 하고 말았다。 이것을 안 비형은 열화와 같이 노하여

『사람의 은혜를 배신하는 자는 이렇게 처단한다!』

하고 길달을 잡아 여러 도깨비들 앞에서 목을 잘라 본때를 보여 주었다。

이것을 본 다른 도깨비들은 벌벌 떨었다。 그 후부터는『비형』의 이름만 들어도 도깨비들은 멀리 도망질을 치는 것이였다。

그리하여 세상에서 도깨비가 제일 무서워하는 것은『비형』이라고 전해지고

• 267 •

있다。

우리 나라 민속에 악귀(惡鬼)를 쫓는 금기(禁忌)로서 대문간에 비형의 위력을 찬양한 문구를 써 붙이는 일이 생겼다。 이것은 악귀가 멀리 도망간다는 것을 의미하는 것이였다。

이 도깨비 다리는 신라 서울 경주、신원사(神元寺) 절터의 서북쪽 문천에 걸려 있었다는데 오래인 세월이 흐르는 사이에 그 다리는 허물어져서 오늘은 여기저기에 커다란 돌쪼각들만이 굴러 다니고 있다。

홀어미 산성

전라북도 순창읍(淳昌邑)으로부터 담양(潭陽)으로 가는 대로를 따라 한동안을 걸어 가면 『홀어미 산성』이라는 자그마한 산성이 길 옆에 나타난다。이 산성은 사람이 쌓은 것인지 자연적으로 된 것인지 잘 분간할 수 없으리만치 돌 하나 삐여져 나오지 않았고 또 그 성의 웃 부분은 손으로 잘 다듬어서 평평하게 고루어 놓은 것 같이 보인다。

이 산성의 린근동 사람들은 장가를 들 때에나 또는 시집을 갈 때에는 이 산성 앞을 지나가지 않고 먼 길을 돌아서 가는 것이 하나의 관습으로 되여 있는데、이것은 이 산성을 청상 과부의 홀어미가 쌓았다는 전설에 기인하는 것이다。

옛날 이 순창 고을에는 신(申)씨라는 한 부인이 살고 있었는데 그는 문벌이 높은 가문에서 태여났고 시집도 역시 지체 높은 가벌로 왔던 것이였다。

신씨는 얼굴이 절색인데다가 녀인이 갖출 재덕을 겸비하였기 때문에 널리 소문이 자자하였다。

그러나 옛말에 미인박명이라는 말이 있듯이 신씨는 그만 불행하게도 시집 온지 얼마 되지 않아 태산같이 믿고 살던 남편이 황천의 객으로 되고 말았다。

신씨는 그날부터 두문불출하고 청상과부로서 남편에 대한 절개를 깨끗이 지켜가며 일생을 보내려고 결심하였다。

그러나 세월이 흐름에 따라 세상 사람들은 아직도 청춘이요、절세의 미인인 그를 홀로 독수공방하도록 가만히 두지는 아니하였다。여러 가지의 권유와 유혹과 지어는 강압적인 압박이 그를 못살게 굴었다。그러나 신씨의 한번 먹은 결심은 변함이 없었다。 그런데 역시 이 고을에 박씨라는 지체 높은 선비 홀아비 하나가 살고 있었으니 그도 일찌기 그의 안해를 여의고 홀로 쓸쓸히 살고 있었던 것이였다。

박씨는 재색이 겸비한 신씨의 소문을 듣고 그를 후취로 맞아 들이려고 중매를 놓아 신씨에게 청혼을 하였다。

그러나 신씨는 한마디로 이를 거절하였다。박씨는 놀라기도 하였고 내심으로는 괘씸하게 여기지도 하였다。 박씨는 자기의 청혼이 그렇게 위신없이

거절 당하리라고는 믿어지지도 않았으며 또한 무안하기가 짝이 없었다。 그러나 박씨는 녀인이 설사 개가를 하고싶은 마음이 있다 하더라도 그렇게 함부로 대답할리가 없을 것이라고 생각하였다。 그리하여 그는 재삼 중매를 보내 신 씨의 마음이 돌아서도록 간청을 하였으나 신 씨는 조금도 움직이지 않았다。 박 씨는 그를 재물로 유혹도 하여 보고 권세로 눌러 보기도 하였으나 효과가 없었고 오히려 나중에는 상대편에서 준절하게 책망까지 하여 왔다。 이때까지 자기의 권세로써 마음만 먹는다면 못 해본 일이 별로 없었던 박 씨는 격분을 금치 못하였다。 이렇듯 이름난 선비의 명성도 권세도 한 녀인의 굳은 절개 앞에는 아무런 힘도 쓰지 못하였다。

『이 일을 어떻게 한다?』

박 씨는 여러 가지로 궁리를 다 해 보았으나 별 묘책이 나오지 않았다。

『그까지것 단념하고 말지! 허고 많은 계집이 있는데 대장부 사나이가 계집 하나를 가지고 이렇게 애태울 것 있나。』

박 씨는 혼자 중얼거리며 다른 색시를 구하기로 결심하였다。

그리하여 그는 다른 색시를 물색하기 시작하였다。 박 씨가 다른 색시를 구한다는 소문이 항간에 돌자 매파들이 박 씨 집의 문 앞에 이른바 장을 이루었다。

그러나 그 매파들이 가지고 오는 혼담은 모두 신씨와는 봉황에다 닭을비긴 격이였다。 그래서 박씨는 들어오는 혼담에 도무지 귀를 기울이지 아니 하였다。 그의 가슴 속에는 의연히 신씨 부인만이 한 구석을 점령하고 있었다。 한동안 신씨 부인에게 대하여 미운 생각드 들었으나 지금와서는 오히려 아무 것에도 굴하지 않는 신씨 부인의 고결한 마음씨에 대하여 흠모의 정이 한층 더하여 갔다。

정원에 핀 꽃을 보면 신씨 부인의 얼굴이 눈 앞에 선하게 나타나고 동산에 뜬 달을 보아도 불현듯 신씨 부인이 머리에 떠올랐다。 실로 그는 상사 일념으로 지냈다。

『목석인들 어찌 이 심정을 몰라 주랴。』

박씨는 탄식 끝에 한 계교를 꾸며내여 신씨 부인에게 이를 전달하였다。

『내가 굽이 석자되는 나막신을 신고 서울을 갔다 오기와 부인이 읍의 서북쪽에 있는 작은 산에 산성을 쌓기와 어느 쪽이 빠른가 내기를 합시다。 그리하여 만일 내가 서울 갔다 오기 전에 부인이 성을 다 쌓았으면 나는 부인에게 다시 청혼을 하지 않을 것이고 만일 부인이 성을 다 쌓기 전에 내가 먼저 돌아온다면 나의 청을 들어 주기로 정합시다。』

신씨 부인은 뜻 밖에 이런 제안이 씌여 있는 서찰을 받고 놀라는 한편 이를

승낙할 것인가 거절할 것인가를 한동안 주저하였다。 그는 이것은 어려운 일이기는 하였지만 이 내기에는 충분히 이겨낼 자신이 있었다。 그리고 만일 이기기만 한다면 하여튼 박 씨의 귀찮은 청혼을 다시는 입 밖에도 내지 못하게 할 수 있는 것이였다。 이것이 신 씨의 마음을 움직이게한 큰 동기로 되여 신 씨는 마침내 이 청을 들어 주기로 하였다。

내기하는 날 아침이였다。

박 씨는 굽이 석자되는 나막신을 신고 서울길을 떠났고 이와 때를 같이하여 신 씨는 산성을 쌓기 시작하였다。 이것은 내기라기 보다는 오히려 두 사람 사이에 벌어진 치렬한 투쟁이였다。

굽 높은 나막신을 신고 서울 갔다 오기나 녀성이 혼자서 성을 쌓기나 다같은 어려운 일이였다。 그러나 박 씨는 성을 다 쌓놓기 전에 서울을 다녀와서 자기 소원을 풀려고 부지런히 서울 길을 걷고 있었고 신 씨는 신 씨대로 박 씨가 서울을 갔다 오기전에 성을 쌓놓고 다시는 박 씨에게 성화를 받지 않으려고 일각일시도 쉬지 않고 성 쌓기에 몰두하였다。

『꼭 이겨야지。』하는 신 씨의 굳은 신념은 연약한 녀인의 몸으로써 그 엄청나게 어렵고 힘든 성을 다 쌓게 하였다。 그는 마지막 손질을 한 다음 〃후유!〃

하고 허리를 펴고 일어서니 마침 해는 이미 앞 산을 넘어가고 저녁 노을이 짓들어 있었다。

『이제는 이겼겠지、 제 아무리 장사라 할지라도 석자나 되는 굽이 달린 나막신을 신고 서울을 그렇게 빨리 갔다야 오랴!』

그는 뒤돌아서 서울가는 길을 바라 보려하였다。 그때 신 씨는 감짝 놀랐다。 그의 앞에는 박 씨가 어느 사이엔지 돌아와서 우뚝 서 있지 않는가。 그러나 이미 성은 다 쌓놓은지라 신 씨 부인은 이것보라는 듯이 박 씨를 바라 보고 이겼다는 뜻의 미소를 보냈다。

그때 박 씨는 무엇을 눈치 빠르게 보았음인지

『내가 이겼다!』 하고 환성을 올렸다。

신 씨는 영문을 몰라 어리둥절하고 섰는데 박 씨는 신 씨 부인의 앞 치마를 가리키면서 좋아 하였다。

『보시오 아직도 치마에 흙도 털지 않았으니 이것은 분명히 일이 끝나지 않은 증거가 아니요 그러니까 내가 이겼지요。』

그제야 신 씨 부인은 자기의 치마를 내려다 보았다。 과연 거기에는 흙이 그대로 묻은채 남아 있었다。 그는 성을 다 쌓았다는 안도감에 치마의 흙은 미처

덜 생각이 나지 않았던 것이다。

이리하여 분하게도 신 씨 부인은 이 내기에 진 것으로 되였다。

그러나 어찌하랴!。

내기는 내기이다。 내기에 졌으면 약속은 반드시 지켜야만 하지 않는가、 그러나 자기의 천금 같은 절개를 헛되이 깨뜨려야만 하겠는가。

『아니다。』

이렇게 생각한 신 씨 부인은 그 자리에서 날쌔게 몸을 돌려 수백 척 아래 깊은 물 속으로 자기의 몸을 던졌다。

이런 일이 있은 후 사람들은 신 씨 부인이 쌓아놓은 이 산성을 『홀어미 산성』이라고 불러 그의 굳게 지킨 절개를 후세 사람들에게 전하고 있다。

향토전설집
신래현 편저